COLLECTION FOLIO

Vladimir Nabokov

Regarde, regarde les arlequins!

Traduit de l'anglais par
Jean-Bernard Blandenier

Gallimard

Titre original :

LOOK AT THE HARLEQUINS!

Vladimir Nabokov est né le 23 avril 1899 à Saint-Pétersbourg, au 47 rue Morskaïa (actuellement rue Herzen), dans un milieu aristocratique libéral et anglophile. Fils aîné d'une famille de cinq enfants, Vladimir Nabokov bénéficie, avec ses frères et sœurs, d'une éducation trilingue. Ce trilinguisme de l'enfance sera déterminant pour son œuvre d'écrivain russe puis américain. L'auteur voyage au tout début du siècle en Europe avec ses parents, découvre la passion des lépidoptères et des échecs, le bonheur de vivre à proximité d'une « bibliothèque de dix mille ouvrages ». Entre 1911 et 1917, il suit les cours de l'Institut Ténichev à Saint-Pétersbourg, et sa première œuvre, un recueil de poèmes imprimé à cinq cents exemplaires, paraît à titre privé en 1916.

La Révolution de 1917 interrompt brutalement cette enfance idyllique. Le père de l'auteur, Vladimir Dmitriévitch Nabokov, éminent juriste et fils d'un ancien ministre de la Justice, était membre du Parti constitutionnel démocrate et de la première Douma de 1906 (le premier et éphémère parlement russe). Opposant déterminé au despotisme du tsar, il avait connu la prison en 1908. Au début de 1917, il fait partie du Gouvernement provisoire de Kerenski et de la nouvelle Assemblée constituante. La révolution d'Octobre contraint les Nabokov à se réfugier d'abord en Crimée. Le 15 avril 1919, la famille quitte définitivement la Russie à destination de Londres.

Entre 1919 et 1922, Vladimir Nabokov étudie les littératures russe et française à Cambridge (Trinity College). Son père, qui s'est installé à Berlin avec le reste de sa famille pour diriger avec Hessen le journal émigré *Roul'*, est assassiné par des fascistes russes en mars 1922. C'est dans ce journal de Berlin, ainsi que dans les journaux russes émigrés de Paris, que Nabokov fait paraître des poèmes, des articles critiques, des traductions du français ou de l'anglais, puis ses premières nouvelles et des extraits de ses premiers romans.

A partir de 1923, avec la parution de sa traduction russe d'*Alice au pays des merveilles*, puis de ses propres romans, en particulier *La défense Loujine* (1930), *Chambre obscure* (1932), *La méprise* (1936) et surtout *Le don* (1937), Nabokov s'impose comme le plus exceptionnel romancier russe de son temps. Résident berlinois de 1922 à 1937, l'auteur, qui a épousé Véra Evséievna Slonim le 15 avril 1925, s'installe, pour fuir le nazisme, à Paris au début de 1937, où certains de ses livres ont déjà été traduits en français.

L'écrivain polyglotte, qui signait ses ouvrages russes du pseudonyme de Sirine, commence à se métamorphoser en un écrivain de langue anglaise. Après avoir traduit, non sans les remanier, deux de ses romans russes en anglais, *La méprise* qui devient *Despair* (Londres, 1937) puis *Chambre obscure* rebaptisé *Laughter in the Dark* (New York, 1938), Nabokov écrit à Paris en 1938 son premier roman de langue anglaise, *La vraie vie de Sebastian Knight*, qui paraîtra seulement en 1941, soit un an après son arrivée en Amérique, le 28 mai 1940. Toute l'œuvre romanesque de Nabokov sera désormais écrite en anglais.

Nommé professeur associé à Stanford University en 1941, il accepte ensuite un poste d'entomologiste au Museum of Comparative Zoology de Harvard, tout en donnant des conférences de littérature à Wellesley College. L'amitié et le soutien d'Edmund Wilson et de Mary McCarthy, puis des responsables du *New Yorker*, lui permettent d'acquérir une audience qu'il n'avait jamais espérée. Nommé professeur de littérature à Cornell University en 1948, il donne des conférences sur « les grands maîtres européens du roman », et cela jusqu'en 1959, un an après le succès de scandale de *Lolita* (publié d'abord en anglais à Paris, par Olympia Press, en 1955), qui lui permet de vivre de sa plume et fait découvrir une œuvre immense.

En 1961, il s'installe au Montreux Palace, en Suisse, où il écrira, en outre, ces chefs-d'œuvre que sont *Feu pâle* et le monumental *Ada*, publié à l'occasion de son soixante-dixième anniversaire. Maître d'œuvre d'une célèbre traduction anglaise d'*Eugène Onéguine* de Pouchkine, Nabokov a retraduit en anglais certains de ses romans et nouvelles russes, avec la collaboration de son fils, et poursuivi une carrière de lépidoptérologiste qui lui valut l'admiration de ses pairs. Ses collections sont, pour l'essentiel, conservées dans les musées de Cornell University, de Harvard et de Lausanne. L'auteur est mort le 2 juillet 1977 à Montreux.

A Véra

AUTRES OUVRAGES DU NARRATEUR

En russe (traduits en français) :

Tamara, 1925.
Le Pion prend la Reine, 1927.
Pleine Lune, 1929.
Camera Lucida (Meurtre au soleil), 1931.
Le Haut-de-forme rouge, 1934.
Le Dard, 1950.

En anglais (traduits en français) :

Voir sous : réel, 1939.
Esmeralda et son parandrus, 1941.
Le Dr Olga Repnine, 1946.
Exilé de Maïda, 1947.
Un royaume au bord de la mer, 1962.
Ardis, 1970.

PREMIÈRE PARTIE

CHAPITRE PREMIER

Je rencontrai la première des trois ou quatre femmes que je devais épouser successivement dans des circonstances assez bizarres, proches, par leur enchaînement, d'une conspiration mal ourdie, pleine de détails absurdes, et dont le meneur non seulement eût tout ignoré de son objet véritable, mais encore se serait obstiné à exécuter des manœuvres ineptes et propres en apparence à exclure toute chance de réussite. Pourtant, à partir de ces erreurs mêmes, ce personnage tissa sans le vouloir une toile dans laquelle je devais m'empêtrer à la suite d'une série de gaffes de ma part, m'amenant ainsi à accomplir une destinée qui était le seul but de l'intrigue.

Au cours du second trimestre de ma dernière année à Cambridge (1922), on vint me consulter, « en ma qualité de Russe », sur certaines subtilités du maquillage des personnages dans une version anglaise du *Révizor* de Gogol que la troupe du Ver Luisant, dirigée par Ivor Black, comédien amateur de qualité, avait l'intention de mettre en scène. Ivor avait le même directeur d'études que moi à Trinity College, et il faillit me rendre fou avec ses assommantes imitations des minauderies du vieil homme qui occupèrent presque toute la durée de notre déjeuner au Pitt. Le bref entretien concernant notre affaire se révéla moins plaisant encore. Ivor Black voulait que le maire, dans la pièce de Gogol, portât une robe de chambre, car « n'était-ce pas, purement et simplement, le cauchemar du vieux chenapan, et le mot russe " *révizor* " ne venait-il pas du français " rêve " » ? Je déclarai que je trouvais cette idée effroyable.

S'il y eut des répétitions, elles se firent sans moi. En fait, je pense brusquement que j'ignore toujours si le projet a jamais vu les feux de la rampe.

Peu après cette entrevue, je rencontrai Ivor Black une seconde fois, à quelque réception au cours de laquelle il m'invita, en compagnie de cinq autres condiciples, à passer l'été dans une villa de la Côte d'Azur qu'il venait d'hériter, dit-il, d'une vieille tante. Il était très saoul, et il parut surpris lorsqu'à la veille de son départ, sept ou huit jours plus tard, je lui rappelai son exubérante invitation, que, semblait-il, j'étais le seul à avoir acceptée. Nous étions tous les deux des orphelins impopulaires, et, dis-je, avions intérêt à faire cause commune.

La maladie me retint en Angleterre tout le mois, et ce n'est qu'au début de juillet que j'envoyai à Ivor Black un mot poli par voie de carte postale, l'avisant que je serais vraisemblablement à Cannes ou à Nice dans le courant de la semaine suivante. Je suis pratiquement sûr que je mentionnai le samedi après-midi comme la date la plus probable de mon arrivée.

Mes efforts pour joindre la villa par téléphone, de la gare, se révélèrent vains ; la ligne était toujours occupée, et je ne suis pas homme à me débattre longtemps avec de fausses soustractions d'espace. Mais mon après-midi en fut empoisonné (et l'après-midi est de toutes les facettes du temps celle que je préfère). A force de cajoleries, j'avais réussi, en m'embarquant pour ce long voyage, à me persuader que j'étais en assez bonne forme ; mais maintenant je me sentais affreusement mal. Il faisait sombre et humide — une journée hors de saison. D'ailleurs, les palmiers ne sont supportables que dans les mirages. Pour une raison quelconque, comme dans un mauvais rêve, aucun taxi n'était disponible. Finalement, je montai dans un malodorant petit bus de tôle bleue. Grimpant par une route tortueuse avec autant de tournants que d'arrêts facultatifs, l'engin m'amena à destination en une vingtaine de minutes — à peu près le temps qu'il m'aurait fallu pour y arriver si j'avais fait tout le chemin depuis la côte à pied, en empruntant un raccourci commode que je devais apprendre à connaître par cœur, de genêt en genévrier, pierre par pierre, au cours de cet été magique... qui m'apparut tout sauf magique pendant le morne trajet en bus ! La principale raison pour laquelle j'avais accepté de venir était que j'espérais soigner dans le « scintillement salin » (Bennet ? Barbellion ?) une maladie nerveuse qui frisait l'insanité. Le côté gauche de ma tête n'était plus qu'un boulodrome de souffrance. A droite, un bébé me considérait niaisement par-dessus le dossier du siège de devant et l'épaule de sa mère. J'avais pour voisine une femme verruqueuse en noir massif et me débattais contre la nausée à chaque embardée du véhicule entre la mer verte et la falaise grise. Quand nous arrivâmes enfin au village de Carnavaux (des platanes aux troncs maculés, des masures pittoresques, un bureau de poste, une église), tous mes sens étaient concentrés sur une seule image dorée : la bouteille de whisky quej'avais apportée dans ma valise à l'intention d'Ivor et à laquelle je me jurai de goûter avant même qu'il n'ait eu une chance de la voir. Le chauffeur ignora la question que je lui posai, mais un petit prêtre aux allures de tortue et aux pieds gigantesques qui descendait devant moi m'indiqua, sans me regarder, une avenue transversale. La Villa Iris, me dit-il, n'était qu'à trois minutes de marche. Alors que, mes deux sacs à la main, je m'apprêtais à remonter l'avenue au bout de laquelle se dessinait soudain une éclaircie triangulaire, mon hôte par présomption apparut sur le trottoir opposé. Je me souviens — après un demi-siècle ! — m'être demandé fugitivement si j'avais bien emporté les vêtements qui convenaient. Il portait des chaussures et des culottes de golf, mais, détail incongru, pas de chaussettes, et les quelques centimètres de chair qu'il exhibait au-dessus de la cheville étaient d'un rose cuisant. Il se rendait justement (c'est du moins ce qu'il prétendit) au bureau de poste pour m'envoyer un télégramme me suggérant de différer ma visite jusqu'en août, époque à laquelle un job qu'il avait accepté à Cannice ne risquerait plus de mettre un frein à nos fredaines ; il conservait en outre l'espoir que Sebastian (?) viendrait pour les vendanges ou le gala de la lavande. Tout en marmottant ces explications, il me déchargea du plus petit de mes sacs — celui qui contenait mes affaires de toilette, mon arsenal de pharmacie, et une guirlande de sonnets presque terminée (que je devais adresser plus tard à une revue d'émigrés russes à Paris). Il empoigna également ma valise, que j'avais posée à terre le temps de bourrer ma pipe. Une telle prodigalité dans l'enregistrement de détails aussi insignifiants est due, je le suppose, au fait que ces détails furent accidentellement captés par un rayon avancé de la lumière qui allait baigner un grand événement à venir. Ivor rompit le silence pour ajouter, le front rembruni, qu'il était ravi de me recevoir chez lui, mais qu'il devait m'avertir d'une chose dont il aurait dû me parler à Cambridge. Je risquais de m'ennuyer ferme au bout de quelques jours, et cela par la faute d'un phénomène affligeant. Miss Grunt, son ancienne gouvernante, personne sans cœur mais avisée, aimait à répéter que sa petite sœur n'enfreindrait jamais la règle qui veut que « les enfants soient vus mais jamais entendus » — et n'entendrait d'ailleurs jamais personne l'énoncer. Le phénomène affligeant était que sa sœur... mais peut-être valait-il mieux différer l'explication de son cas jusqu'au moment où nous serions, les bagages et nous, à peu près installés.

CHAPITRE II

« Et vous, vous avez eu quelle sorte d'enfance, McNab » (comme Ivor s'obstinait à m'appeler, trouvant que je ressemblais au jeune acteur hagard et pourtant beau qui avait adopté ce nom dans les dernières années de sa vie, ou du moins de sa gloire) ?

Atroce, intolérable. Il devrait exister une loi naturelle, internaturelle, contre des débuts aussi inhumains. Si mes terreurs morbides n'avaient pas été remplacées, à l'âge de neuf ou dix ans, par des angoisses plus abstraites et plus banales (problèmes d'infinité, d'éternité, d'identité, et caetera), j'aurais perdu la raison bien avant d'avoir trouvé mes rimes. Il ne s'agissait pas de chambres obscures, ou d'anges mutilés (une seule aile), ou de longs corridors, ou de miroirs cauchemardesques, aux reflets qui débordent en mares poisseuses sur le sol ; il ne s'agissait pas de *cette* chambre à coucher des horreurs, mais simplement, et beaucoup plus horriblement, de certain rapport insidieux et impitoyable avec d'autres états de l'être qui n'étaient pas exactement « antérieurs » ou « futurs » mais résolument hors des limites, mortellement parlant. Je ne devais en savoir davantage — bien davantage — au sujet de ces liens douloureux que plusieurs décennies plus tard, aussi « n'anticipons pas », comme dit le condamné à mort en repoussant le vieux bandeau malpropre.

Les délices de la puberté me procurèrent un soulagement temporaire. La morne phase de l'initiation solitaire me fut épargnée. Béni soit mon premier amour, une enfant dans un verger — jeu des mains qui explorent, et ses cinq doigts écartés pleurant des perles de surprise. Un de mes précepteurs me laissa partager avec lui l'ingénue du théâtre privé de mon grand-oncle. Deux jeunes femmes délurées m'attifèrent un jour d'une chemise de dentelle et d'une perruque à la Lorelei et m'installèrent entre elles pour dormir, « timide petite cousine », comme dans un conte grivois, pendant que leurs maris ronflaient dans la chambre voisine après une chasse au sanglier. Les grandes maisons de divers parents chez qui j'habitai épisodiquement entre dix et quinze ans, sous les pâles ciels d'été de telle ou telle province de l'ancienne Russie, m'offrirent autant de complaisantes soubrettes et de femmes élégantes que m'en auraient procuré, deux siècles plus tôt, cabinets et boudoirs. En un mot, si ma petite enfance eût pu constituer le sujet d'une de ces thèses savantes qui consacrent pour la vie la renommée d'un pédopsychologue, un écrivain aurait pu trouver et trouva en fait dans mes années d'adolescence une quantité non négligeable de passages érotiques, dispersés par la suite comme autant de poires blettes et de prunes pourries dans les œuvres d'un romancier vieillissant. Et je puis le dire, la valeur du présent récit tient en grande partie au fait qu'il constitue un catalogue raisonné des racines et origines d'un grand nombre d'images dans mes œuvres de fiction russes et (plus particulièrement) anglaises, et des voies amusantes qu'elles ont empruntées pour venir au monde.

Je voyais rarement mes parents. Ils divorcèrent, et se

remarièrent, et redivorcèrent à un rythme tel que, si les gardiens de ma fortune avaient été moins vigilants, j'aurais en fin de compte pu être adjugé à un couple d'étrangers aux yeux avides et aux poches tristes d'ascendance écossaise ou suédoise. Une extraordinaire grand-tante, la baronne Brédov, née Tolstoï, remplaça largement ma proche famille. A l'âge de sept ou huit ans, alors que j'abritais déjà les secrets d'un authentique aliéné, j'apparaissais, même aux yeux de la baronne (qui était, elle aussi, loin d'être normale), comme un enfant exagérément maussade et indolent ; en fait, bien sûr, je m'adonnais à la rêverie avec une constance outrancière.

« Cesse de te morfondre ! s'écriait-elle. *Look at the harlequins !* Regarde les arlequins !

— Quels arlequins ? Où ?

— Oh ! tout autour de toi. Partout. Les arbres sont des arlequins, les mots sont des arlequins ; et les situations et les calculs. Additionne deux choses — images, plaisanteries — et tu obtiens un triple arlequin. Allons ! Joue ! Invente le monde ! Invente la réalité ! »

Et j'inventai. Ah ! fichtre oui, j'inventai ! J'inventai ma grand-tante en l'honneur de mes premières rêveries, et la voici maintenant qui paraît à la grande porte du souvenir, et qui descend les marches de marbre, lentement, de biais, toujours de biais, pauvre éclopée, tâtant du bout en caoutchouc de sa canne noire le rebord de chaque marche.

(Ces quatre mots : *Look at the harlequins,* elle les prononçait d'un seul trait, adoptant une cadence dactylique, rapide et susseyante ; « *look at the* », devenu « *lookaty* », proche de « *lickety* », annonçait tendrement, délicatement, ces « *harlequins* », qui survenaient avec une force joyeuse, le « *har* » accentué richement par une brusque inspiration persuasive suivie de la cascade de paillettes des syllabes liquides.)

J'avais dix-huit ans lorsque la révolution bolchevique chut sur nos têtes (un verbe fort, anomal, je le reconnais, que j'emploie ici dans le seul but de préserver le rythme narratif). La récurrence des désarrois de mon enfance me valut de passer la plus grande partie de l'hiver et du printemps suivants au Sanatorium impérial de Tsarskoïé. En juillet 1918, je me retrouvai convalescent dans le château d'un propriétaire terrien polonais, Mstislav Tcharnetski (1880-1919 ?), un parent éloigné. Un soir d'automne, la jeune maîtresse du pauvre Mstislav me montra un sentier de conte de fées qui serpentait au cœur d'une grande forêt, où, sous Jean III (Sobieski), un premier Tcharnetski avait occis de sa lance un dernier aurochs. Je suivis ce sentier un havresac sur le dos et — pourquoi ne pas l'avouer — mon jeune cœur frémissant de remords et d'anxiété. Avais-je raison d'abandonner mon cousin à l'heure la plus sombre de la sombre histoire de la Russie ? Saurais-je me débrouiller seul dans un pays étranger ? Le diplôme que j'avais reçu après avoir été interrogé par une commission spéciale (présidée par le père de Mstislav, mathématicien vénérable et corrompu) sur toutes les matières d'un lycée idéal que je n'avais jamais honoré de ma présence physique, suffirait-il à me faire entrer à Cambridge sans que j'aie à subir quelque infernal examen d'admission ? Je cheminai toute la nuit dans un labyrinthe lunaire, imaginant les frémissements d'animaux disparus. L'aube, enfin, enlumina ma vieille carte. Je croyais avoir traversé la frontière, lorsqu'un soldat de l'Armée Rouge, tête nue et visage de Mongol, qui cueillait des myrtilles au bord du sentier, m'interpella :

« Et où roules-tu [*katichsia*] comme ça, petite pomme [*iablotchko*] ? » me demanda-t-il en ramassant sa casquette qu'il avait posée sur une souche. « *Pokazyvaï-ka dokoumentiki* [montre-moi tes papiers] ! »

Je fouillai dans mes poches, en tirai ce qu'il me fallait, et l'abattis au moment où il se jetait sur moi ; il tomba en avant, comme s'il avait été frappé d'insolation sur la place d'armes, aux pieds de son roi. Aucun des troncs qui se pressaient côte à côte ne se tourna vers lui, et je m'enfuis, serrant encore dans ma main le joli petit revolver de Dagmara. Quand, une demi-heure plus tard, j'atteignis enfin une autre partie de la forêt située dans une république plus ou moins conventionnelle, alors seulement mes mollets cessèrent de trembler.

Après avoir traîné quelque temps dans des villes allemandes et hollandaises oubliées, je passai en Angleterre. Le *Rembrandt*, un petit hôtel de Londres, devint ma nouvelle adresse. Les deux ou trois petits diamants que je serrais dans une bourse de chamois fondirent plus vite que des grêlons. A la veille de franchir le seuil gris de la pauvreté, l'auteur, jeune exilé volontaire (je reprends les termes d'un ancien journal), trouva un protecteur inopiné en la personne du comte Starov, grave franc-maçon à l'ancienne qui avait orné plusieurs grandes ambassades au cours de longues années vouées aux relations internationales et qui résidait à Londres depuis 1913. Il parlait sa langue maternelle avec une précision pédantesque, sans pour autant mépriser les rondes expressions populaires, et n'avait pas le moindre sens de l'humour. Son valet était un jeune Maltais (j'ai horreur du thé, mais n'osai jamais réclamer du cognac). Nikifor Nikodimovitch, pour utiliser son barbare prénom *cum* patronyme, passait pour avoir été des années durant, un admirateur de ma très belle et bizarre mère, que je connaissais presque exclusivement par les clichés d'une biographie anonyme. Une grande passion peut certes constituer une façade commode, mais, d'autre part, un attachement galant à la mémoire de ma mère suffit à expliquer la générosité du comte, qui prit en charge mes études en Angleterre et me laissa à sa mort en 1927 une modeste somme (le coup d'État bolchevique l'avait ruiné, comme il avait ruiné tout notre clan). Je dois pourtant reconnaître que je ne laissais pas d'être gêné par l'éclat incongru de ses yeux ordinairement sans vie, incrustés dans un de ces visages épais, terreux, empreints de dignité, que les écrivains russes qualifiaient de « soigneusement rasés » (*tchtchatel'no vybritoïê*), sans doute pour conjurer, dans l'imagination qu'ils prêtaient à leurs lecteurs (morts depuis longtemps aujourd'hui), le spectre des barbes patriarcales. Je fis de mon mieux pour imputer ces regards interrogateurs à l'espoir de retrouver en moi certains traits de la femme exquise qu'il aidait jadis à monter en calèche et aux côtés de laquelle il s'asseyait lourdement, après lui avoir laissé le temps de s'installer et d'ouvrir son ombrelle ; mais, en même temps, je ne pus m'empêcher de me demander si mon vieux *grandee* avait bien échappé à une forme de perversion courante dans les milieux dits de la haute diplomatie. N. N. était installé dans son fauteuil comme dans un volumineux roman, une main grassouillette posée sur le griffon de l'accoudoir, l'autre, ornée d'une chevalière, tracassant sur le guéridon à la turque placé près de lui une boîte qu'on aurait pu prendre pour une tabatière d'argent mais qui contenait en fait des pastilles (ou plutôt des gouttelettes) contre la toux, semblables à des perles, de couleur verte, lilas et, je crois même, corail. Je devrais ajouter que des renseignements obtenus plus tard me prouvèrent que je m'étais odieusement trompé en soupçonnant N. N. de sentiments à mon égard (comme à l'égard d'un autre garçon, fils d'une courtisane fort connue de Saint-Pétersbourg qui préférait le coupé électrique à la calèche) autres qu'un intérêt quasi paternel ; mais foin de ces perles comestibles.

CHAPITRE III

Revenons à Carnavaux, à mes bagages et à Ivor, qui les portait en affichant une souffrance exagérée et en grommelant comme un troisième rôle de comédie.

Le soleil triomphait de nouveau quand nous entrâmes dans le jardin, séparé de la route par un mur de pierre et une rangée de cyprès. Des iris emblématiques entouraient un petit bassin dominé par une grenouille de bronze. De dessous un chêne vert bouclé émergeait une allée de gravier, qui courait ensuite entre deux orangers. A une extrémité de la pelouse, un eucalyptus projetait son ombre striée sur la toile d'une chaise longue. Qu'on ne voie pas ici une manifestation arrogante de la mémoire visuelle, mais un simple essai de reconstruction à partir de vieilles photographies serrées dans une vieille boîte à bonbons à couvercle orné d'une fleur de lis.

Il ne servirait à rien de gravir les trois marches qui menaient à la porte d'entrée, « en traînant deux tonnes de pierres », dit Ivor Black : il avait oublié la seconde clef, ne disposait d'aucun domestique pour répondre aux coups de sonnette le dimanche après-midi, et, comme il me l'avait expliqué plus tôt, ne pouvait communiquer avec sa sœur par des moyens normaux, bien qu'elle fût nécessairement quelque part à l'intérieur, presque certainement en train de pleurer dans sa chambre comme c'était son habitude lorsqu'on attendait des visiteurs — et surtout des amis invités pour le week-end, sur lesquels elle pouvait tomber à toute heure jusque dans la journée du mardi. Nous contournâmes donc la maison, frôlant des figuiers de Barbarie qui égratignèrent la manche de mon imperméable. J'entendis soudain un son qui n'avait rien d'humain et braquai les yeux sur Ivor, mais le cuistre se contenta de ricaner.

C'était un gros ara d'un bleu indigo, au ventre jaune citron, aux joues striées de blanc, qui craillait par intermittence du haut de son triste perchoir sous le porche de derrière. Ivor l'avait affublé du sobriquet de Mata Hari, en partie à cause de son accent, mais surtout en matière de référence à son passé politique. Vers dix-neuf cent quatorze ou quinze, alors qu'elle était déjà un peu gaga, feu la tante d'Ivor, Lady Wimberg, avait eu des bontés pour ce tragique débris qu'avait abandonné, prétendait-on, un étranger aux allures louches, arborant et monocle et balafre. Il savait dire allô, Otto et papa, vocabulaire modeste mais qui évoquait assez bien l'angoisse d'une petite famille perdue dans un pays chaud loin des siens. Parfois, quand je travaille trop tard et que les espions de la pensée cessent de transmettre leurs messages, un mot incongru qui se présente à mon esprit a comme la saveur du biscuit sec dans la grosse patte lente d'un perroquet.

Je ne me rappelle pas avoir vu Iris avant le dîner (ou peut être l'ai-je entr'aperçue, de dos, debout devant la verrière de l'escalier, au moment où, quittant la salle d'eau et ses hésitations, je traversais furtivement le palier pour réintégrer ma chambre d'ascète). Ivor avait pris la peine de m'avertir qu'elle était sourde et muette, et si timide, en outre, qu'à vingt et un ans elle ne pouvait encore se résoudre à apprendre à lire sur des lèvres masculines. Cela me parut bizarre. J'avais toujours cru que cette infirmité isolait celui ou celle qui en souffrait dans la sécurité absolue d'une coquille aussi claire et solide qu'un écran de verre incassable, et à l'intérieur de laquelle ni pose ni pudeur ne pouvaient exister. Frère et sœur conversaient par signes, au moyen d'un alphabet qu'ils avaient inventé dans leur enfance et qui avait fait l'objet de plusieurs éditions revues et augmentées. La dernière consistait en une série de gestes ridiculement recherchés — bas-relief d'une pantomine qui imitait les choses plus qu'elle ne les symbolisait. Je crus bon de contribuer par un apport personnel et grotesque à cet échange, mais mon intervention fut jugée inopportune et Ivor me pria sèchement de ne pas faire l'imbécile : elle s'offensait d'un rien. Toute l'histoire (avec une vieille Canniçoise bougonne malmenant la vaisselle en marge de la scène) faisait partie d'une autre vie, d'un autre livre, d'un univers de jeux vaguement incestueux que je n'avais pas encore consciemment inventé.

Ils étaient tous les deux petits, mais de proportions exquises, et leur parenté sautait aux yeux, encore qu'Ivor fût laid, avec ses taches de rousseur et ses cheveux blondasses, et elle bronzée et magnifique — yeux de miel clair et toison noire coiffée à la Ninon. Je n'ai aucun souvenir de la robe qu'elle portait ce premier soir, mais je sais que ses bras minces étaient nus et qu'ils aiguillonnaient mes sens à chaque îlot infesté de méduses, à chaque palmeraie qu'elle dessinait dans l'air, tandis que son frère me traduisait ses arabesques dans de stupides apartés. J'eus ma revanche après le dîner. Ivor était allé chercher mon whisky. Iris et moi nous tenions sur la terrasse, dans une ombre empreinte de sainteté. Pendant que j'allumais ma pipe, Iris pressait sa hanche contre la balustrade et décrivait —

avec des ondulations de sirène qui étaient censées imiter les vagues — le miroitement des lumières de la côte entre la mer et le noir de Chine des collines. C'est alors que le téléphone sonna, dans le salon, derrière nous. Iris fit un brusque demi-tour... mais, avec une admirable présence d'esprit, elle transforma ce mouvement instinctif en une danse du châle nonchalante. Entre-temps Ivor s'était déjà lancé sur le parquet lustré en direction du téléphone pour apprendre ce que voulait Nina Lecerf ou quelque autre voisine. Plus tard, dans l'intimité, nous aimions, Iris et moi, à nous remémorer cette scène de la révélation : Ivor nous apportant à boire pour fêter sa guérison féerique, et elle, indifférente à sa présence, posant sa main légère sur la mienne — plein d'un ressentiment exagéré, je restai agrippé à la balustrade et n'eus même pas la présence d'esprit, pauvre dupe, de répondre à cette forme d'excuse par un baiser de main très européen.

CHAPITRE IV

Un des symptômes familiers de ma maladie — non le plus grave, mais celui dont j'avais le plus de mal à me débarrasser après chaque rechute — se rattache à ce que Moody, le spécialiste londonien, a été le premier à appeler le syndrome du « nimbe numérique ». L'exposition de mon cas par cet éminent praticien a récemment été rééditée dans le cadre de ses œuvres complètes. Elle fourmille d'inexactitudes ridicules. Ce « nimbe » ne veut rien dire. « Monsieur N., aristocrate russe », ne présentait pas de « signes de dégénérescence ». Il n'avait pas « trente-deux » ans, mais vingt-deux, lorsqu'il est allé consulter ce nigaud célèbre. *Last but not least,* Moody me met dans le même panier qu'un certain V. S., qui est moins un post-scriptum à la description abrégée de *mon* « nimbe » qu'un intrus dont les sensations sont mélangées avec les miennes d'un bout à l'autre de ce savant article. Le symptôme en question, je le reconnais, n'est pas facile à décrire, mais je crois pouvoir m'en tirer mieux que le professeur Moody ou que mon vulgaire et volubile compagnon d'infortune.

Au pire, les choses se passaient comme ceci : une heure environ après m'être endormi (généralement bien après minuit et grâce à l'humble secours d'une petite Old Mead ou d'une Chartreuse), je me réveillais, ou plutôt passais du sommeil à un état de folie momentanée. Une douleur atroce envahissait mon cerveau, déclenchée par quelque imperceptible rai de lumière dans ma ligne de vision, car, malgré le soin que je pouvais apporter à couronner les efforts bien intentionnés des domestiques en luttant moi-même avec les stores opaques et semi-opaques, il restait toujours une maudite fente, un atome de lumière artificielle provenant de la rue, ou de clarté lunaire, pour m'avertir de l'inexprimable péril auquel je m'exposais, dès que dans un hoquet je soulevais la tête au-dessus du niveau d'un rêve suffocant. Des points de lumière plus vive circulaient le long de l'étroite fente, séparés par des intervalles horribles et chargés de sens. Ces points correspondaient, peut-être, aux battements rapides de mon cœur, ou étaient reliés optiquement aux clignements de mes paupières mouillées, mais la cause directe du phénomène est d'un intérêt secondaire ; ce qu'il avait d'affreux, c'est que je me rendais compte avec une terreur irrépressible que j'avais stupidement négligé de prévoir l'événement, alors qu'il devait inévitablement se produire, étant la représentation d'un problème fatidique qu'il me fallait résoudre sous peine de périr — et qu'en fait j'aurais alors pu résoudre si je lui avais accordé au préalable quelque réflexion ou si mon esprit avait été moins ensommeillé et plus clair à cet instant crucial. Le problème lui-même relevait de l'arithmétique : il s'agissait de mesurer certains rapports entre les points lumineux ou, dans mon cas, de les deviner puisque ma torpeur m'empêchait de les compter correctement, comme elle m'interdisait de me rappeler le nombre qui devait garantir ma *sécurité*. L'erreur entraînait un châtiment instantané : la décollation par les mains d'un géant ou pire encore. En revanche, la bonne réponse me valait d'être transporté dans une région ravissante, située juste au-delà de l'abîme au fond duquel je me contorsionnais dans l'épineux problème, région qui ressemblait, dans son abstraction idyllique, à ces petits paysages gravés en guise de vignettes suggestives (un érable, un étang) dans le sillage de majuscules aux formes féroces et bizarres, comme le « E » gothique au début d'un chapitre de quelque vieux livre pour enfants impressionnables. Mais comment pouvais-je savoir dans ma torpeur et mon effroi que la solution, simple, était *là*, que l'érable et l'étang et l'éclat de l'Éden, tout commençait par l'initiale de l'Être ?

Il y avait, certes, des nuits où je retrouvais la raison sur-le-champ ; je rectifiais l'ordonnance des rideaux et ne tardais pas à m'endormir. Mais, quand la situation était plus critique et que, loin d'être rétabli encore, je subissais le nimbe de cet aristocrate, il me fallait parfois plusieurs heures pour me débarrasser du spasme optique dont la lumière du jour elle-même ne parvenait pas à venir à bout. La première nuit que je passe dans un endroit nouveau est immanquablement atroce et suivie d'une journée lugubre. Je souffrais d'un mal de tête torturant, j'avais les nerfs à vif, j'étais couvert de boutons et pas rasé ; aussi refusai-je d'accompagner les Black à une partie de plage à laquelle on m'avait invité — ou dit que j'étais invité. En fait, le compte rendu de ces premiers jours à la Villa Iris est si fantaisiste dans mon journal et leur souvenir si confus dans mon esprit que je me demande si Iris et Ivor ne furent pas absents jusqu'au milieu de la semaine. Je me rappelle pourtant qu'ils eurent la gentillesse de prendre un rendez-vous pour moi chez un docteur de Cannice. C'était là une merveilleuse occasion de confronter l'incompétence de ma « gloire » londonienne avec celle d'un praticien du cru.

Il s'agissait, en l'occurrence, du professeur Junker,

personnage double comprenant le mari et la femme. Ils exerçaient ensemble depuis plus de trente ans et, chaque dimanche, s'analysaient réciproquement dans un coin retiré, et par conséquent plutôt sale, de la plage. Aux dires de leurs malades ils étaient particulièrement en forme le lundi, ce qui n'était pas mon cas, à ce que je crus comprendre : je m'étais abominablement saoulé dans deux ou trois bistros avant de gagner le quartier misérable où les Junker et d'autres médecins habitaient. Il n'y avait rien à redire à l'entrée principale, qui s'ouvrait parmi les fleurs et les fruits d'une place de marché, mais il fallait voir le reste. Je fus reçu par l'épouse, une bonne femme courtaude qui portait des pantalons (audace plaisante en 1922). Ce thème était immédiatement repris à l'extérieur de la fenêtre des w.-c. (où je dus remplir une fiole ridicule, suffisante pour les besoins d'un médecin mais trop petite pour les miens) dans un spectacle auquel une brise assez forte apportait son concours, au-dessus d'une rue suffisamment étroite pour être traversée en trois bonds ou trois enjambées par autant de paires de longs caleçons. Je relevai ce détail et le fait qu'une des verrières du cabinet de consultation était, avec sa dame mauve, la réplique de celle qui ornait la cage d'escalier de la Villa Iris. Mme Junker me demanda si j'aimais les garçons ou les filles et je répondis prudemment, en regardant autour de moi, que j'ignorais ce qu'elle avait à m'offrir. Elle ne rit pas. La conclusion fut un échec. Avant d'établir le diagnostic de névralgie de la mâchoire, Mme Junker voulait que je voie un dentiste — quand j'aurais dessaoulé. Il y en avait un juste en face, me dit elle. Je sais qu'elle l'appela pour lui annoncer ma visite, mais ne me souviens plus si j'y allai le jour même ou l'après-midi suivant. Il s'appelait Molnaire — avec ce « n » incongru comme un petit grain au creux d'une dent. Je l'ai utilisé quelque quarante ans plus tard dans *Un royaume au bord de la mer*.

Une jeune femme que je pris pour son assistante (ce que démentait pourtant son costume de fête) siégeait, jambes croisées, dans le vestibule ; elle parlait au téléphone et se contenta de m'indiquer une porte du bout de sa cigarette sans interrompre sa conversation. Je me trouvai dans une pièce banale et silencieuse. Les meilleurs sièges étaient occupés. Au-dessus d'une étagère surchargée de publications était accrochée une grande toile de type conventionnel, représentant un arbre mort couché au travers d'un torrent alpestre. Quand j'arrivai, quelques revues avaient déjà déserté l'étagère, plus tôt, lors d'une autre consultation, au profit d'une table ovale sur laquelle étaient disposés de modestes objets (son propre décor), tels un vase à fleurs vide et un casse-tête de la taille d'une montre. Ce jeu consistait en un minuscule labyrinthe circulaire et en cinq petites boules d'argent qu'il s'agissait de faire parvenir au centre de la spirale par de judicieux mouvements du poignet. A l'usage des enfants qui trouvaient le temps long.

D'enfants, point. Un type corpulent occupait une des bergères d'angle, un bouquet d'œillets sur les genoux. Deux dames d'un certain âge trônaient sur un sofa marron, étrangères l'une à l'autre, à en juger par l'intervalle poli qui les séparait. Assis sur un tabouret rembourré à des lieues de là, un jeune homme d'apparence cultivée, peut-être un romancier, prenait note sur note dans un petit calepin qu'il tenait à la main — décrivant peut-être les divers objets que ses yeux rencontraient entre deux inscriptions : le plafond, le papier peint, le tableau, et la nuque velue d'un homme qui, debout devant la fenêtre, mains jointes dans le dos, contemplait distraitement, au-delà des caleçons flottants et de l'imposte mauve des w.-c.

des Junker, au-delà des toits et des collines basses, une lointaine chaîne de montagnes où, pensais-je distraitement, existait peut-être encore le pin desséché qui enjambait le torrent du tableau.

Une porte s'ouvrit bientôt à l'autre bout de la pièce avec un bruit de rire et le dentiste entra, visage rougeaud, nœud papillon, portant un costume gris cérémonie mal ajusté et rehaussé d'un brassard noir plutôt coquin. Poignées de main, félicitations. J'entrepris de lui rappeler notre rendez-vous, mais une vieille dame à l'air digne, en qui je reconnus Mme Junker, m'interrompit en disant que c'était de sa faute. Entre-temps, Miranda, la fille de la maison que j'avais vue un instant plus tôt, introduisait les longues tiges pâles des œillets de son oncle dans un vase étroit qui se trouvait sur la table — drapée soudain comme par miracle. Une soubrette fort applaudie déposa près du vase un gros gâteau d'un rose crépusculaire, qui portait, dessiné à la crème calligraphique, le chiffre « 50 ». « Quelle charmante attention ! » s'exclama le veuf. On servit le thé. Plusieurs groupes s'assirent, d'autres restèrent debout, verre en main. Dans un souffle chaud, Iris me chuchota que c'était du jus de pomme épicé et non de l'alcool ; mains levées, je m'éloignai avec horreur du plateau que tendait dans ma direction le fiancé de Miranda — l'homme que j'avais surpris en train de vérifier certains détails de la dot. « Nous ne vous attendions pas », dit Iris, vendant la mèche, car cette réception ne pouvait être la partie de plaisir à laquelle j'avais été invité (« Ils ont une maison charmante sur un rocher »). Non, je crois qu'il faut considérer une grande partie des impressions confuses liées aux docteurs et aux dentistes que j'ai énumérées ici comme une expérience onirique au cours d'une sieste d'ivrogne. L'écriture corrobore cette assertion. En consultant mes premières notes dans des agendas de poche où noms et numéros de téléphone se frayent un passage parmi les comptes rendus d'événements réels ou plus ou moins fictifs, je m'aperçois que les rêves et autres déformations de la « réalité » sont rédigés dans une écriture particulière aux lettres penchées en arrière — du moins dans les premières rubriques, avant que j'aie cessé d'observer les distinctions admises. La plupart de mes écrits précambridgiens présentent ce caractère (mais le soldat s'effondra bel et bien sur la route empruntée par le roi fugitif).

CHAPITRE V

Je sais bien qu'on me prête le sérieux d'un hibou, mais j'ai horreur des plaisanteries de mauvais goût et je ne trouve rien de plus assommant (« seuls les gens qui n'ont pas d'humour emploient cet adjectif », selon Ivor) qu'un flot ininterrompu d'injures camouflées en facéties et de jeux de mots vulgaires. Ivor était pourtant un bon type, et ce n'est pas son persiflage qui me faisait apprécier ses absences régulières des jours de semaine. Il travaillait dans une agence de voyages dirigée par l'ancien homme d'affaires de sa tante Betty, un excentrique qui lui avait promis une prime sous la forme d'un phaéton Icare, s'il se conduisait bien.

Ma santé et mon écriture redevinrent très vite normales, et je commençai à trouver de l'agrément au Midi. Iris et moi passions des heures à muser dans le jardin (elle, portant un costume de bain noir, et moi, un pantalon de flanelle et un blazer), que je préférai, au début, avant l'inévitable séduction des bains de mer, à la chair de la plage. Je traduisis pour elle plusieurs petits poèmes de Pouchkine et de Lermontov que je paraphrasais et retouchais afin d'en tirer meilleur effet. Je lui racontai, par le menu et fort dramatiquement, comment j'avais fui mon pays. Je mentionnai de grands exilés du passé. Elle m'écoutait comme Desdémone.

« J'aimerais tant apprendre le russe », dit-elle, d'un ton exprimant le désir poli qui doit accompagner cet aveu. « Ma tante est pratiquement née à Kiev. A soixante-quinze ans, elle savait encore quelques mots de russe et de roumain. Mais je suis une piètre linguiste. Comment dit-on "eucalyptus" dans votre langue ?

— *Evkalipt.*

— Oh ! ce serait un joli nom pour un homme, dans une nouvelle. " F. Clipton ". Wells a un " Mr. Snooks " dérivé de "Seven Oaks". J'adore Wells. Pas vous ? »

Je dis que Wells était le plus grand magicien et le romancier le plus imaginatif de notre temps, mais que je ne pouvais pas supporter son baratin sociologique.

Elle ne le supportait pas davantage. Est-ce que je me rappelais ce que Stephen disait dans *The Passionate Friends* en quittant la pièce — une pièce neutre — où on lui avait permis de voir sa maîtresse pour la toute dernière fois ?

« Je connais la réponse. Les meubles étaient recouverts de housses, et il a dit : "C'est à cause des mouches."

— Oui ! N'est-ce pas merveilleux de lancer une phrase pour ne pas pleurer ? On pense à la mouche domestique peinte par un vieux maître sur la main de son modèle pour montrer qu'entre-temps le personnage est mort. »

Je dis que je préférais toujours la signification littérale d'une description au symbole qu'elle dissimule. Elle acquiesça pensivement, apparemment peu convaincue.

Et quel était notre favori, parmi les poètes modernes ? Housman ?

Je l'avais vu plusieurs fois de loin, et une fois de tout près. A la bibliothèque de Trinity. Il était debout, un livre ouvert à la main, mais regardait le plafond comme s'il essayait de se souvenir de quelque chose —

peut-être de la façon dont un autre auteur avait traduit ce vers.

Elle dit qu'elle aurait été « terriblement émue ». Elle prononça ces mots en avançant sa petite tête sérieuse d'un mouvement brusque, et en la secouant rapidement, cette tête aux cheveux lisses, coupés à la chien.

« Vous devriez être émue *maintenant* ! Après tout, je suis *ici*, c'est l'été 1922, cette maison est la maison de votre frère...

— Non, dit-elle », esquivant la question (et à cet instant précis je sentis un brusque chevauchement dans la texture du temps, comme si cela s'était produit dans le passé ou se reproduirait dans l'avenir). « C'est *ma* maison, tante Betty me l'a léguée à *moi*, avec un peu d'argent, Ivor est trop bête ou trop fier pour me laisser payer ses monstrueuses dettes. »

L'ombre de ma réprimande était plus qu'une ombre. Même alors, entre vingt et vingt-cinq ans, je croyais fermement qu'avant le milieu du siècle je serais devenu un écrivain libre et célèbre, vivant dans une Russie libre et universellement respectée, sur le quai Anglais de la Néva ou dans l'un de mes merveilleux domaines de campagne, faisant de la prose et de la poésie dans la langue infiniment plastique de mes ancêtres : je comptais parmi eux une grand-tante de Tolstoï et deux joyeux compagnons de Pouchkine. L'avant-goût de la gloire était aussi capiteux que les vieux crus de la nostalgie. C'était le souvenir à l'envers, un grand chêne se mirant avec tant de pittoresque dans les eaux si claires d'un lac que ses branches réfléchies ressemblaient à des racines magnifiées. Je sentais cette gloire à venir dans mes orteils, au bout de mes doigts, dans mes cheveux, comme le frisson que vous donnent l'éclair, ou la beauté mourante d'un chant grave, juste avant que n'éclate le tonnerre, ou un seul vers du *Roi Lear*.

Pourquoi des larmes embuent-elles mes lunettes quand j'évoque ce fantasme de gloire qui m'a tenté et torturé il y a cinq décennies ? Son image était innocente, son image était authentique, la différence entre elle et ce qui devait réellement advenir me brise le cœur comme l'agonie de la séparation.

Ni l'ambition ni les honneurs ne ternissaient cet avenir fantasque. Le président de l'Académie russe s'avançait vers moi au son d'une musique lente, m'offrant une couronne posée sur un coussin — mais il se retirait en grommelant, car je secouais négativement mon chef grisonnant. Je me voyais corrigeant les épreuves d'un nouveau roman, qui, comme de raison (*ma* raison — sans amour-propre, sans suffisance, sans surprise de ma part), devait changer la destinée du style littéraire russe, et chargeant la marge — où l'inspiration trouve une pâture de choix — de telles altérations qu'il fallait recomposer tout le livre. Lorsque mon roman faisait enfin une tardive apparition et que l'âge venait doucement, je trouvais peut-être de l'agrément à recevoir quelques chers flagorneurs dans les bocages de mon manoir préféré (où j'avais pour la première fois « regardé les arlequins »), Marévo, avec son allée aux fontaines et son échappée chatoyante sur un morceau vierge de la steppe de la Volga. Les choses *ne pouvaient pas* se passer autrement.

De mon lit glacé à Cambridge, j'étudiais toute une période de la nouvelle littérature russe. J'attendais avec impatience les articles revigorants des critiques défavorables mais polis qui me chinaient, dans les revues littéraires de Saint-Pétersbourg, sur mon absence pathologique d'intérêt pour la politique, les grandes idées de petits esprits, et des problèmes aussi graves que la surpopulation dans les centres urbains. Il n'était pas moins drôle d'imaginer la meute inévitable des escrocs et des béjaunes qui vitupéraient le marbre souriant, malades d'envie, enragés par leur propre médiocrité, se précipitant, tels des lemmings, en hordes trottinantes vers leur destin tragique, pour revenir bientôt en courant de l'autre bout de la scène, sans avoir ni compris le sens de mon livre ni trouvé leur Gazer de rongeurs.

Les poèmes que je me mis à écrire après ma rencontre avec Iris n'avaient d'autre sujet que des traits, des attitudes qui n'étaient qu'à elle — la manière dont son front se plissait lorsqu'elle haussait les sourcils, attendant que je saisisse le sel d'une de ses plaisanteries, la façon dont ces plis se dissolvaient pour faire place à d'autres, tendres, entièrement différents, quand elle cherchait dans le Tauchnitz un passage qu'elle voulait me communiquer. Mon instrument, cependant, était encore trop grossier, trop maladroit ; il ne pouvait exprimer le détail divin, et *ses* yeux, *ses* cheveux subissaient une généralisation sans espoir dans mes strophes par ailleurs bien tournées.

Aucune de ces pièces descriptives et — soyons franc — banales n'était assez bonne (surtout anglicisée à cru sans rime ni raison) pour être montrée à Iris ; en outre, une curieuse timidité — que je n'avais jamais ressentie auparavant quand je faisais la cour à une fille, lors des préliminaires gaillards de ma sensuelle jeunesse — me retenait de soumettre à Iris un inventaire de ses charmes. La nuit du 20 juillet, cependant, je composai un petit poème moins direct et plus métaphysique que je décidai de lui montrer au petit déjeuner, dans une traduction littérale qui me prit plus de temps à rédiger que l'original. Le titre sous lequel il parut dans le quotidien d'émigrés parisien (le 8 octobre 1922, après plusieurs rappels et une « prière de renvoyer l'ouvrage » de ma part) était et demeure, dans les divers recueils et anthologies qui devaient le réimprimer au cours des cinquante années à venir, *Vlioublionnost'*, un vocable qui serre dans une coque de noix dorée ce que l'anglais exprime en trois mots et le français en deux.

My zabyvāem tchto vlioubliōnnost'
Nié prōsto povorōt litsā,
A pod koupāvami bezdōnnost',
Notchnāïa pānika plovtsā.

Pokoūda snītsia, snīs', vlioubliōnnost',
No proboujdiēniem nié moūtch',
I loūtchché niédogovoriōnnost'
Tchem ēta chtchēl, i ētot loūtch .

Napominā̈ïou tchto vlioubliōnnost'
Nié iāv', tchto miētiny nié tiē,
Tchto mōjet-byt' potoustorōnnost'
Priotvorīlas' v temnotiē.

« Charmant. dit Iris. On dirait une incantation. Qu'est-ce que ça veut dire ?

—J'ai la traduction ici au verso. Voilà. Nous oublions — ou plutôt avons tendance à oublier — que le fait d'être amoureux (*vlioublionnost'*) ne dépend pas de l'angle facial de l'aimé(e) mais est comme un abîme sous les nénuphars, *a swimmer's panic in the night* (expression qui rend le tétramètre iambique de l'original — dernier vers de la première stance, *notchnāïa pānika plovtsā)*. Deuxième strophe : tant que le rêve s'y prête (même sens que "quand les circonstances s'y prêtent"), apparais dans nos songes, *vlioublionnost'*, mais ne nous tourmente pas en nous en disant trop ou en nous réveillant ! La réticence vaut mieux que cet entrebâillement ou ce rayon de lune. Et voici la dernière stance de ce poème d'amour philosophique.

— De ce quoi ?

— De ce poème d'amour philosophique. *Napominaïou*, je te rappelle, que *vlioublionnost'* n'est pas réalité du grand jour, que ses aspects ne sont pas les mêmes (par exemple, un plafond que raie la lune, *polossatyï ot louny potolok*, n'est pas la même sorte de réalité qu'un plafond vu de jour), et que, peut-être, l'au-delà s'entrouvre légèrement dans le noir. Voilà.

— Votre amie, constata Iris, doit s'amuser beaucoup en votre compagnie. Ah ! voici notre soutien de famille ! Bonjour, Ives. Je crains bien qu'il n'y ait plus de toasts. Nous pensions que tu étais parti depuis des heures. »

Elle appliqua un instant sa paume contre la joue de la théière. Et tout cela se retrouva dans *Ardis*, mon pauvre, pauvre amour mort.

CHAPITRE VI

Après cinquante étés, ou dix mille heures, de bains de soleil dans divers pays, sur des plages, des bancs, des toits, des ponts de bateau, des corniches, des gazons, des rochers, des planches et des balcons, j'aurais pu être incapable de me rappeler les détails sensoriels de mon noviciat si je n'avais eu ces vieilles notes, qui sont un tel réconfort pour un mémorialiste pédant au fil de la narration de ses maladies, de ses mariages et de sa vie littéraire. Tandis que j'étais couché à plat ventre sur une serviette rugueuse dans l'air embrasé de la plage, Iris, agenouillée et roucoulante, m'enduisait le dos d'énormes quantités de Shaker's Cold Cream. Des contours photomatiques violets nageaient sous mes paupières fermées pressées contre mon avant-bras : « A travers la prose des cloques je sentais la poésie de sa caresse... » (le style de mon journal de poche, mais je peux corriger cette préciosité de jeunesse). A travers la démangeaison, et, en fait, relevé par cette démangeaison jusqu'à un degré exquis de jouissance plutôt ridicule, le contact de sa main sur mes omoplates et le long de mon épine dorsale ressemblait trop à une caresse délibérée pour ne pas être une contrefaçon délibérée, et je ne pus maîtriser une réponse cachée, lorsque avant de s'envoler, en un dernier papillonnement gratuit, ses doigts agiles descendirent jusqu'à mon coccyx.

« Voilà ! » dit Iris, avec exactement la même intonation que celle prise, après un genre de traitement plus particulier, par une de mes dulcinées de Cambridge, Violet McD., une vierge aussi compatissante qu'experte.

Elle, Iris, avait eu plusieurs amants, et, quand j'ouvris les yeux et me tournai vers elle, quand je la vis, avec, au loin, les diamants dansant dans le bleu-vert des vagues qui s'avançaient et s'écroulaient, et les galets noirs et mouillés sur le bord luisant de la plage où l'écume morte attend l'écume vive, et, oui, je me souviens, la crête des vagues blanches trottant de front comme des poneys de cirque, je compris, en la découvrant sur cette toile de fond, quelle somme d'adulation et d'amants avait contribué à former et perfectionner mon Iris, cette peau impeccable, l'absence totale d'hésitation dans le contour des hautes pommettes, l'élégance du creux au-dessous, l'accroche-cœur d'une petite coquette bien soignée.

« A propos », dit Iris, passant à une position semi-étendue, les jambes repliées sous elle, « je n'ai pas encore présenté mes excuses pour la remarque stupide que j'ai faite au sujet de ce poème. J'ai lu et relu vos "Valley Blondies" *[Vlioublionnost']* cent fois, tant en anglais pour le sens qu'en russe pour la musique. C'est absolument divin. Vous me pardonnez ? »

J'arrondis les lèvres pour baiser le genou brun, iridescent, proche de ma bouche, mais elle appliqua sa paume sur mon front, comme on prend la température d'un enfant, et l'immobilisa.

« On nous observe, dit-elle. Des yeux qui semblent regarder partout sauf dans notre direction. Les deux gentilles institutrices anglaises sur ma droite — à une vingtaine de pas — m'ont déjà dit que vous ressembliez de façon “a-houri-sangt” — elles savent un peu de français — à cette photo où Rupert Brooke a le cou nu. Si vous essayez encore de m'embrasser ou de promener vos lèvres sur ma jambe, je vous demanderai de partir. J'ai été suffisamment blessée dans ma vie. »

Une pause. L'iridescence provenait de poussières de quartz. Quand une fille se met à parler comme un roman à quatre sous, il ne vous faut qu'un peu de patience.

Est-ce que j'avais envoyé le poème à ce journal d'émigrés ? Pas encore. Ma guirlande de sonnets était partie en priorité. L'homme et la femme (baissant la voix) sur ma gauche étaient des expatriés comme moi, à en juger par certains petits détails. Iris acquiesça. « Ils se sont levés et pratiquement mis au garde-à-vous quand vous avez commencé à réciter cette chose de Pouchkine à propos des vagues qui se couchaient à ses pieds pour l'adorer. D'autres particularités ?

— Il n'a cessé de caresser sa barbe, très lentement, du menton à la pointe, en regardant l'horizon, et elle a fumé une cigarette à filtre de carton. »

Il y avait aussi une petite fille d'une dizaine d'années qui berçait un gros ballon de plage jaune dans ses bras nus. Elle semblait ne porter rien d'autre qu'une sorte de harnais froncé et une jupe plissée très courte qui révélait ses cuisses minces. C'était ce que les amateurs devaient appeler, dans une époque plus récente, une « nymphette ». Lorsqu'elle surprit mon regard, elle m'adressa, de dessous sa frange auburn et par-dessus notre globe solaire, un sourire impudique et charmant.

« A onze ou douze ans, dit Iris, j'étais aussi jolie que cette orpheline française. La dame tout en noir qui tricote sur son *Cannice-Matin* éployé est sa grand-mère. Je laissais des messieurs malodorants me caresser. Je jouais à des jeux indécents avec Ivor... oh ! rien qui sortît de l'ordinaire, et, de toute façon, il préfère maintenant les *ragazzi* aux *ragazze*, du moins c'est ce qu'il dit. » Elle parla un peu de ses parents, qui, par une coïncidence fascinante, étaient morts tous les deux le même jour, elle à sept heures du matin à New York, lui à midi à Londres, il y avait à peine deux ans. Ils s'étaient séparés peu après la guerre. Elle était américaine et horrible. Ce n'était pas une façon de parler de sa mère, mais elle était vraiment horrible. Papa était vice-président de la Samuels Cement Company au moment de sa mort. Il venait d'une famille respectable et avait des « relations ». Je demandai ce qu'Ivor reprochait exactement à la « société » et réciproquement. Elle répondit vaguement qu'il détestait la « clique des chasses à courre » et le « clan des yachts ». Je lui fis remarquer que ces expressions étaient d'abominables clichés dont n'usaient que les philistins. Dans mon milieu, dans mon monde, dans l'opulente Russie de mon enfance, nous étions tellement au-dessus de tout concept de « classe » que nous ne faisions que rire ou bâiller quand nous lisions des histoires de « barons japonais » ou de « patriciens de la Nouvelle-Angleterre » . Pourtant, assez curieusement, Ivor ne cessait de faire le clown pour devenir un individu sérieux, normal, que lorsqu'il enfourchait son vieux dada pelé et pommelé et se mettait à vitupérer les « classes supérieures » anglaises — et surtout leur prononciation. Je protestai que c'était un langage d'une qualité autre que le meilleur français de Paris, et même le russe de Saint-Pétersbourg, un hennissement délicieusement modulé qu'Iris et lui parvenaient assez bien, quoique sans doute inconsciemment, à imiter dans leurs rapports de tous les jours, quand ils ne se gaussaient pas des heures durant de l'anglais démodé ou guindé d'un malheureux étranger. A propos, de quelle nationalité était le vieillard bronzé à la poitrine couverte de poils blancs qui pataugeait dans le ressac, précédé de son chien tout crotté ? Il me semblait connaître son visage.

C'était Kanner, dit-elle, le grand pianiste et chasseur de papillons ; son visage et son nom apparaissaient sur toutes les colonnes Morris. Elle allait acheter des billets pour au moins deux de ses concerts ; et là, à l'endroit précis où son chien se secouait, la famille P. (vieux nom glorieux) avait pris le soleil en juin, à un moment où la plage était pratiquement déserte, et snobé Ivor, qui pourtant connaissait le jeune L. P. de Trinity College. Maintenant, ils étaient installés un peu plus loin, dans un coin encore plus sélect. Est-ce que je voyais ce point orange ? C'était leur cabine. Devant le *Mirana Palace.* Je ne dis rien, mais je connaissais aussi le jeune P. et ne l'aimais pas non plus.

Le même jour. Me suis trouvé nez à nez avec lui aux lavabos du *Mirana,* où il m'a accueilli avec effusion. Aurais-je plaisir à rencontrer sa sœur ? Sommes quel jour demain ? Samedi. Suggérai qu'ils viennent en se baladant jusque devant le Victoria. Une sorte de petite anse, sur votre droite. J'y suis avec des amis. Naturellement, vous connaissez Ivor Black. Ont surgi tous les deux comme prévu. Sœur charmante — membres longs. Ivor très impoli. Debout, Iris, tu oublies que nous prenons le thé avec Rapallovitch et Chicherini. Ce genre de propos. Stupides querelles. Lydia P. hurlait de rire.

Fort de l'effet de cette crème miracle, au stade d'insolation auquel j'étais parvenu (celui du homard après cuisson), je troquai mon caleçon de bain correct contre une variété plus courte (proscrite encore, à l'époque, dans des paradis plus stricts). Le résultat de ce changement tardif fut une bizarre stratification de mon bronzage. Je me souviens m'être glissé dans la chambre d'Iris pour me contempler dans sa psyché (la seule de la maison), certain matin qu'elle avait élu pour se rendre au salon de beauté — où je l'appelai, afin de m'assurer qu'elle n'était pas ailleurs, dans les bras d'un amant. Mis à part le petit Provençal qui astiquait la rampe, il n'y avait personne dans la maison, et je pus m'adonner librement à l'un de mes plaisirs les plus tenaces et les plus polissons : me promener tout nu dans une maison étrangère.

Le portrait en pied n'était pas exactement une réussite, ou plutôt comportait un élément de frivolité familier aux miroirs et aux animaux exotiques des peintures médiévales. Le visage était marron, le torse et les bras caramel ; une ceinture équatoriale d'un rouge carminé soulignait ces deux premières parties ; venait ensuite un espace blanc, de forme plus ou moins triangulaire, dont la pointe, tournée vers le sud, était bordée de part et d'autre du même carmin ; et (du fait que je portais des shorts toute la journée) les jambes étaient aussi brunes que le visage. Point culminant, qui ressortait sur la blancheur de l'abdomen en un repoussé terrifiant et avec une laideur que je n'avais jamais remarquée jusque-là, le zoo portatif du mâle, composition animalière symétrique avec sa trompe d'éléphant, ses deux oursins jumeaux, son bébé gorille cramponné à mon bas-ventre et tournant le dos au public.

Mon système nerveux fut secoué par un spasme d'alarme. Les démons de la « conscience écorchée », ce mal incurable dont je souffrais, piétinaient mes arlequins. Je cherchai une distraction d'urgence dans les babioles de la chambre parfumée de lavande de mon amour : un teddy-bear teint en violet, un curieux roman français *(Du côté de chez Swann)* que j'avais acheté pour elle, une pile de linge fraîchement lavé et repassé, posée avec soin dans un moïse, la photographie en couleur de deux filles (dans un cadre de fantaisie), portant en coin l'inscription suivante : « Dame Cressida et la douce Nell, Cambridge,

1919 » ; je pris d'abord la première des deux filles pour Iris elle-même, en perruque dorée et maquillage rose ; un examen plus approfondi me révéla qu'en fait il s'agissait d'Ivor jouant le rôle de cette agaçante perruche qui entre et sort à tout bout de champ dans la farce boîteuse de Shakespeare. Mais le chromodiascope de Mnémosyne peut aussi devenir assommant.

Le boy provençal, qui avait gagné le salon de musique, époussetait les touches du Bechstein dans une belle cacophonie quand je repris mes déambulations de nudiste — avec moins d'entrain. Il prononça un mot qui ressemblait à « *Hora* » d'un ton interrogatif, et j'agitai mon poignet sous son nez pour ne lui présenter qu'un pâle fantôme de montre et de bracelet de montre. Il se méprit complètement sur mon geste et s'éloigna en secouant sa sotte tête. C'était une matinée d'erreurs et d'échecs.

Je me dirigeai vers l'office pour me verser un ou deux verres de vin — le meilleur petit déjeuner en période de détresse. Dans le couloir, je marchai sur un débris de poterie (nous avions entendu le fracas, la veille) et, avec un juron, je me mis à danser sur un pied, dans un vain effort pour examiner une coupure imaginaire sous la plante plus pâle de mon pied.

Le litre de rouge que je m'étais représenté était bien là, mais j'eus beau fouiller tous les tiroirs, je ne trouvai pas de tire-bouchon. Entre deux claquements de tiroir ouvert et refermé, j'entendis la voix rauque de l'ara lancer une sinistre grossièreté. Le facteur était passé. Le rédacteur de *la Nouvelle Aurore (Novaïa zaria)* craignait (d'affreux poltrons, ces rédacteurs) que sa « modeste entreprise *(natchinanié)* d'émigrés » ne pût... etc. — un « etc. » rageusement froissé qui atterrit dans la poubelle. Privé de vin, plein de colère, le *Times* d'Ivor sous le bras, je grimpai d'un pied clappant l'escalier de service et regagnai la touffeur de ma chambre. Le chahut s'était installé dans mon cerveau.

C'est alors que, sanglotant horriblement dans mon oreiller, je résolus de donner en guise de préface à ma demande en mariage du lendemain une confession qui pourrait la rendre inacceptable pour mon Iris.

CHAPITRE VII

Si, de la grille du jardin, vous parcouriez des yeux l'avenue asphaltée qui dans l'ombre mouchetée menait jusqu'au village, quelque deux cents pas plus à l'est, vous aperceviez, entre les deux derniers platanes de la file jumelle qui jalonnait les deux côtés de la route, le cube rose de la petite poste précédé de son banc vert, surmonté de son drapeau, le tout empreint de cette clarté léthargique de la diachromie.

A droite (côté sud) de l'avenue, franchie la marge d'un fossé à demi recouvert de ronces, les intervalles entre les troncs maculés révélaient des carrés de lavande ou de luzerne, et, plus loin, le mur blanc, bas, d'un cimetière, courant parallèlement à notre avenue — selon la tendance propre à ces constructions. A gauche (côté nord), on découvrait dans les intervalles analogues une étendue de terrain montant, un vignoble, une ferme lointaine, des bosquets de pins, un profil de montagnes. Sur l'avant-dernier tronc de cette file, quelqu'un avait collé — et quelqu'un d'autre à moitié arraché — un avis incohérent.

Nous descendions cette avenue presque chaque matin, Iris et moi, pour nous rendre sur la place du village et de là, par de charmants raccourcis, à Cannice et à la mer. De temps à autre, elle aimait rentrer à pied, car c'était une de ces filles petites mais robustes qui font des courses d'obstacles, jouent au hockey, escaladent des rochers, et peuvent encore danser le shimmy jusqu'aux pâles et folles heures *(do bezoumnovo blednovo tchassa* — pour citer un extrait du premier poème que je lui adressai directement). Elle portait habituellement sa robe « indienne », une sorte de peignoir diaphane, par-dessus un costume de bain étriqué, et, quand je la suivais de trop près, conscient de la solitude et de la sécurité, emporté par le rêve où tout devenait possible, un désir brutal entravait ma démarche. Heureusement, ce n'était pas la sécurité toute relative de la solitude qui me retenait, mais la décision morale que j'avais prise de lui avouer une chose grave avant de lui faire la cour.

Vue de ces escarpements, la mer s'étalait loin audessous en rides majestueuses ; la hauteur et la distance donnaient aux élans répétés de l'écume un ralenti plutôt cocasse : nous savions, pour l'avoir observé, que leur mouvement était vigoureux — et maintenant cette réserve, cette majesté...

Brusquement, du fouillis naturel qui nous entourait, s'échappa un rugissement d'extase quasi surnaturel.

« Seigneur, dit Iris, j'espère que ce n'est pas un heureux évadé du Cirque Kanner. » (Aucun rapport, semblait-il du moins, avec le pianiste.)

Nous continuâmes, côte à côte : après avoir traversé une première fois la route en lacets (il la traversait une bonne demi-douzaine de fois), notre sentier s'élargissait. Ce jour-là, comme d'habitude, je disputai Iris à propos du nom des quelques plantes que je reconnaissais — cistes et griseldas en fleur, agaves (qu'elle appelait « centuries »), euphorbes et genêts, myrtes et arbousiers. Des papillons tachetés allaient et venaient comme de rapides mouchetures de soleil dans les tunnels de feuillage que nous traversions, et, une fois, un énorme spécimen vert olive, avec une lueur rouge rosé quelque part sous le ventre, se posa un instant sur la couronne d'un chardon. Je ne connais rien aux papillons ; j'ai une franche inimitié pour ceux, plus pelucheux, qui volent la nuit, et je ne supporterais pas qu'aucun d'entre eux me touchât : le plus ravissant me donne le même vilain frisson qu'une toile d'araignée flottante, ou ce fléau des salles de bains de la Riviera, le poisson d'argent.

Le jour sur lequel nous dirigeons maintenant notre objectif, mémorable pour une affaire bien plus importante, mais véhiculant comme des ébarbures ou des parasites marins toutes sortes de détails synchrones, nous aperçûmes un filet à papillons qui se déplaçait parmi les rochers fleuris ; le vieux Kanner apparut bientôt, son panama dansant au bout de l'attache fixée à un bouton de son veston, ses mèches blanches voletant autour de son front cramoisi, l'extase — dont nous avions de toute évidence perçu un écho un instant plus tôt — irradiant encore de toute sa personne.

Iris lui ayant aussitôt décrit la spectaculaire apparition vert olive, Kanner la définit avec mépris comme *eine* « Pandora » (c'est du moins ce que je lis dans mes notes), un *Falter* (papillon) commun dans le sud. « *Aber* (mais) », tonna-t-il, l'index dressé, « quand vous voulez voir une véritable rareté, jamais jusqu'ici observée à l'ouest de la *Nieder-Österreich,* alors je veux vous montrer ce que je viens d'attraper. » Il appuya son filet (qui tomba aussitôt — Iris le ramassa respectueusement) contre un pan de roche, et, se confondant en remerciements (à Psyché ? Belzébuth ? Iris ?) qui moururent graduellement comme un accompagnement, tira d'un compartiment de sa musette une petite enveloppe à timbres-poste, d'où, en la secouant précautionneusement, il fit choir dans le creux de sa main un papillon plié.

Après un seul coup d'œil, Iris lui dit qu'il s'agissait tout bonnement d'un très jeune petit Blanc du chou. (Elle avait sa théorie, selon laquelle, par exemple, les mouches *grandissaient.*)

« Maintenant, regardez avec attention », dit Kanner, ignorant sa remarque bizarre et désignant de ses brucelles closes l'insecte triangulaire. « Ce que vous voyez est la partie inférieure... le dessous blanc du *Vorderflügel* ("aile antérieure") gauche et le dessous jaune de l'*Hinterflügel* ("aile postérieure") gauche. Je ne veux pas ouvrir les ailes, mais vous pouvez croire ce que je vais vous dire. Sur la face supérieure, que vous ne voyez pas, cette espèce présente les mêmes typiques petites taches de l'aile antérieure — respectivement un point noir chez le mâle et un *Doppelpunkt* ("deux points") chez la femelle — que ses plus proches parents, la petite Piéride du chou et la Piéride de Mann. Chez ces deux papillons, la ponctuation est répétée sur la face inférieure, et seule l'espèce dont vous voyez un spécimen plié dans la paume de ma main a le dessous de l'aile blanc — un caprice typographique de la nature ! Ergo, c'est un erganc. »

Une des pattes de l'insecte prostré se contracta.

« Oh, il est vivant ! s'écria Iris.

— Non, il ne peut pas s'envoler... il a suffi d'un pincement », répondit Kanner avec douceur en remettant le spécimen dans son enfer pellucide, et, brandissant bras et filet en un adieu triomphant, il continua son ascension.

« La brute ! » gémit Iris. Elle évoqua sombrement les mille petites créatures qu'il avait torturées, mais, quelques jours plus tard, lorsque Ivor nous emmena au concert de Kanner (une très poétique interprétation de la suite de Grünberg *les Châteaux*), elle retira quelque consolation de la remarque méprisante de son frère : « Toute cette histoire de papillons n'est qu'un truc publicitaire. » Hélas ! moi qui étais un autre fou, je savais à quoi m'en tenir.

Je n'eus qu'à ôter ma chemise, mon short et mes espadrilles, quand nous atteignîmes notre morceau de plage, pour m'imbiber de soleil. Iris laissa tomber son peignoir et se coucha sur la serviette voisine de la mienne. Je répétais dans ma tête le discours que j'allais lui tenir. Le chien du pianiste était aujourd'hui accompagné d'une belle vieille dame, sa quatrième épouse. La nymphette se faisait enterrer par deux crétins dans le sable brûlant. La dame russe lisait un journal d'émigrés et son mari contemplait l'horizon. Les deux Anglaises s'élevaient et retombaient avec les vagues étincelantes. Une nombreuse famille française d'albinos quelque peu congestionnés essayait de gonfler un dauphin de caoutchouc.

« Je vais me tremper », dit Iris.

De son sac de plage (que lui gardait le concierge du *Victoria*) elle tira son bonnet de bain jaune, et nous transportâmes nos serviettes et nos affaires jusqu'au calme relatif d'une espèce d'appontement désaffecté sur lequel elle aimait à se faire sécher après le bain.

Deux fois déjà dans ma jeune vie, une crampe généralisée — contrepartie physique d'une folie foudroyante — avait failli me faire succomber dans l'horreur d'une eau noire et sans fond. Je me revois à quinze ans, traversant au crépuscule une rivière étroite mais profonde, en compagnie d'un cousin sportif. Il est en passe de me distancer, lorsqu'un effort particulier fait naître en moi un sentiment d'ineffable euphorie, promesse de miracles de propulsion, de prix imaginaires sur des rayons imaginaires, mais qui, parvenue à son zénith satanique, se mue en un intolérable spasme, dans une jambe d'abord, puis dans l'autre, puis dans les côtes et dans les deux bras. Bien plus tard, j'ai souvent tenté d'expliquer à des médecins ironiques et savants la bizarre et hideuse qualité *segmentale* de ces atroces pulsations qui faisaient de moi un ver énorme et transformaient mes membres en anneaux de souffrances successifs. Par un coup de veine fantastique, un troisième nageur — inconnu — se trouvait juste derrière moi ; il vint me délivrer d'un inextricable entrelacs de tiges de nénuphars.

La seconde crise survint un an plus tard, sur la côte occidentale du Caucase. J'assistais, en compagnie d'une douzaine de garçons plus âgés, à la réception donnée pour l'anniversaire du fils du gouverneur du district ; nous avions tous bu, et, vers minuit, un sémillant jeune Anglais, Allan Andoverton (qui devait devenir, aux alentours de 1939, mon premier éditeur anglais !) proposa une baignade au clair de lune. Tant que je ne m'aventurais pas trop loin dans la mer l'expérience ne pouvait être qu'agréable. L'eau était chaude ; la lune brillait avec bienveillance sur la chemise empesée de ma première tenue de soirée, étalée sur les galets de la rive. J'entendais des voix joyeuses autour de moi ; Allan, je me souviens, gigotait tout habillé avec sa bouteille de champagne dans la houle miroitée ; mais un nuage engloutit brusquement toute la scène ; une grosse vague me souleva et m'emporta, et je fus bientôt trop retourné (dans tous les sens du terme) pour pouvoir dire si je filais sur Yalta ou sur Touapse. Une peur abjecte déclencha aussitôt le mal que je connaissais déjà, et je me serais noyé sur-le-champ si la lame suivante ne m'avait soulevé par-derrière et déposé près de mon propre pantalon.

L'ombre de ces souvenirs répulsifs et plutôt incolores (le danger mortel est incolore) assista toujours à mes « trempettes » et « barbotages » (un autre de ses mots) avec Iris. Elle s'habitua à ma manie de rester solidement en contact avec le tapis des bas-fonds pendant qu'elle s'adonnait au « crawl » (si c'est le mot qui désignait cette nage à l'indienne dans les années vingt) à bonne distance ; mais, ce matin-là, je faillis faire une chose très sotte.

J'effectuais un tranquille aller et retour parallèle au rivage, plongeant de temps à autre un orteil explorateur pour m'assurer que je sentais toujours le fond limoneux et ses végétaux peu appétissants au toucher mais tout compte fait sympathiques, quand je remarquai que la vue avait changé. A quelque distance, un canot à moteur marron, manœuvré par un jeune type en qui je reconnus L. P., avait décrit un demi-cercle marqué d'écume pour s'arrêter près d'Iris. Elle s'agrippa au bord brillant de l'embarcation ; il lui parla et fit le geste de la hisser sur son bateau, mais elle se libéra d'une secousse et il fila en riant vers le large.

Tout cela n'avait pas duré deux minutes, mais, si le pendard, avec son profil de faucon et son chandail blanc natté, était resté quelques secondes de plus, ou si mon Iris s'était laissé enlever par ce nouveau soupirant dans le tonnerre et les embruns, j'aurais péri ; car, pendant que se déroulait cette scène, supplantant l'instinct de conservation, quelque instinct viril m'avait poussé à avancer d'un ou deux mètres dans leur direction, et, quand je voulus me planter pour reprendre mon souffle, je ne trouvai rien que de l'eau sous mes pieds. Je fis demi-tour et me mis à nager vers la terre — et déjà je sentais l'odieux embrasement, l'aura étrange et jamais encore décrite de la crampe intégrale, m'envahir et conclure son pacte mortel avec la pesanteur. Soudain mon genou heurta le sable et, rampant à quatre pattes dans le courant léger du ressac, je grimpai sur la plage.

CHAPITRE VIII

« IRIS, je dois vous faire un aveu à propos de ma santé mentale.

— Une seconde. Il faut que je fasse glisser cette affreuse chose aussi loin que... aussi loin que la décence le permet. »

Nous étions allongés sur l'appontement, elle à plat ventre, moi sur le dos. Elle avait arraché son bonnet et tentait, à force de contorsions, de libérer ses épaules des bretelles de son costume de bain mouillé, pour que son dos soit tout entier exposé au soleil ; sur son flanc gauche, à proximité d'une aisselle de zibeline, se déroulait une lutte secondaire — celle qu'Iris menait vainement dans l'espoir de cacher la chair tendre et blanche d'un petit sein. Dès qu'elle eut reconquis, grâce à ses contorsions, une certaine bienséance, elle releva légèrement le buste et, pressant d'une main son corsage noir contre sa poitrine, fouilla de l'autre dans son sac avec cette agilité simiesque et ravissante des femmes qui y cherchent quelque chose — en l'occurrence un luxueux briquet et un paquet mauve de banales Salammbô ; sur quoi, elle reprit sa position première, le buste en étroit contact avec la serviette éployée. Un lobe d'oreille incandescent perçait sous les mèches souples et noires de sa « Méduse » — nom donné à ce type de coiffure au tout début des années vingt. Les moulures de son dos brun — avec ce grain de beauté de la taille d'une mouche au-dessous de l'omoplate gauche et la longue dépression de l'échine —, qui rachetaient toutes les erreurs biologiques de l'évolution, me distrayaient douloureusement de la décision que j'avais prise de faire précéder ma déclaration de certaine confession d'une importance capitale. Ses mollets bronzés, vigoureux, et le dessous de ses cuisses également brunes ruisselaient encore de quelques aigues-marines, et des grains de sable mouillé adhéraient à ses chevilles d'un rose mordoré. Si, dans mes romans américains *(Un royaume au bord de la mer, Ardis)*, j'ai si souvent décrit la magie insupportable d'un dos de fille, c'est principalement parce que j'ai aimé Iris. Ses fesses petites et fermes — l'efflorescence la plus tendre, la plus radieuse et la plus torturante de sa beauté enfantine — n'étaient alors pour moi que les surprises encore enrubannées qui attendent sous l'arbre de Noël.

Iris, réinstallée sous le soleil patient après ce tumulte éphémère, exhala un peu de fumée en avançant une lèvre inférieure charnue.

« Mentalement, je vous trouve en pleine santé. Vous êtes parfois bizarre, sombre, et souvent stupide, mais ces choses vont de pair avec ce qu'on appelle le génie.

— Et qu'est-ce que vous appelez le “génie”, *vous* ?

— Oh ! le fait de voir des choses que les autres ne voient pas. Ou plutôt le lien invisible qui unit les choses.

— Ce dont je veux parler, moi, c'est d'un état morbide bien modeste qui n'a rien à voir avec le génie. Nous commencerons par un exemple spécifique où intervient un décor authentique. Fermez les yeux un instant. Imaginez maintenant l'avenue qui mène de la poste à votre villa. Vous voyez les platanes, qui convergent sous l'effet de la perspective, et, tout au bout, entre les deux derniers, la porte du jardin.

— Non, dit Iris. Le dernier platane à droite a été remplacé par un réverbère... On ne le distingue pas très clairement de la place du village, mais c'est vraiment un réverbère, dissimulé sous un manteau de lierre.

— Bon. Passons. L'important, c'est d'imaginer que nous regardons du village, *ici*, dans la direction de la porte du jardin, *là-bas*. Dans notre problème, nous devons manier cet "ici" et ce "là-bas" avec une extrême prudence. Pour l'instant, "là-bas" est le rectangle vert, baigné de soleil, que l'on aperçoit par la grille entrouverte. Maintenant, nous commençons à remonter l'avenue. Sur le tronc du second platane de la file de droite, nous remarquons les vestiges de quelque proclamation locale...

— ... la proclamation d'Ivor, signifiant que les choses avaient changé et que les protégés de tante Betty devaient interrompre leurs visites hebdomadaires.

— Superbe. Nous continuons à avancer dans la direction du portail. On distingue des morceaux de paysage, à droite et à gauche, entre les platanes. A votre droite... fermez les yeux, vous verrez mieux... Il y a un vignoble ; à votre gauche, un cimetière et son long mur bas, très bas...

— Vous me donnez la chair de poule. Mais je voudrais ajouter quelque chose. Sous les ronces, Ivor et moi avons découvert une vieille pierre tombale qui porte l'inscription : "Dors, Médor !" et la seule date de la mort : 1889 ; un chien trouvé, sans aucun doute. C'est juste avant le dernier arbre de la file de gauche.

— Nous voici arrivés à la grille. Nous sommes sur le point d'entrer... mais vous vous arrêtez brusquement : vous avez oublié d'acheter ces nouveaux timbres si jolis pour votre album. Nous décidons de retourner au bureau de poste.

— Je peux ouvrir les yeux ? Parce que j'ai bien peur de m'endormir.

— Au contraire : c'est le moment de fermer hermétiquement les yeux et de vous concentrer. Imaginez que vous faites demi-tour, de telle sorte que "droite" devienne immédiatement "gauche" et "ici", "là-bas" ; le réverbère est maintenant sur votre gauche et le pauvre Médor sur votre droite, et les platanes convergent vers le bureau de poste. Vous y arrivez ?

— C'est fait, dit Iris. Volte-face exécutée. J'ai maintenant en face de moi une trouée de soleil avec une petite maison rose à l'intérieur et un morceau de ciel bleu. Est-ce que nous redescendons l'allée ?

— Si *vous* voulez. Moi, je ne peux pas ! C'est là la raison de l'expérience. Dans la vie réelle, physique, je peux faire demi-tour aussi simplement et rapidement que n'importe qui. Mais, mentalement, quand je ferme les yeux et que mon corps est immobile, je suis incapable de changer de direction. Il y a dans mon cerveau une cellule-pivot qui ne fonctionne pas. Naturellement, je peux tricher en écartant la photographie mentale de l'une des perspectives et en choisissant tranquillement la perspective inverse pour retourner à mon point de départ. Mais si je ne triche pas, une sorte d'effroyable obstacle, qui me rendrait fou si je persévérais, m'empêche d'imaginer la pirouette qui transforme une direction en une autre, directement opposée. Je suis écrasé, je porte tout le poids du monde sur mon dos dans cette entreprise qui consiste à m'imaginer en train de pivoter et à me faire voir comme "droite" ce que jusque-là j'avais perçu comme "gauche" et inversement. »

Je croyais qu'elle s'était endormie, mais, avant que je

pusse concevoir l'idée qu'elle n'avait rien entendu ni compris de ce qui me détruisait, elle remua, remonta ses bretelles et s'assit.

« Premièrement, dit-elle, nous conviendrons de supprimer toutes les expériences de ce genre. Deuxièmement, nous nous dirons que ce que nous avons essayé de faire équivalait à résoudre une énigme philosophique stupide — en posant au départ la question : qu'est-ce que "droite" et "gauche" *signifient* dans l'espace pur, quand nous ne sommes pas là et que personne ne regarde, et, d'ailleurs, qu'est-ce que l'espace ? Quand j'étais petite, je pensais que l'espace était l'intérieur d'un zéro, n'importe quel zéro tracé à la craie sur une ardoise, pas très soigneusement peut-être, mais tout de même un zéro bien propre. Je ne veux pas que vous deveniez fou, ou que vous me rendiez folle, parce que ces complexités sont contagieuses, aussi laisserons-nous complètement tomber toute cette histoire d'avenues pivotantes. Je voudrais sceller notre pacte en vous embrassant, mais nous devrons remettre cette cérémonie à plus tard. Ivor vient nous chercher d'ici quelques minutes pour nous emmener faire un tour dans sa nouvelle voiture, mais peut-être n'avez-vous pas envie de venir ? Je propose donc que nous nous retrouvions très brièvement dans le jardin, juste avant le dîner, pendant qu'il prend son bain. »

Je lui demandai ce que Bob (L. P.) lui avait dit dans mon rêve. « Ce n'était pas un rêve, répondit-elle. Il voulait simplement savoir si sa sœur avait téléphoné pour nous inviter tous les trois à certain bal. Si elle l'a fait, il n'y avait personne à la maison. »

Nous nous rendîmes au bar du *Victoria* pour boire et manger quelque chose, et Ivor nous rejoignit bientôt. Rien à faire. Il dansait et tirait l'épée comme un roi sur la scène... et comme un ours en privé, et ne tenait pas à voir tous les rastaquouères de la Côte peloter son innocente sœur.

« A propos, ajouta-t-il, je n'aime pas beaucoup cette manie de P. de dénigrer les prêteurs. Il a pratiquement ruiné le meilleur de Cambridge et trouve encore bon de répéter les ragots que l'on colporte à leur sujet.

— Mon frère est un être bizarre, dit Iris en se tournant vers moi comme par plaisanterie. Il dissimule nos ascendants comme un sombre trésor, et pourtant se fâche publiquement si quelqu'un traite quelqu'un d'autre de Shylock. »

Ivor continua à bavarder : « Ce vieux Maurice [son employeur] dîne avec nous ce soir. Viande froide et une macédoine au rhum de cuisine. J'achèterai aussi des asperges en boîte à la boutique anglaise. Elles sont bien meilleures que celles qu'on cultive ici. La voiture n'est pas tout à fait une Royce, mais elle roule. Désolé que Vivian ne soit pas assez bien pour venir. J'ai vu Madge Titheridge ce matin ; elle m'a dit que les journalistes français prononçaient son nom de famille comme "Si c'est riche". Personne ne rit aujourd'hui. »

CHAPITRE IX

TROP excité pour faire ma sieste habituelle, je passai la majeure partie de l'après-midi à travailler à un poème d'amour (dernière annotation dans mon journal de poche en 1922 — un mois exactement après mon arrivée à Carnavaux). Je semble avoir eu deux muses à l'époque : la muse authentique, hystérique, essentielle, qui me torturait avec ses bribes d'images fugitives et se tordait les mains devant mon incapacité à saisir la magie et la folie qui s'offraient à moi ; et l'autre, son apprentie, remplaçante et porte-palette, une petite logicienne qui remplissait les crevasses laissées par sa maîtresse de formules explicatives ou redresseuses de vers — de plus en plus nombreuses à mesure que je m'éloignais de l'évanescente et farouche perfection initiale. La perfide musique des rythmes russes m'apportait une aide spécieuse, comme ces démons qui brisent le silence noir de l'enfer d'un artiste en y jetant leurs imitations d'oiseaux préhistoriques et de poètes grecs. Une dernière tromperie entachait la Copie au Net, qui, grâce à la calligraphie, au vélin et à l'encre de Chine, embellissait pour un instant un vers de mirliton défunt. Quand je pense que, pendant presque cinq ans, je n'ai cessé d'essayer et de me laisser prendre, jusqu'au jour où je congédiai cette malheureuse petite assistante, douce, enceinte et maquillée !

Je m'habillai et descendis. La porte-fenêtre qui donnait sur la terrasse était ouverte. Iris, Ivor et ce cher vieux Maurice étaient assis aux fauteuils d'orchestre d'un splendide coucher de soleil et sirotaient des martinis. Ivor imitait quelqu'un, avec force intonations bizarres et gestes extravagants. Outre qu'il est resté dans ma mémoire comme la toile de fond d'une soirée qui transforma ma vie, le splendide coucher de soleil aura peut-être survécu grâce à la suggestion que je fis, bien des années plus tard, à mon éditeur anglais de publier un album d'aurores et de crépuscules dont les nuances seraient reproduites avec la plus grande fidélité possible — un recueil qui aurait également une valeur scientifique, puisque l'on pourrait demander le concours de quelque savant célestologue pour comparer des spécimens de diverses régions et traiter des différences saisissantes et non encore analysées jusque-là entre les coloris du soir et ceux de l'aube. L'album parut ; son prix était élevé, et l'iconographie passable ; mais on avait confié la rédaction du texte à une infortunée qui sabota le livre à coups de jolie prose et de poésie d'emprunt (Allan and Overton, Londres, 1949).

Alors que j'assistais passivement au numéro strident d'Ivor, je restai quelques instants à contempler l'immense coucher de soleil. Un requin bleu de nuit traversait obliquement la classique coulée orangé clair. Ce qui donnait sa magnificence à cette combinaison, c'est qu'une série de petits nuages couleur de braise, encapuchonnés et loqueteux, chevauchaient le soleil rouge, qui avait pris la forme d'un balustre ou d'un pion de jeu d'échecs. J'allais m'écrier : « Regardez les sorcières du sabbat ! » mais Iris s'était levée, et je l'entendis dire : « Assez, Ives.

Maurice n'a jamais rencontré cette personne, et ton numéro ne peut l'amuser.

— Faux, rétorqua son frère, il va la rencontrer dans une minute et la *reconnaître* [ce dernier verbe trahissait l'irritation de l'artiste]. Voilà l'astuce ! »

Iris quitta la terrasse par les marches qui menaient au jardin et Ivor en resta là de sa parodie — que, dans un éclair de conscience rétrospective, je reconnus comme une habile et burlesque contrefaçon de ma voix et de mes manières. J'eus le sentiment étrange qu'on m'arrachait une partie de mon être pour la jeter par-dessus bord, qu'on me séparait de moi-même, que je me précipitais en avant et en même temps me détournais. Cette seconde action l'emporta, et je rejoignis bientôt Iris sous le chêne vert.

Les criquets stridulaient, la nuit avait envahi la pièce d'eau, et un rayon de lumière provenant de la lampe du porche faisait scintiller deux voitures en stationnement. Je baisai ses lèvres, son cou, son collier, son cou, ses lèvres. Sa réponse chassa ma mauvaise humeur ; mais, avant de la laisser fuir vers la villa joyeusement éclairée, je lui dis ce que je pensais de l'imbécile.

Ivor déposa lui-même mon souper sur ma table de nuit, cachant bien son dépit d'avoir été frustré du salaire de son art, s'excusant de la manière la plus charmante pour m'avoir offensé et... « étais-je à court de pyjamas ? » — ce à quoi je répondis qu'au contraire j'étais flatté et que je dormais toujours nu l'été, mais que je préférais ne pas descendre, de peur qu'une légère migraine ne m'empêchât de me montrer à la hauteur de cette superbe imitation.

Je dormis par à-coups et ne glissai qu'aux petites heures dans un sommeil plus profond (illustré sans raison aucune par l'image de ma première petite dulcinée dans l'herbe d'un verger), dont je fus tiré sans ménagement par les pétarades d'un moteur. J'enfilai une chemise et me penchai par la fenêtre, faisant jaillir du jasmin — si luxuriant qu'il atteignait le premier étage — une bruissante volée de moineaux, et je vis avec un tressaillement de sensualité Ivor caser une valise et une canne à pêche dans sa voiture, arrêtée toute ronflante à la porte du jardin. Comme c'était un dimanche, je m'étais attendu à le voir rester toute la journée à la maison... et voilà qu'il s'installait à son volant et claquait la portière. Le jardinier lui donnait des indications tactiques en gesticulant des deux bras, assisté de son charmant petit garçon qui tenait à la main un plumeau jaune et bleu. Et j'entendis sa belle voix anglaise ; elle souhaitait à son frère une bonne partie de pêche. Je dus me pencher un peu plus pour la voir ; elle était debout au milieu d'un carré de gazon propre et frais, les pieds nus, les mollets nus, enveloppée d'un peignoir à larges manches, répétant son joyeux adieu qu'il ne pouvait plus entendre.

Je traversai le palier et me précipitai dans les cabinets. Un instant plus tard, quand je quittai ma glougloutante et gargouillante retraite, je l'aperçus de l'autre côté de l'escalier. Elle entrait dans ma chambre. Ma chemise, un polo très court, couleur saumon, ne put cacher le ressaut de mon impatience.

« Je déteste le regard abruti des montres arrêtées », dit-elle en tendant un bras mince et bronzé vers le rayon où j'avais relégué un vieux sablier qu'on m'avait prêté en guise de réveille-matin, et, comme sa large manche était tombée, je posai mes lèvres sur le creux sombre et parfumé que je brûlais d'embrasser depuis notre première journée de plage.

Je savais que la clef ne fonctionnait pas ; j'essayai pourtant, et ma seule récompense fut un bruit trompeur de déclics successifs — qui ne fermèrent rien. Ce pas dans l'escalier, cette jeune toux maladive ? Jacquot, bien sûr, le fils du jardinier, qui prenait la poussière chaque matin. Il pouvait entrer sans crier gare, dis-je, parlant déjà avec difficulté. Pour astiquer ce chandelier, par exemple. Oh ! quelle importance, chuchota-t-elle, ce n'est qu'un gamin consciencieux, un pauvre enfant trouvé, comme le sont tous nos chiens et tous nos perroquets. Ton ventrinet est encore aussi rose que ta chemise. Et n'oublie pas, mon chéri, de te retirer avant qu'il ne soit trop tard.

Que c'est loin, que c'est clair, inaltéré par l'éternité et défiguré par le temps ! Il y avait des miettes de pain et même un morceau de pelure d'orange dans le lit. La jeune toux s'était tue, mais j'entendais distinctement des craquements, des bruits de pas contrôlés, le bourdonnement d'une oreille collée contre la porte. J'avais peut-être onze ou douze ans quand le neveu de mon grand-oncle vint séjourner dans la maison de campagne moscovite où je passais un été torride et horrifiant. Il amenait avec lui sa jeune et ardente épouse — ils venaient de quitter la noce. Le lendemain, à l'heure de la sieste, dans un accès de curiosité fébrile, je me faufilai jusqu'à un coin secret sous la fenêtre de la chambre d'amis du premier étage où était dressée une échelle de jardinier enracinée dans une jungle de jasmin.

Elle ne dépassait pas le haut des contrevents fermés du rez-de-chaussée, et, quoique une saillie de la façade m'eût fourni une prise pour le pied juste au-dessus, je parvins tout juste à agripper le rebord d'une fenêtre entrouverte d'où s'échappaient des bruits confus. Je reconnus le craquement des ressorts d'un lit et le tintement rythmé d'un couteau à fruit sur une assiette placée près du lit — dont je pouvais distinguer l'une des colonnes en allongeant le cou au maximum. Mais ce sont les gémissements virils provenant de la partie cachée du lit qui me fascinèrent le plus. Un effort surhurmain me permit d'apercevoir, sur le dossier d'une chaise, une chemise couleur saumon. Lui, la bête extatique, condamnée à mourir un jour comme tant d'autres, répétait son nom avec une insistance de plus en plus fiévreuse et, quand mon pied glissa, il donnait carrément de la voix, ce qui noya le bruit que je fis en dégringolant brusquement dans une giboulée de pétales et de brindilles crépitantes.

CHAPITRE X

Je m'installai au *Victoria* juste avant le retour d'Ivor, et elle vint me voir tous les jours. Ce n'était pas assez, mais à l'automne Ivor émigra à Los Angeles pour partager avec son demi-frère la direction de la firme cinématographique Aménic (pour laquelle, trente ans plus tard, bien après la mort d'Ivor au-dessus de Douvres, je devais écrire le scénario de mon roman le plus célèbre à l'époque, mais non le meilleur : *Le Pion prend la Reine)*, et nous réintégrâmes notre chère villa dans la vraiment agréable Icare bleue — le délicat cadeau de mariage d'Ivor.

Dans le courant d'octobre, mon bienfaiteur, parvenu au dernier stade d'une vieillesse majestueuse, vint faire son séjour annuel à Menton, où Iris et moi allâmes le surprendre. Sa villa était incomparablement plus luxueuse que la nôtre. Il se leva péniblement pour presser la main d'Iris entre ses paumes d'une pâleur de cire et contempla mon amour de ses yeux bleus et larmoyants pendant cinq secondes au moins (une petite éternité, dans le « monde »), dans un silence quasi rituel, après quoi il me dispensa trois longs baisers en croix selon la désagréable coutume russe.

« Ta fiancée », dit-il (et son anglais, Iris me l'avoua plus tard, était la réplique exacte du mien dans la version inoubliable d'Ivor), « est aussi belle que le sera ta femme ! » Je me hâtai de lui annoncer (en russe) que le maire de Cannice nous avait mariés un mois plus tôt au cours d'une brève cérémonie. Nikifor Nikodimovitch posa une nouvelle fois son regard sur Iris, puis il lui baisa la main — et je vis avec plaisir qu'elle levait cette main comme il se doit (elle avait sans doute été entraînée par Ivor, qui ne ratait pas une occasion de tripoter sa sœur).

« J'aurai mal compris la rumeur, dit-il, mais je n'en suis pas moins heureux de faire la connaissance d'une si charmante jeune femme. Et où, dans quelle église, l'union sera-t-elle consacrée ?

— Dans le temple que nous construirons, *Sir* », répondit Iris — avec un soupçon d'insolence, trouvai-je.

Le comte Starov « se mordilla les lèvres », comme font les vieillards dans les romans russes. Mlle Vrode-Vorodine, la cousine mûre qui tenait sa maison, entra très opportunément et se retira avec Iris dans un petit salon adjacent (qu'illuminait un splendide portrait de Mme de Blagidzé, la célèbre beauté, en costume caucasien, peint par Sérov en 1896), pour y déguster *a nice cup of tea.* Le comte désirait parler affaires avec moi et n'avait que dix minutes « avant sa piqûre ».

Quel était le nom de jeune fille de ma femme ?

Je le lui dis. Il réfléchit, puis secoua la tête. Quel était le nom de sa mère ?

Je le lui dis également. Même réaction. Et comment, financièrement, se présentait le mariage ?

Je dis qu'elle avait une maison, un perroquet, une voiture et un petit revenu — je n'en connaissais pas le montant exact.

Après une autre minute de réflexion, il me demanda s'il me plairait d'avoir un emploi fixe à la Croix-Blanche. Rien à voir avec la Suisse. C'était une organisation qui venait en aide aux chrétiens russes du monde entier. Je voyagerais, je me ferais des relations intéressantes, je serais nommé à des postes importants.

Je refusai si énergiquement qu'il en lâcha la boîte à pilules en argent qu'il tenait à la main : une kyrielle d'innocentes boules de gomme s'éparpillèrent sur la table voisine de son coude. Il les balaya d'un geste maussade et elles tombèrent sur le tapis.

Qu'avais-je l'intention de faire alors ?

Je dis que je persévérerais dans mes rêves et cauchemars littéraires. Nous passerions la majeure partie de l'année à Paris. Paris devenait le centre culturel des émigrés — le centre de leur misère aussi.

Combien est-ce que je croyais pouvoir gagner ?

Eh bien ! comme N. N. le savait, les monnaies perdaient leur identité dans le tourbillon de l'inflation, mais Boris Morozov, écrivain réputé dont la gloire avait précédé l'exil, m'avait cité quelques « exemples d'existence » très éclairants lors de notre récente rencontre à Cannice, où il avait donné une conférence sur Baratynski au cercle *litératournyï* local. Dans son cas, quatre vers payaient son bifteck frites, et deux essais dans les *Novosti émigratsii* le loyer mensuel de sa modeste chambre garnie. Il y avait aussi, au moins deux fois par an, les conférences qu'il donnait dans de grandes salles et qui pouvaient lui rapporter chacune l'équivalent de... cent dollars, disons.

Mon bienfaiteur réfléchit, puis m'annonça que tant qu'il vivrait je recevrais chaque mois un chèque d'un montant égal à la moitié de cette somme, et qu'il me laisserait quelque chose par testament. Il prononça un chiffre. Son insignifiance me laissa interdit. C'était un avant-goût des avances décevantes que les éditeurs devaient m'offrir plus tard, après un long moment de réflexion accompagné de tapotements de crayon prometteurs.

Nous louâmes un deux-pièces dans le seizième arrondissement, 23, rue Despréaux. Le vestibule qui séparait les deux pièces ouvrait, côté façade, sur une salle de bain et une kitchenette. Étant par principe et par goût un dormeur solitaire, j'abandonnai le grand lit à Iris et couchai sur le divan du salon. La fille de la concierge vint faire le ménage et la cuisine. Ses talents culinaires étaient minces ; aussi, pour rompre la monotonie des potages de légumes et des viandes bouillies, allions-nous souvent manger au *restorantchik* russe. Nous devions passer sept hivers dans ce petit appartement.

Grâce à la prévoyance de mon cher tuteur et bienfaiteur (1850?-1927), qui appartenait à la vieille école cosmopolite et avait des appuis bien placés, j'étais devenu, vers l'époque de mon mariage, citoyen d'un pays étranger *gemütlich*, ce qui m'épargna tout ensemble l'indignité d'un *nansenskiï pasport* (un certificat d'indigence, tout au plus) et l'obsession vulgaire des « documents » officiels. Cette dernière disgrâce causait une joie maligne aux dirigeants bolcheviques, qui voyaient une analogie entre les cachets rouges de la bureaucratie et le pouvoir rouge, et un certain rapport entre la situation administrative désastreuse d'un émigré et l'immobilisation politique d'un esclave soviétique. Je pouvais, par conséquent, emmener ma femme dans n'importe quel lieu de vacances au monde sans attendre un visa pendant plusieurs semaines et me voir peut-être refuser ensuite un visa de retour pour notre pays de résidence accidentelle (en l'occurrence, la France) à cause de quelque vice de forme dans nos méprisables et précieux papiers. Aujourd'hui encore (1970), bien qu'un document américain tout aussi efficace ait remplacé mon passeport britannique, je chéris la photographie du jeune homme mystérieux que j'étais alors (1922) avec ma chevelure ondoyante, ma cravate rayée, et ce regard au sourire également mystérieux. Je me souviens de voyages à Malte et en Andalousie — au printemps, puisque chaque été, vers le 1er juillet, nous retournions à Carnavaux pour y passer un mois ou deux. Le perroquet mourut en 1925, le garçon à tout faire disparut en 1927. Ivor nous fit deux visites à Paris et je crois qu'elle le vit aussi à Londres, où elle allait au moins une fois par an passer quelques jours chez des « amis » que je ne connaissais pas mais qui semblaient inoffensifs... jusqu'à un certain point, du moins.

J'aurais dû être plus heureux. J'avais *décidé* d'être plus heureux. Comme par le passé, des formes menaçantes perçaient sous l'écorce fragile de ma santé. J'avais une foi inébranlable en mon travail ; pourtant, malgré ses touchantes intentions, Iris n'y prenait aucune part : plus il s'améliorait, plus il lui devenait étranger. Elle apprenait le russe de façon décousue, interrompant régulièrement ses leçons pendant de longues périodes, et finit par éprouver pour ma langue maternelle une sourde et solide aversion. Je remarquai bientôt qu'elle avait cessé de paraître attentive, éveillée, lorsqu'on parlait le russe, et le russe uniquement, en sa présence (pendant les deux ou trois premières minutes, par une courtoise concession à son ignorance, les interlocuteurs s'exprimaient en mauvais français).

C'était au mieux vexant, et au pire affligeant ; toutefois, ce désagrément n'affecta pas ma santé d'esprit comme quelque chose d'autre menaçait de le faire.

La jalousie, géant masqué que je n'avais jamais affronté auparavant dans mes frivoles aventures de jeunesse, se dressait maintenent, bras croisés, constamment devant moi. Certaines mignardises sexuelles chez ma docile et douce et tendre Iris, certaines modulations dans ses transports, certaine science dans ses caresses, l'aisance parfaite avec laquelle son corps flexible s'adaptait à toutes les inventions de la passion, semblaient présupposer une grande richesse d'expérience. Avant de commencer à soupçonner le présent, il fallait que j'épuise mes soupçons concernant son passé. Au cours des interrogatoires que je lui fis subir dans mes plus mauvaises nuits, elle dénia toute espèce d'importance à ses anciennes liaisons, sans se rendre compte que cette réticence laissait à mon imagination plus de champ que ne lui en eût donné le récit corsé à l'excès de la vérité.

Les trois amants (chiffre que je lui extorquai avec la férocité du joueur fou de Pouchkine... et avec moins de chance encore que lui) qu'elle avait eus dans son adolescence demeurèrent anonymes, et par conséquent fantomatiques ; dénués de toute caractéristique individuelle, et par conséquent identiques. Ils exécutaient leur pas imprécis — gymnastique insipide plutôt que danse — à l'ombre de son jeu solitaire, humbles parmi les humbles du corps de ballet, et il était clair qu'aucun d'entre eux ne deviendrait jamais l'étoile masculine de la troupe. Elle, par ailleurs, la ballerine, était comme un diamant sans éclat : toutes les facettes de son talent ne demandaient qu'à scintiller, mais elle devait pour le moment, sous la pression de la gabegie ambiante, borner ses pas et gestes à une expression de froide séduction, de coquetterie évasive, concentrée qu'elle était sur le bond formidable de l'athlète aux cuisses marmoréennes, au collant chatoyant, qui devait jaillir des coulisses après un prélude décent. Nous croyions que j'avais été choisi pour ce rôle, mais nous nous trompions.

Ce n'est qu'en projetant sur l'écran de mon esprit ces images stylisées que je parvenais à adoucir les affres d'une jalousie charnelle qui s'exerçait contre des fantômes. Pourtant, il n'était pas rare que je choisisse d'y succomber. La porte-fenêtre de mon studio, à la Villa Iris, donnait sur le même balcon aux tommettes rouges que la chambre à coucher de ma femme, et, ouverte selon un certain angle, offrait deux vues différentes qui se fondaient l'une dans l'autre. Par-delà le passage monastique voûté qui reliait les deux pièces, elle réfléchissait en biais un morceau de son lit et un morceau d'elle — ses cheveux, une épaule — que je ne pouvais voir autrement du pupitre vieillot sur lequel j'écrivais ; mais le verre portait aussi, à bout de bras pour ainsi dire, la verte réalité du jardin et sa théorie de cyprès le long du mur. Elle était donc étendue moitié sur son lit et moitié dans le ciel pâle et chaud, rédigeant une lettre crucifiée sur mon échiquier numéro deux. Je savais que si je lui demandais à qui, elle me répondrait : « Oh ! à une ancienne camarade de classe », ou « A Ivor », ou « A la vieille Mlle Koupalov », et je savais aussi que d'une manière ou d'une autre la lettre parviendrait à la poste à l'autre bout de l'avenue de platanes sans que j'aie pu voir le nom qui était sur l'enveloppe. Pourtant, je continuais à la laisser écrire, flottant confortablement dans la ceinture de sauvetage de son oreiller au-dessus des cyprès et du mur du jardin, tandis que je sondais sans répit — lugubrement, imprudemment — de sombres profondeurs, pour voir jusqu'où irait le mal tentaculaire.

CHAPITRE XI

La plupart de ces leçons de russe consistaient pour Iris à apporter l'un de mes poèmes ou l'un de mes essais à telle ou telle dame russe, Mlle Koupalov, Mme Lapoukov (aucune des deux ne parlait bien l'anglais), qui le lui paraphrasait oralement dans une sorte de volapük de fortune. Quand je lui fis remarquer qu'elle perdait son temps à ce jeu de hasard, Iris chercha quelque autre méthode alchimique susceptible de lui en apprendre suffisamment pour lire tout ce que j'écrivais. J'avais commencé (1925) mon premier roman *(Tamara)*, et elle parvint à force de cajoleries à me soutirer un exemplaire du premier chapitre, que je venais de dactylographier et qu'elle confia à une agence spécialisée dans la traduction en français de textes utilitaires tels que les formulaires et les suppliques adressés par des réfugiés russes à divers rats terrés dans les trous à rats de divers commissariats. La personne qui accepta de lui en fournir la « traduction littérale », qu'elle paya en devises, garda le manuscrit deux mois et l'avertit, lorsqu'elle rendit le travail, que mon « article » avait présenté des difficultés presque insurmontables « parce qu'il était écrit dans un idiome et un style parfaitement étrangers au lecteur ordinaire ».

Une imbécile anonyme était ainsi devenue, dans un bureau bruyant, minable et encombré, mon premier critique et ma première traductrice.

Je n'eus vent de cette entreprise que le jour où je la découvris, penchée de toutes ses boucles brunes sur un paquet de feuilles de papier ministre presque perforées par la violence des caractères violets qui les couvraient sans même un semblant de marge. J'étais, à cette époque, naïvement hostile à toute espèce de traduction, en partie parce que mes efforts pour convertir en un anglais qui m'était propre deux ou trois de mes premières compositions n'avaient eu pour résultat qu'un sentiment de révolte morbide... et d'insupportables maux de tête. Une joue posée sur son poing fermé, roulant des yeux mollement dubitatifs, Iris leva vers moi un regard plutôt penaud, avec, néanmoins, cette lueur d'humour qui ne la quittait jamais dans les circonstances les plus absurdes ou les plus embarrassantes. Je découvris une bourde dans la première ligne, une bévue dans la seconde, et sans me donner la peine d'en lire davantage déchirai tout le texte — ce qui ne provoqua chez ma chérie frustrée pas d'autre réaction qu'un soupir neutre.

Pour se consoler de n'avoir pas accès à mes chefs-d'œuvre, elle décida de devenir elle-même écrivain. Du milieu des années 20 à la fin de sa courte vie galvaudée et boudée par la chance, mon Iris s'acharna sur les deux, trois, quatre versions successives d'un roman policier dont l'intrigue, les personnages, la toile de fond, tout, à part les noms (que j'ai oubliés), changeait constamment au cours d'ébouriffants et frénétiques accès de destruction.

Non seulement elle n'avait pas le moindre talent littéraire, mais elle ne savait même pas imiter les quelques auteurs doués rencontrés de loin en loin parmi les pourvoyeurs aussi éphémères que prospères de « littérature policière » qu'elle consommait avec la délectation aveugle d'un prisonnier modèle. Comment mon Iris pouvait-elle savoir pourquoi tel passage devait être modifié, tel autre supprimé ? Et quel instinct de génie lui commanda, la veille, oui, pratiquement la veille de sa mort si brutale, de détruire la totalité de ses brouillons ? L'étrange fille ne put jamais se représenter qu'une seule chose, mais avec une clarté effarante : la couverture écarlate de l'édition brochée, définitive, idéale, sur laquelle on voyait le poignet velu du vilain menacer le lecteur d'un briquet en forme de pistolet — le lecteur qui n'était pas censé savoir jusqu'après la mort de tous les personnages qu'il s'agissait, en fait, d'un pistolet.

Je relèverai maintenant plusieurs événements fatidiques, alors habilement camouflés, dans la broderie de nos sept hivers.

Lors d'un superbe concert pour lequel nous n'avions pu obtenir de places contiguës, je remarquai à la faveur d'une pause momentanée qu'Iris saluait avec chaleur une femme à l'air mélancolique, aux cheveux ternes, aux lèvres minces ; je l'avais certainement rencontrée quelque part, et fort récemment, mais l'insignifiance même de son aspect arrêta net la poursuite d'un vague souvenir, et je n'interrogeai jamais Iris à son sujet. Elle devait devenir le dernier professeur de ma femme.

Chaque auteur croit, lorsque son premier livre est publié, que ceux qui l'acclament sont des amis personnels ou des pairs impersonnels, et que ses détracteurs ne peuvent être que des nullités ou des fourbes envieux. Sans doute aurais-je pu nourrir de semblables illusions à propos de la manière dont *Tamara* fut accueilli dans les périodiques russes de Paris, Berlin, Prague, Riga et autres villes, mais j'étais alors complètement absorbé déjà par mon second roman, *Le Pion prend la Reine*, et le souvenir du premier s'était amenuisé jusqu'à n'être plus dans mon esprit qu'une pincée de poussière colorée.

Le rédacteur en chef de *Patria*, mensuel émigré qui avait commencé à faire paraître en feuilleton *Le Pion prend la Reine*, nous convia, « Irida Ossipovna » et moi, à un samovar littéraire. Si je mentionne cette invitation, c'est qu'il s'agissait en l'occurrence de l'un des rares salons que mon insociabilité daignât me laisser fréquenter. Iris passait les sandwiches, tandis que j'observais, tout en fumant ma pipe, les tics alimentaires de deux grands romanciers et de trois petits, d'un poète majeur et de cinq poètes mineurs des deux sexes, d'un critique éminent (Démian Basilevski) et de neuf autres d'un rang inférieur, dont l'inimitable « Prostakov-Skotinine », nom de comédie russe (« nigaud et brute ») qu'il devait au premier de ses rivaux, Khristofor Boïarski.

On demanda au poète majeur, Boris Morozov, une manière de grizzly souriant, si sa lecture publique à Berlin s'était bien passée. « *Nitchévo* » (« pas trop mal »), répondit-il avant de s'embarquer dans une histoire drôle mais non mémorable à propos du nouveau président de l'Union des écrivains émigrés russes en Allemagne. Ma voisine m'informa qu'elle avait adoré la conversation perfide que tiennent le Pion et la Reine au sujet du mari : allaient-ils vraiment défenestrer le pauvre joueur d'échecs ? Oui, mais pas dans le prochain numéro, et pas pour de bon : il vivrait à jamais dans les parties qu'il avait disputées et dans les multiples points d'exclamation de ses futurs commentateurs. J'entendis aussi — l'ouïe chez moi va pratiquement de pair avec la vue — des bribes de la conversation générale, comme cette courte explication : « C'est une Anglaise », susurrée cinq places plus loin derrière sa main par l'un des invités à l'adresse d'un autre.

Tous ces faits d'une extrême banalité ne vaudraient pas d'être rapportés s'ils ne décrivaient la toile de fond, commune à de telles réunions d'exilés, sur laquelle de loin en loin, entre papotages et propos de boutique, cillait un appel — un vers de Tiouttchev ou de Blok doublé d'une présence éternelle, cité en passant avec la familiarité de la dévotion et comme le comble de l'art, soudaine cadence venue de quelque ailleurs céleste qui embellissait des vies tristes, splendeur, douceur, morceau d'arc-en-ciel jeté sur le mur par un presse-papier de cristal posé on ne sait où. Voilà ce qui échappait à mon Iris.

Revenons-en aux faits : je me souviens avoir jeté en pâture à l'assistance l'une des bourdes énormes que j'avais découvertes dans la « traduction » de *Tamara*. *Vidnélos' neskol'ko barok* (on apercevait plusieurs péniches) était devenu : « la vue était assez baroque ». Basilevski, l'éminent critique, vieillard blond et trapu en costume marron chiffonné, fut pris d'une hilarité abdominale convulsive... qui fit place bientôt à une expression de soupçon et de déplaisir. Il m'aborda après le thé et me reprocha fort méchamment d'avoir inventé cette perle de toutes pièces. Je me souviens avoir rétorqué que, si c'était le cas, il se pouvait fort bien qu'il ne fût, lui, qu'une autre de mes inventions.

Nous rentrâmes à pied. Au cours de la promenade, Iris se plaignit qu'elle ne saurait jamais troubler un verre de thé au moyen d'une cuillerée d'épaisse confiture de framboises. Je lui dis que j'étais prêt à supporter son insularité délibérée, mais que je la suppliais de ne plus annoncer à la ronde : « Je vous en prie, ne vous gênez pas pour moi : j'adore les consonances du russe. » C'était aussi insultant que de dire à un auteur que son livre était illisible mais superbement imprimé.

« Je vais réparer mes torts, répondit-elle gaiement. Je

n'ai jamais pu trouver de professeur idoine, j'étais convaincue qu'il n'y avait que toi... et tu as toujours refusé de m'aider, parce que tu avais à faire, parce que tu étais fatigué, parce que cela t'ennuyait, parce que c'était mauvais pour tes nerfs. J'ai enfin découvert quelqu'un qui parle les deux langues, la tienne et la mienne, comme si toutes les deux étaient sa langue maternelle, et qui peut tout arranger. Je pense à Nadia Starov. En fait, c'est elle qui me l'a suggéré. »

Nadejda Gordonovna Starov était la femme d'un *leïtenant* Starov (le prénom est sans importance) qui avait servi sous le général Wrangel et travaillait maintenant dans un bureau à la Croix-Blanche. Je l'avais rencontré à Londres peu auparavant : il tenait un autre cordon du poêle aux obsèques du vieux comte, dont il passait pour être le bâtard ou le « neveu adoptif » (quoi que cela pût signifier). De trois ou quatre ans mon aîné, il avait les yeux bruns, le teint foncé ; je le trouvai assez beau dans le genre ténébreux pensif. Il avait gardé, d'une blessure à la tête reçue au cours de la guerre civile, un tic terrifiant : à intervalles irréguliers, son visage se contractait brusquement, comme un sac de papier qu'eût froissé une main invisible. Pour quelque raison de nature médicale sans doute, Nadejda (Gordonovna) Starov, femme tranquille et sans beauté avec un je-ne-sais-quoi de quaker dans l'apparence, chronométrait avec précision ces intervalles, son mari n'ayant conscience de ses « feux d'artifice » que lorsqu'il lui arrivait de les découvrir dans un miroir. Il avait un sens de l'humour macabre, de belles mains et une voix de velours.

Je compris alors que c'était Nadejda Gordonovna que j'avais vu parler avec Iris le soir du concert. Je ne puis dire exactement quand les leçons commencèrent, ni combien de temps dura cette lubie ; un ou deux mois tout au plus.

Elles avaient pour cadre l'appartement de Mme Starov ou l'un des salons de thé russes fréquentés par les deux dames. Je gardais une petite liste de numéros de téléphone afin qu'Iris fût avertie que je pouvais toujours avoir à m'assurer de l'endroit où elle se trouvait, si, par exemple, je me sentais à deux doigts de la folie ou si je voulais qu'elle m'achète en rentrant une boîte de *Brown Prune*, mon tabac préféré. Par ailleurs, elle ne savait pas que je n'aurais jamais osé l'appeler de crainte qu'en ne la trouvant pas là où elle m'avait dit être je ne fusse plongé, même pour quelques instants, dans des affres que je n'étais pas en mesure d'affronter.

Peu avant (ou après) Noël 1929, elle me dit d'un ton désinvolte qu'elle ne prenait plus ses leçons depuis pas mal de temps : Mme Starov était partie pour l'Angleterre, et l'on disait qu'elle ne retournerait pas vivre avec son mari. Le lieutenant, semblait-il, était un tombeur.

CHAPITRE XII

Vers la fin de notre dernier hiver à Paris, à partir de certain tournant mystérieux, quelque chose s'améliora dans nos rapports. Une vague de chaleur nouvelle, d'intimité nouvelle, de tendresse nouvelle, balaya tous les malentendus nés de la distance accrue entre nous — silences, fâcheries, soupçons, recours aux forteresses de l'amour-propre, etc. — qui avaient encombré notre amour et dont j'étais le seul responsable. Je n'aurais pu imaginer compagne plus gentille et plus gaie. Mots d'amour et petits noms (basés, lorsqu'ils venaient de moi, sur des formes russes) reparurent dans nos propos habituels. Je violai la règle de travail monastique à laquelle m'astreignait la rédaction de mon récit en vers *Polnolounié (Pleine Lune)* en l'accompagnant au Bois ou en l'escortant courageusement à des présentations de mode et à des expositions de fumistes d'avant-garde. Je surmontai mon dégoût du cinéma « sérieux » (traitant de problèmes déchirants avec une orientation politique), qu'elle préférait aux bouffonneries américaines et aux truquages des films d'horreur allemands. J'allai jusqu'à donner une causerie sur mes années de Cambridge au club assez pitoyable de dames anglaises que fréquentait Iris. Et, pour couronner le tout, je lui découvris l'intrigue de mon prochain roman *(Camera Lucida).*

Un après-midi de mars ou des premiers jours d'avril 1930, elle entrebâilla la porte de ma chambre et, ayant reçu de moi la permission d'entrer, me tendit le double d'une feuille dactylographiée portant le numéro 444. C'était, dit-elle, à l'état de projet, un nouvel épisode de son interminable récit — qui compterait bientôt plus de coupures que d'ajouts. Elle était bloquée. Diana Vane, une fille sans grande importance mais à tout prendre charmante, qui séjournait à Paris, avait rencontré à son cours d'équitation un singulier Français, d'origine corse ou peut-être algérienne, passionné, brutal, désaxé. Il avait pris Diana — et continuait à la prendre, malgré ses remontrances amusées — pour son ancienne dulcinée, une Anglaise également, qu'il n'avait pas vue depuis une éternité. Nous avions là, dit l'auteur, une sorte d'hallucination, d'illusion obsessionnelle, que Diana, délicieuse coquette dotée d'un fin sens de l'humour, laissa Jules entretenir au cours de quelque vingt leçons d'équitation ; mais les attentions de Jules devinrent alors plus réalistes et elle cessa de le voir. Il n'y avait rien eu entre eux, et pourtant elle ne put le dissuader de la confondre avec la fille qu'il avait jadis possédée — ou cru posséder, car elle aussi pouvait n'avoir été que l'image persistante d'une idylle plus ancienne ou le rappel d'un vieux délire. C'était une situation très bizarre.

Or, cette page reproduisait une lettre au ton menaçant, au style chancelant : la dernière que ce Français était censé avoir écrite à Diana. Je devais la lire comme s'il s'agissait d'une vraie lettre et imaginer, à partir de mon expérience d'écrivain, une suite à ces événements dramatiques.

Beloved !

I am not capable to represent to myself that you really desire to tear up any connection with me. God sees, I love you more than life — more than two lives, your and my, together taken, Are you not ill ? Or maybe you have found another ? Another lover, yes ? Another victim of your attraction ? No, no, this thought is too horrible, too humiliating for us both.

My supplication is modest and just. Give only one more interview to me ! One interview ! I am prepared to meet with you it does not matter where — on the street, in some café, in the Forest of Boulogne — but I must see you, must speak with you and open to you many mysteries before I will die. Oh, this is no threat ! I swear that if our interview will lead to a positive result, if, otherwise speaking, you will permit me to hope, only to hope, then, oh then, I will consent to wait a little. But you must reply to me without retardment, my cruel, stupid, adored little girl !

Your Jules

« Il y a une chose », dis-je en pliant soigneusement la feuille et en la glissant dans ma poche dans le dessein de l'examiner plus tard, « une chose que la petite fille devrait savoir. L'auteur n'est pas un Corse romantique écrivant une lettre de "crime passionnel" ; c'est un maître-chanteur russe qui sait juste asez d'anglais pour traduire dans cette langue les expressions russes les plus usées. Je suis ébahi. Comment as-tu réussi, toi, l'auteur, avec tes trois ou quatre mots de russe — *kak pojivaétié* et *do svidaniia* à trouver ces tournures subtiles et à imiter les fautes d'anglais que seul un Russe peut faire ? Je sais bien que dans ta famille on a le don de l'imitation, mais tout de même... »

Iris répondit (avec ce curieux manque de logique dont je devais doter l'héroïne de mon *Ardis* quarante ans plus tard) que, oui, j'avais tout à fait raison, c'était sûrement le résultat de trop nombreuses et vasouillardes leçons de russe et qu'elle allait corriger cette extraordinaire impression en reproduisant tout simplement toute la lettre en français — langue à laquelle, ainsi qu'on le lui avait dit, le russe *avait* emprunté des tas de clichés.

« Mais là n'est pas la question, ajouta-t-elle. Tu ne comprends pas... Ce qui importe, c'est d'imaginer ce qui devrait arriver après. Logiquement, je veux dire. Qu'est-ce que ma pauvre fille devrait faire pour se débarrasser de cette brute, de cette barbe ? Elle est désemparée, elle est perplexe, elle a peur. Cette histoire doit-elle finir en tragédie ou en farce ?

— Au panier », soupirai-je, en interrompant mon travail pour serrer son petit corps contre moi, sur mes genoux, comme cela m'arriva souvent, grâce à Dieu, en ce printemps fatal de 1930.

« Rends-moi ce torchon ! » supplia-t-elle gentiment, et elle essaya de glisser sa main dans la poche de ma robe de chambre, mais je secouai la tête et resserrai mon étreinte. La seule hypothèse que ma femme eût transcrit une lettre authentique — reçue, par exemple, d'un de ces poéticules émigrés crasseux et pitoyables, aux cheveux calamistrés, au regard liquide, éloquent, qu'elle rencontrait dans les salons de l'exil — aurait dû aviver ma jalousie latente au point de la faire ronfler comme un fourneau. Mais, après avoir réexaminé la lettre, je décidai que rien ne prouvait qu'elle n'en fût pas l'auteur : elle avait pu emprunter au français (supplication, sans tarder) une partie des fautes qu'elle y avait mises, et les autres n'étaient sans doute qu'un écho subliminal du volapük auquel l'avaient exposée, pendant les heures passées avec ses professeurs de russe, trop d'exercices bilingues ou trilingues tirés de manuels clinquants. Ainsi, plutôt que de me perdre dans une jungle de pernicieuses conjectures, je me contentai de conserver cette mince feuille aux marges en dents de scie si typiques de sa frappe dans le portefeuille défraîchi et craquelé que j'ai devant moi, parmi d'autres souvenirs et d'autres morts.

CHAPITRE XIII

Le 23 avril 1930 au matin, la sonnerie du téléphone glapit juste au moment où j'entrais dans mon bain. C'était Ivor. Il arrivait de New York, était venu à Paris pour une conférence importante, serait occupé tout l'après-midi, repartait demain, aurait aimé...

Iris intervint à ce point, une Iris nue, qui délicatement, sans se presser, avec un sourire radieux, s'appropria l'écouteur qui poursuivait son monologue. Un instant plus tard (avec tous ses défauts, son frère était au téléphone miséricordieusement concis), encore rayonnante, elle m'embrassa et m'entraîna dans sa chambre à coucher pour notre dernier « fairelamourir », comme elle disait dans son français tendre et aberrant.

Ivor devait venir nous chercher à sept heures. J'avais déjà revêtu mon vieux smoking ; Iris, campée de trois quarts devant le miroir du vestibule (le meilleur, le plus clair de tout l'appartement), pivotait doucement dans l'espoir d'apercevoir avec netteté le derrière de sa chevelure sombre et soyeuse dans le miroir à main qu'elle tenait à hauteur de tête.

« Si tu es prêt, dit-elle, je voudrais bien que tu ailles

acheter quelques olives. Il viendra ici après le dîner et il aime en grignoter avec son “pousse-cognac”. »

Je descendis donc, et traversai la rue en frissonnant (c'était une soirée maussade et crue), et poussai la porte de la petite épicerie fine juste en face, et un homme qui était derrière moi m'empêcha d'une poigne solide de la refermer. Il portait un trench-coat et un béret et je surpris un tic sur son visage sombre. Je reconnus le lieutenant Starov.

« *Ah !* fit-il, *a whole century we did not meet !* »

La buée de son haleine dégageait une odeur bizarre, chimique. J'avais essayé une fois de renifler de la cocaïne (ce qui avait eu pour seul résultat de me faire vomir), mais il s'agissait de quelque autre drogue.

Il retira un gant noir pour me serrer la main — geste que mes compatriotes jugent bon de répéter à chaque fois qu'ils entrent ou qu'ils sortent — et la porte, soudain libérée, le frappa entre les deux épaules.

« *Pleasant meeting !* » poursuivit-il dans son curieux anglais (qu'il employait non pour en faire parade, comme on aurait pu le croire, mais par une inconsciente association d'idées). « *I see you are in a smoking. Banquet ?* »

J'achetai mes olives, tout en l'informant, en russe, que, oui, ma femme et moi dînions en ville. Puis j'évitai une seconde poignée de main en profitant de ce que la vendeuse se tournait vers lui pour prendre ses ordres.

« Quel ennui ! s'exclama Iris, je voulais des olives noires, pas des vertes ! »

Je lui dis que je refusais d'aller les échanger, parce que je n'avais pas envie de retomber sur Starov.

« L'odieux individu ! Je suis sûre qu'il va essayer de venir nous voir maintenant pour boire notre *vo-datch-ka.* Je regrette que tu lui aies parlé. »

Elle ouvrit toute grande la fenêtre et se pencha juste à temps pour voir Ivor émerger de son taxi. Elle lui envoya un baiser exubérant et lui cria, avec force gestes éloquents, que nous descendions.

« Comme j'aimerais que tu portes une cape ! dit-elle alors que nous dévalions l'escalier. Tu pourrais nous en envelopper tous les deux, comme font les frères siamois de ton histoire. Dépêchons-nous ! »

Elle se jeta dans les bras d'Ivor et une seconde plus tard elle était en sûreté dans le taxi.

« Paon d'Or », articula Ivor à l'adresse du chauffeur. Puis, se tournant vers moi, il s'exclama avec une intonation américaine marquée (que j'imitai timidement pendant le dîner jusqu'au moment où il grommela : « *Very funny* ») : « Ravi de te voir, mon vieux. »

Le Paon d'Or n'existe plus. Quoiqu'on pût trouver mieux, c'était un endroit propre et agréable, très prisé des touristes américains, qui l'appelaient « Pander » ou « Pandora » et commandaient toujours son *putty saw-lay* (petit salé) — ce que nous eûmes d'ailleurs ce soir-là. Je me souviens plus distinctement d'une boîte vitrée accrochée à la paroi peinte de motifs dorés tout près de notre table ; elle contenait quatre papillons, deux morphos énormes, jumeaux par leur lustre agressif, mais de forme différente, et, au-dessous, deux autres plus petits — celui de gauche d'un bleu plus doux, rayé de blanc, celui de droite satiné, argenté, chatoyant. Au dire du maître d'hôtel, ils avaient été capturés par un forçat en Amérique du Sud.

« Et comment se porte mon amie Mata Hari ? » demanda Ivor en se tournant vers nous, une main encore éployée sur la nappe — résultat d'une première volte-face pour voir les « bestioles » dont il était question.

Nous lui avouâmes que le pauvre ara était tombé malade et qu'il avait fallu hâter son trépas. Et son automobile, est-ce qu'elle roulait toujours ? Mieux que jamais ! D'ailleurs...

« D'ailleurs, continua Iris, en effleurant mon poignet, nous avons décidé de partir demain pour Cannice. Dommage que tu ne puisses nous accompagner, Ives, mais tu auras peut-être l'occasion de venir plus tard. »

Je ne soulevai aucune objection, encore qu'il n'eût jamais été question de ce projet.

Ivor dit que, si jamais nous décidions de vendre la Villa Iris, il connaissait quelqu'un qui sauterait sur l'occasion. Iris, d'ailleurs, le connaissait aussi : David Geller, l'acteur. Et, se tournant vers moi : « Il a été son premier soupirant, avant que tu ne fasses irruption dans sa vie. Elle doit encore avoir quelque part cette photo de nous deux dans *Troïlus et Cressida*, prise il y a dix ans. Il fait Hélène de Troie, et moi Cressida.

— Mensonges, mensonges », murmura Iris.

Il nous décrivit sa maison de Los Angeles. Il voulait que nous discutions après le dîner d'un scénario basé sur *l'Inspecteur* de Gogol (nous nous retrouvions au point de départ, pour ainsi dire), dont il désirait me confier l'élaboration. Iris demanda à être resservie.

« Tu vas mourir, affirma Ivor. Ce plat est monstrueusement riche. Rappelle-toi ce que disait Miss Grunt [une ancienne institutrice à qui il attribuait toutes sortes d'apophtegmes macabres] : "Les vers blancs guettent le glouton."

— C'est pourquoi je veux qu'on me brûle quand je serai morte », déclara Iris.

Il commanda une deuxième ou une troisième bouteille d'un médiocre vin blanc dont, pour être poli, j'avais eu la faiblesse de vanter le bouquet. Nous bûmes à son dernier film — son titre m'échappe — qui devait sortir le lendemain à Londres et qui, espérait-il, passerait plus tard à Paris.

Ivor ne semblait ni très en forme ni très heureux ; il avait perdu beaucoup de cheveux, et sa calvitie s'ornait de taches de rousseur. Je n'avais jamais remarqué jusque-là que ses paupières étaient si lourdes, et ses cils si clairs et si raides. Nos voisins, trois Américains inoffensifs, bons vivants, congestionnés, braillards, n'étaient peut-être pas particulièrement plaisants, mais ni Iris ni moi ne trouvâmes justifiée la menace d'Ivor « de rabattre le caquet à ces sauvages du Bronx », étant donné qu'il discourait lui-même d'une voix quasi tonitruante. J'attendais la fin du dîner — et mon café, à la maison — avec une certaine impatience, mais Iris semblait au contraire disposée à savourer jusqu'à la dernière bouchée, jusqu'à la dernière gorgée. Elle portait une robe d'un noir de jais très décolletée et les longs pendants d'oreilles en onyx que je lui avais donnés jadis. Ses joues et ses bras, qui avaient perdu leur bronzage estival, avaient cette blancheur mate que j'allais distribuer — avec trop de générosité, peut-être — aux héroïnes de mes livres à venir. Tandis qu'Ivor parlait, ses yeux mouvants avaient une fâcheuse tendance à prendre la mesure des épaules nues d'Iris, mais, par une astuce très simple qui consistait à poser une question à brûle-pourpoint, je réussis à brouiller la trajectoire de son regard.

L'épreuve, enfin, parvint à son terme. Iris dit qu'elle n'en avait que pour une minute ; son frère proposa que nous « allions lâcher un fil ». Je refusai — non que je n'en eusse pas besoin, au contraire, mais parce que je savais par expérience qu'un voisin bavard et la vue de son jet tout proche m'affligeraient inévitablement d'impuissance urinaire. Je m'assis dans le hall du restaurant et, tout en fumant, méditai sur l'opportunité d'un départ : serait-il sage de soumettre *Camera Lucida* et mes habitudes de travail bien établies à un autre décor, un autre bureau, un nouvel éclairage, une autre pression des sollicitations et des odeurs de l'extérieur ? Je vis mes pages et mes notes passer en trombe devant moi comme les fenêtres brillamment éclairées d'un express qui aurait brûlé ma station, et, quand le frère et la sœur réapparurent simultanément, côté cour et côté jardin, avec l'un pour l'autre un sourire rayonnant, j'avais résolu de faire renoncer Iris à son projet. Il ne lui restait plus un quart d'heure à vivre.

Rue Despréaux, on distingue mal les numéros, et le chauffeur du taxi dépassa notre maison de deux longueurs de façade. Il proposa de faire marche arrière, mais Iris, impatiente, avait déjà débarqué, et je m'extirpai de la voiture à sa suite, laissant Ivor payer la course. Elle jeta un regard autour d'elle, puis se mit à marcher si vite en direction de notre maison que j'eus de la peine à la rattraper. A l'instant où j'allais lui saisir le coude, j'entendis la voix d'Ivor derrière moi ; il n'avait pas assez de monnaie. J'abandonnai Iris pour courir à sa rescousse et, juste au moment où je rejoignais les deux liseurs de mains, nous entendîmes, eux et moi, Iris crier quelque chose d'une voix forte et hardie, comme pour chasser un chien féroce. A la lumière d'un réverbère nous vîmes la silhouette d'un homme en imperméable quitter le trottoir opposé pour marcher sur Iris et tirer à bout portant, si près qu'il sembla pousser Iris de son gros pistolet. Déjà, Ivor et moi à ses talons, notre chauffeur s'était approché suffisamment pour voir l'assassin trébucher sur le corps affaissé et recroquevillé. Il n'essaya pas de s'enfuir, mais s'agenouilla, enleva son béret, redressa les épaules et, dans cette affreuse et grotesque attitude, leva le pistolet jusqu'à son crâne rasé.

Le récit qui parut entre autres faits divers dans les

quotidiens parisiens après l'enquête de la police — qu'Ivor et moi réussîmes à fourvoyer complètement — se résume à ce qui suit : vendredi soir, un Russe blanc, Vladimir Blagidzé, alias Starov, qui souffrait de démence paroxystique, a été pris d'une crise de folie meurtrière au beau milieu d'une rue calme et s'est mis à tirer à toute volée. Après avoir tué d'un seul coup de pistolet une touriste anglaise, Mme [nom estropié], qui passait juste à ce moment-là, il s'est fait sauter la cervelle à ses côtés. En fait, il ne mourut pas sur-le-champ, mais conserva des bribes de lucidité dans son crâne remarquablement solide et traîna Dieu sait comment jusqu'au milieu du mois de mai, qui fut exceptionnellement chaud cette année-là. Poussé par quelque curiosité onirique perverse, Ivor alla le voir à l'hôpital très spécial du célèbre Dr Lazareff, un bâtiment tout rond, impitoyablement rond, coiffant une colline littéralement hérissée de marronniers, d'églantiers et d'autres plantes inquiétantes. Tout un paquet de souvenirs récents s'étaient échappés par le trou que Blagidzé avait dans la tête ; mais (selon un infirmier russe habile à décoder les dits des suppliciés) le malade se rappelait très clairement comment, à l'âge de six ans, on l'avait emmené dans un parc d'amusements en Italie où un train miniature, comportant trois voitures découvertes — avec, assis dans chacune, six enfants silencieux — et une locomotive à pile verte d'où s'échappaient à intervalles réalistes des bouffées de fumée factice, effectuait un trajet circulaire à travers une futaie de cauchemar, aux broussailles pittoresques, dont les fleurs prises de vertige opinaient continuellement du bonnet, en accord complet avec toutes les horreurs de l'enfance et de l'enfer.

Nadejda Gordonovna, accompagnée d'un prêtre de ses amis, n'arriva à Paris, de quelque coin des Orcades, qu'après l'enterrement de son mari. Mue par un sens erroné du devoir, elle chercha à me voir pour « tout » me raconter. J'éludai toute rencontre avec elle, mais elle parvint à joindre Ivor à Londres avant son départ pour les États-Unis. Je ne lui demandai jamais, et cet être charmant et drôle ne me révéla jamais, lui non plus, ce qu'était ce « tout » ; je refuse de croire qu'il pût s'agir de grand-chose, d'ailleurs ; j'en savais assez. De nature, je ne suis pas vindicatif ; pourtant, j'aime à rester en imagination sur ce petit train vert qui tourne, tourne en rond jusqu'à la fin des temps.

DEUXIÈME PARTIE

CHAPITRE PREMIER

Une curieuse forme d'instinct de conservation nous pousse à nous défaire immédiatement, irrévocablement, de tout ce qui a appartenu à celle que nous avons aimée et perdue. Si nous ne le faisons pas, les choses qu'elle touchait chaque jour et maintenait dans leur contexte particulier par le simple fait de les manipuler se gonflent bientôt d'une vie propre, une folle vie. Ses robes se portent elles-mêmes, ses livres feuillettent leurs propres pages. Nous suffoquons dans le cercle toujours plus étroit de ces monstres — contrefaits, déplacés, parce qu'elle n'est pas là pour s'occuper d'eux. Et même le plus courageux d'entre nous ne peut soutenir le regard de son miroir.

C'est un autre problème que de savoir *comment* se débarrasser d'eux. Je ne pouvais les noyer comme des petits chats ; en fait, je ne pourrais pas noyer un petit chat, et sa brosse ou sa bourse encore bien moins. Je ne pouvais pas davantage supporter de voir un étranger les réunir, les emporter, revenir en chercher d'autres. C'est pourquoi j'abandonnai tout simplement l'appartement en donnant comme consigne à la bonne de disposer à sa guise de ces objets indésirables. Indésirables ! Quand vint le moment de m'en séparer, ils me parurent parfaitement normaux et inoffensifs ; je dirais même qu'ils avaient l'air interloqué.

Au début, j'essayai de m'accommoder d'un hôtel de troisième ordre dans le centre de Paris : j'y combattais la peur et la solitude en travaillant toute la journée. J'achevai un roman, en commençai un autre, écrivis quarante poèmes (tous voleurs et tous frères sous leurs robes bigarrées), une douzaine de nouvelles, sept essais, trois accablantes critiques, une parodie. Je conjurai le péril de la folie qui me guettait la nuit en avalant un somnifère particulièrement puissant ou en m'achetant une compagne de lit.

Je me souviens d'une aube de mai dangereuse (1931 ? 1932 ?) ; tous les oiseaux (en majeure partie des moineaux) chantaient comme dans le *Mai* de Heine, avec une force et une monotonie démoniaques — c'est pourquoi je sais qu'il devait s'agir d'une de ces merveilleuses matinées de mai. J'étais couché, le visage tourné vers le mur, et je me demandais avec une confuse inquiétude si « nous » ne ferions pas mieux de descendre à la Villa Iris plus tôt que d'habitude. Un obstacle, cependant, m'empêchait d'entreprendre ce voyage : la voiture et la maison avaient été vendues, Iris me l'avait dit elle-même au cimetière protestant — les maîtres de sa foi et de son destin bannissaient l'incinération. Je me retournai dans mon lit, et Iris était couchée là, côté fenêtre, sa chevelure brune contre moi. D'un coup de pied je rejetai les draps. Elle était nue, à l'exception de ses jambes gainées de noir (un fait étrange, mais qui me rappelait quelque chose d'un monde parallèle, car mon esprit se tenait en équilibre sur deux chevaux de cirque). Dans une note érotique de bas de page, je me promis pour la dix-millième fois de mentionner quelque part qu'il n'y a rien de plus séduisant que le dos d'une fille et le profil ascendant de sa hanche, accentué lorsqu'elle est couchée sur le côté, une jambe légèrement repliée. « J'ai froid », dit la fille quand je lui touchai l'épaule.

Le terme russe qui désigne toute forme de trahison, d'abus de confiance ou de déloyauté, est le moiré, l'ophidien *izmiéna*, basé sur l'idée de changement, de déplacement et de transformation. L'origine du mot ne m'était jamais venue à l'esprit à propos d'Iris, alors que je pensais constamment à elle, mais elle me frappa par la révélation d'un ensorcellement, de la métamorphose d'une nymphe en une putain — et la réaction fut un hurlement de protestation immédiat. Un de mes voisins se mit à marteler la paroi, un autre ébranla la porte. La fille, affolée, attrapa son sac et son imperméable et déguerpit ; elle fut remplacée aussitôt par un individu barbu, grotesque avec sa chemise de nuit et ses pieds nus chaussés de caoutchoucs. Le crescendo de mes cris — des cris de détresse et de rage — déboucha sur une violente crise de nerfs. Je crois qu'on tenta de me faire disparaître dans un hôpital. Dans tous les cas, il me fallut trouver un autre logis « sans tarder » — une expression que, par association d'esprit avec la lettre de son amant, je ne puis entendre sans un brusque déchirement de cœur.

Un petit coin de campagne flottait avec persistance devant mes yeux, comme quelque mirage transparent. Je laissai mon index errer à l'aventure sur une carte du nord de la France ; le bout de l'ongle s'arrêta sur la ville de Petiver ou Petit Ver, nom idyllique s'il en fut. L'autobus m'amena jusqu'à un arrêt en bordure de route, pas très loin d'Orléans, je crois. De ma demeure je ne me rappelle que la pente surprenante du plancher, qui correspondait à une semblable dénivellation dans le plafond du café situé au-dessous de ma chambre. Je me souviens aussi d'un parc vert pastel à l'est de la ville, et d'un vieux château. L'été que je passai à Petit Ver n'est qu'une éclaboussure de couleur sur le verre opaque de mon esprit. J'y écrivis pourtant quelques poèmes, dont un, au moins (dans lequel il est question d'une troupe d'acrobates montant un spectacle sur la place de l'église), a été réimprimé plusieurs fois au cours des quarante dernières années.

Quand je rentrai à Paris, je découvris que mon bon ami, Stépan Ivanovitch Stépanov, journaliste coté, financièrement indépendant (il faisait partie du petit nombre de ces Russes chanceux qui s'étaient transportés, eux et leur argent, à l'étranger avant le coup d'État bolchevique), avait non seulement organisé ma deuxième ou troisième lecture publique (*vetcher,* « soirée », était le terme russe consacré à ce genre de représentation), mais voulait encore que je m'installe dans l'une des dix pièces de son ancienne et vaste demeure (avenue Koch ? Roche ? Elle aboutit, ou aboutissait, à la statue d'un général dont le nom, qui m'échappe aujourd'hui, se terre à coup sûr quelque part dans le paquet de mes vieilles notes).

Y résidaient pour l'heure les vieux Stépanov, leur fille, la baronne Borg, mère d'une fillette de onze ans (le baron était dans les affaires et sa société l'avait envoyé en Angleterre), et Grigorii Reich (1899-1942 ?), jeune poète sans aucun talent, aussi doux et maigre que mélancolique, dont les *Novosti* publiaient une élégie hebdomadaire sous le nom de plume de Lounine, et qui servait de secrétaire à Stépanov.

Il fallut bien que je descende le soir et me joigne aux personnages littéraires et politiques qui se réunissaient fréquemment dans le salon surdécoré ou autour de l'immense table oblongue de la salle à manger, sous le portrait en pied du jeune fils des Stépanov qui était mort en 1920 en tentant de sauver de la noyade un de ses camarades d'école. Le bourru, jovial, myope Aleksandr Kérenski, un fidèle habitué, ajustait brusquement son monocle pour dévisager un inconnu ou saluer un vieil ami d'un mot piquant, de cette voix rauque qui avait perdu presque toute sa force des années plus tôt dans les clameurs de la Révolution. Ivan Chipogradov, romancier éminent et récent lauréat du Prix Nobel, assistait aussi à ces soirées, rayonnant de talent et de charme, régalant ses intimes, après quelques petits verres de vodka, d'un de ces contes paillards russes dont tout l'art repose sur la saveur rustique et le respect affectueux avec lesquels ils traitent nos « parties ». Bien moins séduisant était le vieux rival de I. A. Chipogradov, Vassilii Sokolovski (curieusement surnommé « Jérémie » par I. A.), petit homme fragile flottant dans un costume trop large, auteur de tomes successifs consacrés à l'histoire mystique et sociale d'un clan ukrainien, qui, composé au XVIe siècle des trois seuls membres d'une humble famille, s'était élargi jusqu'à compter dans le sixième volume (1920) tous les habitants d'un village — une œuvre commencée à l'aube de ce siècle, gorgée de folklore et de mythe. C'était un plaisir de voir la figure intelligente et mal équarrie du vieux Morozov, son regard clair et glacial sous les cheveux ternes ; mais c'est l'austère et grassouillet Basilevski que j'observais tout particulièrement, non parce qu'il venait — ou était sur le point — de faire une scène à sa jeune maîtresse, une beauté féline qui écrivait des vers de mirliton et flirtait vulgairement avec moi, mais parce que j'espérais qu'il avait déjà lu le dernier numéro d'une revue littéraire à laquelle nous collaborions tous les deux et dans lequel je le tournais en ridicule. Quoique l'indigence de son anglais eût dû lui interdire l'interprétation d'un poète tel que Keats (qu'il définissait comme « un esthète préwildien à l'aube de la Révolution industrielle »), Basilevski était enclin à ce genre d'exercice. Critiquant récemment « la préciosité pas entièrement déplaisante » de ma propre littérature, il avait imprudemment cité un vers connu de Keats qu'il avait rendu en russe par :

Vsegda nas radouet krassivaïa vechtchitsa

ce qui, retraduit, donne :

« Une jolie babiole nous réjouit toujours. »

Notre conversation fut, hélas ! beaucoup trop brève pour que je réussisse à découvrir s'il avait ou non apprécié mon amusante leçon. Il me demanda ce que je pensais d'un livre récemment paru dont il entretenait Morozov (lequel était monolingue) — à savoir « l'impressionnant ouvrage de Maurois sur Byron » — et quand je lui eus répondu que je l'avais trouvé d'une impressionnante sottise mon austère critique marmonna : « Je ne pense pas que vous l'ayez lu », avant de se consacrer derechef à l'instruction du paisible vieux poète.

Je m'éclipsais bien avant la fin de la réunion. Le brouhaha des au revoir me parvenait généralement juste au moment où je sombrais dans l'insomnie.

Je passais la plus grande partie de la journée à travailler, tapi dans un fauteuil profond, mes instruments de travail commodément dispersés devant moi sur une « tablette de rédaction » tout exprès fournie par mon hôte, grand amateur de trucs pratiques. Dieu sait pour quelle raison j'avais pris du poids depuis mon deuil, et je ne parvenais désormais à m'extraire de mon fauteuil trop aimant qu'après deux ou trois pénibles embardées. Je ne recevais qu'une seule visite, celle d'une petite personne pour laquelle je laissais toujours ma porte entrebâillée. Le rebord proximal de la tablette s'incurvait judicieusement en son milieu de manière à loger un ventre d'écrivain, et son extrémité distale était équipée de pinces et d'élastiques destinés à retenir crayons et feuilles de papier ; je m'habituai si bien à ces agréments que j'en vins à déplorer avec une belle ingratitude l'absence d'un système de « commodités » proprement dites — par exemple, une de ces cannes creuses dont se servent les Orientaux, à ce que l'on prétend.

Chaque après-midi, à la même heure, une poussée silencieuse accentuait le bâillement de la porte, et la petite-fille des Stépanov entrait, portant un plateau avec un grand verre de thé fort et une assiette de zwiebacks ascétiques. Elle avançait, les yeux baissés, posant précautionneusement ses pieds chaussés de pantoufles bleues par-dessus les chaussettes blanches, ralentissait, quand le thé dansait dans le verre, presque au point de s'arrêter, avançait encore, d'un pas lent de poupée mécanique. Elle avait des cheveux de lin, un nez criblé de taches de rousseur, et je choisis de lui faire porter sa robe de guingan et sa ceinture noire vernissée quand je lui fis poursuivre son cheminement mystérieux jusque dans le livre que j'étais en train d'écrire, *le Haut-de-forme rouge*, où elle devient la gracieuse petite Amy, réconfort ambigu du condamné à mort.

C'étaient là de charmants, charmants intermèdes ! On entendait la baronne et sa mère qui jouaient à quatre mains dans le salon du rez-de-chaussée, comme elles avaient dû jouer et jouer encore au cours des quinze dernières années. J'avais une boîte de biscuits enrobés de chocolat pour compléter les zwiebacks et tenter ma petite visiteuse, qui, bras et jambes repliés, prenait la place de la tablette que j'avais repoussée. Elle parlait le russe couramment, mais en ponctuant ses phrases de syllabes exclamatives et interrogatives toutes parisiennes, et ces notes d'oiseau prêtaient un caractère quasi surnaturel aux réponses qu'elle faisait à mes questions — les questions ordinaires que l'on pose à un enfant — sans cesser de balancer une jambe et de grignoter son biscuit. Et puis, tout à coup, au milieu de notre causette, elle s'échappait d'entre mes bras et courait vers la porte comme si on l'avait appelée, quoique en fait le jeu hésitant du piano continuât longtemps encore à ponctuer la simple réalité d'un bonheur familial auquel je n'avais point de part et qu'à la vérité je n'avais jamais connu.

Mon séjour chez les Stépanov ne devait pas excéder quinze jours ; il dura deux mois. Au début, je m'y sentis relativement bien, ou du moins y trouvai confort et réconfort, mais un nouveau somnifère qui avait fait merveille dans l'euphorie des premiers temps refusa bientôt de conjurer certaines rêveries auxquelles, ainsi que le donnèrent à penser par la suite les conséquences incroyables qu'elles eurent, j'aurais dû succomber comme un homme — et mettre un terme par tous les moyens ; au lieu de quoi, profitant de ce que Dolly allait vivre en Angleterre, je cherchai un nouveau toit pour ma misérable carcasse, en l'occurrence un salon chambre à coucher dans un immeuble locatif, minable mais tranquille, de la rive gauche, « au coin de la rue Saint-Sulpice », rapporte mon journal de poche avec une sombre imprécision. Une manière de vieux placard dissimulait une douche primitive, seule commodité de l'appartement. Mes deux ou trois sorties quotidiennes — pour manger, boire une tasse de café, ou m'acheter quelque extravagante friandise chez un traiteur — m'offraient une légère distraction. Je découvris, dans le prochain pâté de maison, un cinéma spécialisé dans les vieux opéras mélo et un bordel minuscule qui comptait en tout quatre putains dont les âges s'échelonnaient entre dix-huit et trente-huit ans, la plus jeune étant également la plus laide.

Je devais passer de nombreuses années à Paris, lié à cette morne ville par les moyens d'existence qu'elle offrait à un écrivain russe. Je n'y trouvai alors, et n'y trouve aujourd'hui, rétrospectivement, rien de ce charme qui captivait mes compatriotes. Je ne pense pas à la tache de sang sur le pavé le plus noir de sa rue la plus sombre : en fait d'horreur, je la juge hors concours ; je veux dire simplement que je ne considérais Paris, avec ses jours grisâtres et ses nuits d'encre, que comme le cadre de fortune des joies les plus authentiques et les plus fidèles de ma vie : la phrase colorée dans mon esprit, sous le crachin, la page blanche qui m'attendait, sous la lampe de bureau, dans mon humble logis.

CHAPITRE II

DEPUIS 1925 j'avais écrit et publié quatre romans ; aux premiers jours de 1934 j'étais sur le point d'en terminer un cinquième, *Krasnyï Tsilindr (le Haut-de-forme rouge)*, récit d'une décapitation. Aucun de ces livres n'excédait quatre-vingt-dix mille mots, mais on n'aurait guère pu considérer ma méthode d'écriture comme un moyen de gagner du temps.

Un premier jet, au crayon, remplissait plusieurs cahiers bleus d'écolier, qui, lorsque mon travail de révision atteignait son point de saturation, ne présentaient plus qu'un chaos de bavures et de gribouillis. A ce désordre correspondait celui du texte, dont l'enchaînement logique était régulièrement interrompu, au bout de quelques pages, par un volumineux passage appartenant à une partie à venir — ou passée — du récit. Après avoir trié et repaginé ce fatras, je m'attaquais à l'étape suivante : la copie au net. Elle était soigneusement rédigée à la plume-réservoir dans un épais et solide cahier ou dans un registre. Puis une orgie de nouvelles corrections venait effacer progressivement tout le plaisir de cette trompeuse perfection. Le point zéro de lisibilité marquait le début d'une troisième phase. A force d'agacer de mes doigts lents et gourds les touches de ma fidèle vieille *machinka* (« machine »), cadeau de noces du comte Starov, je parvenais à taper quelque trois cents mots à l'heure — alors que certain romancier populaire du siècle précédent, opérant à la main et en cursive, en casait un allègre millier dans le même laps de temps.

Dans le cas du *Haut-de-forme rouge*, toutefois, les névralgies qui, au cours des trois dernières années, s'étaient peu à peu propagées dans mon squelette comme un être intérieur de vivante douleur, anguleux et griffu, avaient à ce stade gagné mes extrémités, grâce à quoi taper à la machine était devenu pour moi une miséricordieuse impossibilité. Je calculai qu'en économisant sur mes nourritures préférées — le foie gras et le scotch, par exemple — et en différant l'achat d'un nouveau costume, mon modeste revenu me permettrait de louer les services d'une dactylographe compétente, à qui je dicterais mon manuscrit corrigé pendant une trentaine d'après-midi soigneusement programmés. A cet effet, je fis paraître dans les *Novosti* une annonce de dimensions respectables avec mon nom et mon numéro de téléphone.

Des trois ou quatre dactylos qui m'offrirent leurs services, je choisis Lioubov Sérafimovna Savitch, petite-fille d'un prêtre de campagne et fille d'un célèbre S.R. (socialiste révolutionnaire) qui venait de mourir à Meudon, peu de temps après avoir achevé sa biographie d'Alexandre Ier (une œuvre fastidieuse en deux volumes intitulée *le Monarque et le Mystique*, accessible aujourd'hui aux étudiants américains dans une traduction médiocre — Harvard, 1970).

Liouba Savitch commença à travailler pour moi le 1er février 1934. Elle venait aussi souvent qu'il le fallait et passait chez moi autant d'heures que je le jugeais nécessaire (elle établit un record, certain jour mémorable, en restant d'une heure à huit heures). S'il y avait eu alors une Miss Russie, et si la limite d'âge des candidates eût été fixée juste au-dessous de trente ans, Liouba aurait gagné le titre. Elle était grande, avait les chevilles minces, la poitrine généreuse, les épaules larges, et une paire d'yeux bleus qui brillaient gaiement dans un visage rond aux joues roses. Sans doute sa chevelure auburn lui donnait-elle toujours l'impression d'être menacée d'un désordre imminent, car, en me parlant, elle lissait constamment la vague qui lui couvrait la tempe, le coude levé dans un geste gracieux. *Zdrastié,* et encore *zdrastié,* Lioubov Sérafimovna — oh ! et quel délice que cet amalgame : *Lioubov,* qui signifie « amour », suivi de Sérafim (« Séraphin »), prénom d'un terroriste repenti !

L. S. était une dactylo hors pair. A peine avais-je fini de lui dicter une phrase, énoncée tout en marchant de long en large, que les mots jonchaient son sillon comme une poignée de grains et que déjà, haussant un sourcil, Liouba me regardait, attendant la prochaine volée. Si tout à coup quelque tournure meilleure me venait à l'esprit en cours de dictée, je préférais ne pas gâcher le rythme merveilleux de notre travail en commun par les pauses pénibles qu'aurait entraînées le choix de nouveaux mots — particulièrement agaçantes et stériles lorsqu'un auteur dans l'embarras se rend compte que la personne astucieuse assise au clavier meurt d'envie de lui suggérer une proposition secourable ; je me contentais, par conséquent, de cocher le passage dans mon manuscrit pour pouvoir profaner plus tard de mes griffonnages son irréprochable création ; mais elle n'était que trop heureuse, bien sûr, de retaper la page à ses moments perdus.

Nous nous octroyions en général dix minutes de repos aux environs de quatre heures — ou de quatre heures et demie si je ne pouvais sur-le-champ ramener au pas le fumant Pégase. Elle se retirait un instant dans les humbles toilettes de l'autre côté du couloir, fermant chaque porte l'une après l'autre avec une douceur vraiment sublime, pour resurgir, toujours sans bruit, le nez poudré de neuf et le sourire repeint. Entre-temps, j'avais préparé pour elle un verre de vin ordinaire et une gaufrette rose. C'est au cours de ces entractes innocents que le destin devait amorcer certain mouvement thématique.

Elle pouvait bien m'avouer quelque chose... (Petite gorgée et petit rinçage de babines dilatoire.) Voilà, elle avait assisté à toutes mes lectures publiques, cinq avec la première, le 3 septembre 1928, salle Planiol ; elle avait applaudi jusqu'à en avoir mal aux mains (montrant ses paumes) et, à cinq reprises, s'était juré d'être assez débrouillarde et d'avoir assez de cran la prochaine fois pour se frayer un chemin à travers la foule (oui, la foule... inutile de sourire avec ironie) dans la ferme intention de me serrer la main et de mettre toute son âme dans un seul mot, qu'hélas ! elle ne pouvait jamais trouver... et c'était pour cela, d'ailleurs, qu'inexorablement elle se retrouvait seule, debout, et souriant comme une idiote au milieu de la salle déserte. N'allais-je pas la mépriser, parce qu'elle collait dans un album les critiques de mes livres... les sottises des barbouilleurs tels que Boris Niet et Boïarski aussi bien que les charmants essais de Morozov et de Iablokov ? Et savais-je que c'était *elle* qui avait déposé ce mystérieux bouquet d'iris à l'endroit où l'urne contenant les cendres de ma femme avait été enterrée quatre ans plus tôt ? Je ne me serais sûrement jamais douté qu'elle pouvait réciter par cœur chacun des poèmes que j'avais publiés dans la presse émigrée d'une demi-douzaine de pays. Ni qu'elle se rappelait des milliers de petits détails enchanteurs glanés dans mon œuvre romanesque tout entière, comme, par exemple, le coin-coin du malard (dans *Tamara*), « qui, jusqu'à la fin de sa vie à lui, garderait le goût du pain de seigle russe qu'il avait partagé dans son enfance avec les canards », ou l'échiquier du *Pion prend la Reine* et son cavalier perdu, « remplacé par une sorte de jeton, petit orphelin rescapé d'un jeu inconnu ».

Ces confessions, fort adroitement distillées dans le cours de plusieurs après-midi, furent cause que, fin février déjà, après qu'une volumineuse enveloppe contenant un exemplaire dactylographié, impeccable à tous égards, du *Haut-de-forme rouge* eut été déposée par porteur (elle encore) dans les bureaux de *Patria* (le premier magazine russe de Paris), je me trouvai empêtré dans une situation plus qu'embarrassante.

Non seulement je n'avais jamais ressenti le moindre tiraillement de désir pour la belle Liouba, mais l'indifférence de mes sens tournait à la répulsion pure et simple. Plus ses regards se faisaient doux et palpitants, plus je devenais discourtois. Il y avait, jusque dans son raffinement, un soupçon de vulgarité, qui donnait à sa personnalité tout entière la fadeur douceâtre de la corruption. Je découvrais en elle, avec un agacement croissant, de pauvres imperfections, comme cette odeur — celle, naturelle, d'une jeune fille russe qui ne se baigne que rarement — qu'elle ne parvenait pas à dissimuler toujours sous la fragrance précaire d'un très honnête parfum (*Adoration,* je crois) : *Adoration* tenait pendant une heure ou deux, mais succombait ensuite sous les assauts de plus en plus fréquents de l'autre odeur, et, lorsqu'elle levait les bras pour mettre son chapeau... mais peu importe, c'était une créature sans malice, et j'espère qu'elle est aujourd'hui une heureuse grand-mère.

Je n'aurai pas la goujaterie de relater notre dernière rencontre (le 1er mars de la même année). On se contentera de savoir qu'elle s'effondra en plein travail — elle tapait une traduction en russe et en vers que j'avais faite du poème de Keats *A l'automne* (« Saison des brumes et des maturités moelleuses ») — pour m'infliger ensuite, jusqu'à huit heures du soir au moins, ses aveux et ses larmes. Quand enfin elle partit, je perdis une heure encore à composer une lettre détaillée dans laquelle je lui demandais de ne plus revenir. Soit dit en passant, c'était bien la première fois qu'elle laissait une page inachevée sur le chariot de ma machine à écrire. Je la mis de côté, et la redécouvris dans mes papiers quelques semaines plus tard ; puis je la conservai délibérément, parce qu'elle avait été complétée par Annette — avec deux fautes de frappe et un mot crucifié dans les derniers vers — et que quelque chose dans cette juxtaposition charmait mon sens de la combinaison.

CHAPITRE III

DANS ce récit, mes livres et mes femmes s'entrelacent en un monogramme étroit, comme quelque filigrane ou motif d'ex-libris; et en écrivant cette autobiographie oblique — oblique parce qu'elle délaisse l'histoire prosaïque pour jouer avec les mirages de la littérature et du romanesque — je m'efforce continuellement d'insister aussi peu qu'il me soit inhumainement possible sur l'évolution de ma maladie mentale. Pourtant, Démence est l'un des personnages de mon histoire.

Entre les tourments affreux de la première moitié de 1922 et le milieu des années 30, il s'était produit peu de changement dans mon état de santé. Mes démêlés avec la vie réelle et respectable consistaient toujours en de brusques erreurs de perception, de soudaines redistributions — redistributions de kaléidoscope ou de vitrail ! — de l'espace fragmenté. Je sentais toujours la Gravité, cette infernale et humiliante contribution à notre univers perceptif, s'enfoncer en moi comme l'ongle d'un orteil monstrueux, à grands coups d'estoc et de coin pourvoyeurs d'une insupportable douleur (incompréhensible à l'imbécile heureux qui ne voit rien de fantastique ou d'angoissant dans la chute d'un sou ou d'un crayon *sous* quelque chose — le bureau sur lequel on vit, ou le lit sur lequel on meurt). Je ne parvenais toujours pas à maîtriser l'idée abstraite de direction dans l'espace, de sorte que toute portion du monde donnée restait définitivement pour moi soit « à droite » soit « à gauche », ou ne pouvait au mieux passer de l'un à l'autre qu'au prix d'un effort de volonté qui me broyait l'échine. Ah ! je n'aurais pu te dire, mon cher cœur, à quel point les choses et les gens me torturaient ! Mais tu n'étais même pas encore née.

Je me rappelle qu'aux alentours de 1935, dans ce sombre, maudit Paris, je rendis visite à une parente éloignée (une nièce de la Dame aux Arlequins !). C'était une charmante vieille dame étrangère. Assise dans un fauteuil à dossier droit, elle souffrait du matin au soir les attaques continuelles de trois, quatre, plus de quatre enfants au cerveau dérangé qu'elle était payée pour surveiller (par l'Association de secours aux dames de la noblesse russe dans le besoin), pendant que leurs parents s'en allaient travailler dans des endroits pas si affreux et sinistres en eux-mêmes que sinistres et pénibles à atteindre par le biais des transports en commun. Je m'assis à ses pieds, sur un vieux pouf. Elle parlait, parlait, et sa voix calme, égale, reflétait la sérénité, la richesse, la bonté, les journées radieuses. Pourtant, à tout moment, l'un ou l'autre de ces pauvres petits monstres bigles et baveux sortait de derrière une table ou un paravent et venait bousculer son fauteuil ou se pendre à sa jupe. Et, lorsque les glapissements se faisaient trop aigus, c'est à peine si l'ombre de contrariété qui se peignait sur son visage affectait le sourire qu'elle dédiait au souvenir. Elle gardait à portée de la main une sorte d'émouchoir qu'elle brandissait par intervalles pour repousser ses agresseurs les plus hardis, mais sans que s'interrompît jamais le murmure de son soliloque, et je compris que je devais ignorer, moi aussi, le tohu-bohu qu'elle supportait sans broncher.

Je prétends que ma vie, mon état, la voix des mots, qui était ma seule joie, et le combat secret que je menais contre la forme corrompue des choses, offraient des traits communs avec la situation de cette pauvre femme. Et, croyez-moi, ce furent les jours les plus supportables de ma vie — sans autre ennemi à tenir en échec qu'un quarteron de gobelins grimaçants.

Le brio, la clarté, la force de mon œuvre demeuraient intacts — du moins jusqu'à un certain point. J'aimais, je me persuadais d'aimer, la solitude du travail, et cette autre, plus subtile encore : la solitude d'un auteur qui, de derrière l'écu brillant de son manuscrit, affronte un auditoire amorphe, presque invisible dans la nuit du parterre.

Des amis prévenants avaient escamoté magiquement le fatras d'obstacles spatiaux qui séparait ma lampe de chevet de l'îlot lumineux d'un pupitre de conférencier, en s'arrangeant pour que je puisse me rendre dans telle ou telle salle éloignée sans avoir à me débattre avec des tickets de bus affreusement petits, minces et poisseux, ou à m'aventurer dans le labyrinthe tonitruant du métro. Dès que je me retrouvais à la tribune, avec mes feuilles manuscrites ou dactylographiées disposées devant moi à hauteur de sternum, j'oubliais totalement la présence dans la salle de trois cents paires d'oreilles indiscrètes. Une carafe de vodka coupée d'eau, ma seule exigence de conférencier, était aussi le seul lien qui me rattachait à l'univers matériel. Semblable au faisceau de lumière que le peintre dirige sur le crâne caramel de l'ecclésiastique extatique au moment de la révélation divine, la brillante auréole dans laquelle j'étais enfermé mettait en relief, avec une précision d'oracle, la moindre imperfection de mon texte.

Certain chroniqueur a noté que non seulement je ralentissais parfois pour tirer un crayon de la poche de mon veston et remplacer une virgule par un point-virgule, mais qu'il m'était même arrivé de m'arrêter, de considérer une phrase d'un œil critique, de la relire, de la rayer, de griffonner une correction et de « redéclamer tout le passage avec une sorte d'autosatisfaction provocante » .

Mon écriture, dans les copies au net, était bonne, mais je me sentais plus à l'aise avec un texte tapé à la machine devant moi — et j'étais de nouveau sans dactylo. Il eût été imprudent de ma part de faire paraître la même annonce dans le même journal : elle aurait pu me ramener Liouba, le visage empourpré par un regain d'espoir, et m'entraîner une nouvelle fois dans le cycle infernal.

J'appelai Stépanov, pensant qu'il pourrait peut-être m'aider ; il le pouvait, en effet, et, après avoir eu avec sa chichiteuse épouse un aparté trop à part pour qu'il pût parvenir jusqu'à mon tympan (je ne saisis rien d'autre que « avec les fous, on peut s'attendre à tout »), il lui passa le récepteur. Ils connaissaient une fille très bien qui avait travaillé à l'école maternelle russe « Passy na Roussi » — celle qu'avait fréquentée Dolly quatre ou cinq ans plus tôt. Elle s'appelait Anna Ivanovna Blagovo. Connaissais-je Oksman, le propriétaire de la librairie russe, rue Cuvier ?

« Oui, un peu. Mais j'aimerais vous demander...

— Eh bien, reprit-elle en me coupant la parole, Annette *sékrétarstvovala* pour lui lorsque sa dactylo habituelle était à l'hôpital; elle est rétablie maintenant, et vous pourriez...

— C'est parfait, dis-je, mais je voudrais savoir, Berta Abramovna, pourquoi vous m'avez accusé d'être un fou dont on pouvait tout craindre ? Je puis vous assurer que je n'ai pas pour habitude de violer les jeunes femmes...

— *Gospod's vami, goloubtchik !* (Quelle idée, mon cher !) », s'exclama Mme Stépanov — et elle se mit en devoir de m'expliquer que c'était son mari distrait qu'elle grondait parce qu'il s'était assis sur son sac neuf pour répondre au téléphone.

Bien que je ne crusse pas un mot de sa version (trop rapide ! trop facile !), je fis semblant de l'accepter et lui promis d'aller voir son libraire. Quelques instants plus tard, alors que j'étais sur le point de me déshabiller devant la fenêtre ouverte (parfois, dans un âpre veuvage, une nuit de printemps douce et noire est la plus réconfortante voyeuse qui se puisse imaginer), Berta Stépanov rappela pour me dire que l'homme-bœuf (ce que l'île du Dr Moreau avait pu faire frémir mon Iris, surtout dans des scènes comme celle où la « forme hurlante », encore couverte de pansements, s'échappe du laboratoire !) serait dans sa boutique jusqu'à l'aube, au milieu de registres hérités du cauchemar. Elle savait, hé-hé (petit rire russe), que j'étais noctambule, il pourrait me prendre l'envie de faire un tour jusqu'à la librairie Boïan sans tarder, *without retardment* — terme exécrable. Pourquoi pas ?

Après ce coup de téléphone perturbateur, je n'avais plus qu'à choisir entre les ballottements de l'insomnie et une balade rue Cuvier — une rue qui mène à la Seine, où, selon les statistiques de la police, quarante étrangers en moyenne et Dieu sait combien de malheureux indigènes se noient chaque année entre les guerres. L'idée du suicide, ce stupide gaspillage du moi (un joyau, sous quelque éclairage que ce soit), ne m'a jamais effleuré. Mais je dois admettre que ce soir-là (qui était le quatrième, ou le cinquième, ou le cinquantième anniversaire de la mort de ma bien-aimée), avec mon costume noir et mon pathétique cache-nez, j'avais tout pour éveiller les soupçons de n'importe quel agent préposé à la surveillance des rives. Et c'est tout particulièrement mauvais signe lorsqu'un homme au chef dénudé sanglote en marchant, bouleversé non par des vers que lui-même aurait pu composer, mais par quelque chose que d'abord, odieusement, il croit sien, puis reconnaît en frémissant, mais sans avoir toutefois le cran de réparer :

> *Zvezdoobraznost' niébiésnykh zviozd*
> *Vidich' tol'ko skvoz' sliozy...*
> (Les étoiles du ciel n'ont la forme d'étoiles qu'à travers les larmes.)

Je suis plus hardi aujourd'hui, beaucoup plus hardi et plus orgueilleux que le voyou équivoque qui avançait ce soir-là entre une palissade qui lui semblait ne jamais devoir s'arrêter avec ses affiches en lambeaux, et une rangée de réverbères régulièrement espacés, dont la lumière choisissait, pour son jeu déchirant au-dessus de lui, une jeune feuille de tilleul au lustre d'émeraude. J'avouerai maintenant que je fus tracassé cette nuit-là, et la suivante, comme je l'avais été déjà auparavant, par un rêve dans lequel ma vie m'apparaissait comme la fausse jumelle, une parodie, une variante inférieure de la vie d'un autre homme, quelque part sur cette terre ou ailleurs. Je sentais qu'un démon me forçait à m'identifier à cet homme, à cet autre écrivain qui était et serait toujours incomparablement plus grand, plus fort et plus cruel que votre dévoué serviteur.

CHAPITRE IV

Les éditions « Boïan » (nous appartenions, Morozov et moi, à une maison rivale, le « Cavalier de bronze ») occupaient, avec la librairie (qui ne vendait pas que des œuvres d'auteurs émigrés, mais aussi des romans conçus sous le signe du tracteur qui arrivaient de Moscou) et la bibliothèque de prêt, un bel hôtel particulier de trois étages. Il s'élevait, de mon temps, entre un garage et un cinéma : quarante ans plus tôt (dans la perspective d'une métamorphose à rebours), le premier avait été une fontaine et le second un groupe de nymphes de pierre. La maison avait appartenu aux Merlin de Malaune, avant d'être rachetée, au tournant du siècle, par un cosmopolite russe, Dmitri de Midoff, qui, avec son ami S. I. Stépanov, y avait installé le quartier général d'une conjuration antidespotique. S. I. Stépanov aimait à rappeler le langage conventionnel dont usaient les conspirateurs de jadis : le rideau de la fenêtre du salon à moitié tiré, laissant voir un vase d'albâtre, pour indiquer à l'hôte que l'on attendait de Russie que la voie était libre. Une note esthétique rehaussait les intrigues révolutionnaires de ce temps-là. Midoff mourut peu après la fin de la Première Guerre mondiale, alors que le parti terroriste, auquel ces rebelles bons enfants appartenaient, avait déjà perdu son « attrait stylistique » — pour reprendre l'expression de Stépanov lui-même. Je ne sais pas à qui l'hôtel échut plus tard, ni comment il advint que Oks (Ossip Lvovitch Oksman, 1885 ?-1943 ?) le loua pour son affaire.

La maison n'était pas éclairée, à l'exception de trois fenêtres : deux rectangles de lumière adjacents au milieu de la rangée de l'étage supérieur, d8 et e8, système continental (dans lequel la lettre indique la colonne et le nombre la rangée, sur un échiquier), et un troisième juste au-dessous, e7. Bon Dieu, n'avais-je pas oublié chez moi le mot que j'avais gribouillé à l'intention de la demoiselle Blagovo encore inconnue? Non, il était bien là, dans ma poche de poitrine, sous le vieux et cher cache-nez de Trinity College, horriblement long, horriblement chaud. J'hésitai entre une petite porte sur ma droite marquée *Magazin* et l'entrée principale, dont la sonnette était surmontée d'une couronne de jeu d'échecs. Finalement, je choisis la couronne. Nous jouions un *Blitzspiel* : mon adversaire se déplaça sur-le-champ, éclairant l'imposte du vestibule en d6. On ne pouvait s'empêcher de se demander si la maison ne comportait pas en sous-sol les cinq étages inférieurs qui manquaient pour compléter l'échiquier, et si, dans ce mystère souterrain, des hommes nouveaux n'étaient pas en train de concocter la perte d'une plus ignoble tyrannie.

Oks était un homme d'un certain âge, grand, osseux, avec une calvitie shakespearienne. C'était pour lui un grand honneur de pouvoir accueillir l'auteur de *Camo ra*... ici je fourrai le mot pour Mlle Blagovo dans sa paume tendue et m'apprêtai à partir. Il avait déjà eu affaire à des artistes nerveux. Aucun n'avait pu résister à ses manières affables et « librairiennes ».

« Oui, je suis au courant, dit-il en retenant ma main et

en me la tapotant. Elle vous appellera ; quoique, à vrai dire, je n'envie personne d'avoir à utiliser les services d'une jeune femme aussi capricieuse et aussi distraite. Montons dans mon bureau, à moins que vous ne préfériez... non, je ne pense pas », poursuivit-il en ouvrant une porte à deux battants située sur la gauche. Il tourna le commutateur d'un air incertain, découvrant une salle de lecture frileuse. La longue table habillée de grosse étoffe, les sièges défraîchis et les bustes des classiques russes — de méchantes copies — contredisaient un charmant plafond peint semé d'enfants nus et de grappes de raisin roses, violettes, ou couleur d'ambre. Sur la droite (nouveau jeu de commutateur, nouvelle hésitation), un petit couloir menait au magasin proprement dit, où je me souvins m'être disputé un jour avec une vieille grincheuse qui n'admettait pas que je refuse de payer les quelques exemplaires de mon propre roman que j'étais venu chercher. Nous nous engageâmes donc dans le grand escalier, autrefois imposant, mais qui possédait maintenant quelque chose que l'on voit rarement, même dans les rêves comiques « à la viennoise », à savoir deux balustrades différentes — l'une, celle de gauche, rampe et barreaux de métal, était une addition récente, hideuse, tandis que l'autre avait conservé son modelé d'origine, son bois sculpté, meurtri, condamné, mais toujours charmant, et ses balustres en forme de pièces de jeu d'échecs.

« C'est un honneur pour moi... » recommença Oks quand nous atteignîmes son *Kabinet* (« bureau ») en e7, une pièce encombrée de registres, de paquets encore intacts ou à moitié déballés, de montagnes de livres, de piles de journaux, de brochures, d'épreuves, et de plaquettes de vers brochées, minces sous leurs couvertures blanches, tragiques déchets aux titres froids et réticents alors en vogue — *Prokhlada* (« fraîcheur »), *Sderjannost'* (« réticence »).

C'était un de ces discoureurs qui, pour une raison ou pour une autre, sont souvent interrompus, mais qu'aucune force au sein de notre galaxie n'empêchera jamais de terminer leur phrase, au mépris de nouvelles interruptions d'ordre élémentaire ou poétique comme la mort de leur interlocuteur (« Je lui disais justement, docteur... ») ou l'entrée d'un dragon. Il semblerait même, en fait, que ces interruptions les aident à polir leur tour de phrase et à lui donner sa forme définitive. Entre-temps, l'insoutenable démangeaison du discours inachevé vous empoigne l'esprit. C'est pire que le bouton que l'on ne peut presser avant d'être rentré chez soi, et presque aussi atroce que la frustration du forçat évoquant ce dernier petit viol brisé au nid par l'intrusion d'un maudit policier.

« C'est un grand honneur pour moi, put enfin articuler Oks, de recevoir dans cette historique demeure l'auteur de *Camera Obscura*, votre meilleur ouvrage, à mon humble avis !

— Pas assez humble, dis-je en me dominant (opalescence de la glace au Népal avant l'avalanche), parce que, bougre d'idiot, le titre de *mon* roman est *Camera Lucida*.

— Là, là », plaida Oks (c'était vraiment un homme tout à fait sympathique — et un gentleman), après un silence terrible au cours duquel tous ses invendus s'ouvrirent comme autant de fleurs de conte de fées dans un film de pure imagination, « un simple lapsus ne mérite pas une réprimande aussi sévère. *Lucida, Lucida*, bien sûr ! A propos, parlant d'Anna Blagovo [autre affaire restée en souffrance — à moins qu'il n'eût l'intention de me divertir et de m'apaiser en me jetant cette intéressante anecdote], vous ignorez sans doute que je suis le cousin germain de Berta. Nous avons appartenu, elle est moi, il y a trente-cinq ans à Saint-Pétersbourg, à la même société estudiantine. Nous préparions l'assassinat du Premier ministre. Comme tout cela est loin ! Il s'agissait de noter, point par point, son itinéraire quotidien ; j'étais un des guetteurs et je me postais chaque jour au même coin de rue, déguisé en marchand de glaces à la vanille ! Inimaginable, non ? L'attentat n'eut jamais lieu ; Azef, le grand agent double, avait déjoué nos plans. »

Je ne voyais pas de raison de prolonger ma visite, mais il sortit une bouteille de cognac et j'acceptai de boire, car je recommençais à trembler.

« Votre *Camera*, poursuivit-il en consultant un registre, ne se vend pas mal dans ma boutique, pas mal du tout : vingt-trois exemplaires... pardon, vingt-cinq pour les six premiers mois de l'année dernière, et quatorze pour les six derniers. Bien sûr, la vraie célébrité, qui n'est pas le simple succès commercial, dépend de la façon dont le livre se comporte au service de prêt, et là, tous vos titres font fureur. Mais, pour vous en convaincre, montons voir sur place. »

Je suivis l'énergique Oks à l'étage supérieur. La bibliothèque de prêt rayonnait comme une gigantesque araignée, bombait comme une tumeur monstrueuse, oppressait le cerveau comme l'envahissement progressif du délire. J'aperçus un groupe de gens assis autour d'une table ovale, dans une oasis de lumière qui rejetait les rayonnages dans la pénombre. Les couleurs étaient fraîches et vives, mais en même temps paraissaient distantes comme dans une scène de lanterne magique. Une honnête quantité de vin rouge et de cognac ambré accompagnait la discussion, qui était fort animée. Je reconnus Basilevski, le critique, ses adulateurs Khristov et Boïarski, mon ami Morozov, les romanciers Chipogradov et Sokolovski, l'insignifiant et brave Souknovalov, auteur d'une satire sociale très en vogue, *Guéroï nacheï éry* (« Héros de notre époque »), et deux jeunes poètes, Lazarev *(Sérénité)* et Fartouk *(Silence)*. Quelques têtes se tournèrent dans notre direction, et ce brave ours de Morozov se souleva même en souriant, mais mon hôte me déclara qu'ils tenaient une assemblée et qu'il ne fallait pas les déranger.

« Vous venez, ajouta-t-il, d'avoir une vision fugitive de l'enfantement d'une nouvelle revue littéraire, *Nombres premiers* ; ils *croient* du moins qu'ils sont en travail : en fait, ils ne font que boire et potiner. Maintenant, je vais vous montrer quelque chose. »

Il m'entraîna dans un coin obscur et promena triomphalement sa lampe de poche sur les vides qu'accusait le rayon de *mes* livres.

« Vous voyez, s'exclama-t-il, combien sont en lecture. Tous les exemplaires de *la Princesse Mary*, non, de *Mary*… ah ! zut, je voulais dire de *Tamara*. J'adore *Tamara*, votre *Tamara*, bien sûr, pas celle de Lermontov... ou de Rubinstein. Pardonnez-moi. On s'y perd avec tous ces foutus chefs-d'œuvre. »

Je lui dis que je me sentais mal et que j'aimerais rentrer chez moi. Il offrit de me raccompagner. Ou d'appeler un taxi, si je le voulais. Je ne le voulais pas. Il dirigeait sur moi furtivement et par petits coups à travers ses doigts incarnats le faisceau lumineux de sa lampe de poche, pour voir si je n'allais pas m'évanouir. Il me ramena au rez-de-chaussée par un escalier dérobé, avec des ronronnements apaisants. La nuit de printemps, elle au moins, semblait bien réelle.

Après un moment de réflexion et un coup d'œil aux fenêtres éclairées de l'étage supérieur, Oks fit signe au veilleur de nuit, occupé pour lors à caresser le triste petit chien que promenait un voisin. Je vis mon compagnon plein d'égards serrer la main du bonhomme au pardessus gris, puis tendre le bras vers la lumière des riboteurs, puis regarder sa montre, puis donner une pièce au gardien et le quitter enfin sur une nouvelle poignée de main, comme si les dix minutes de marche qui me séparaient de mon appartement eussent été un dangereux pèlerinage.

« Bon, fit-il en me rejoignant, puisque vous ne voulez pas du taxi, nous irons à pied. Il s'occupera de mes hôtes, qui sont bouclés à l'intérieur. Il y a des tas de choses que je brûle de savoir sur votre vie et sur votre œuvre. Vos confrères disent que vous êtes "arrogant et insociable", comme Onéguine dans le portrait qu'il brosse de lui-même à Tatiana... mais nous ne pouvons pas tous être des Lenskis, n'est-ce pas ? Je profiterai de cette charmante balade pour vous raconter dans quelles circonstances j'ai, à deux reprises, pu contempler l'homme célèbre qu'était votre père. La première fois, c'était à l'opéra, au temps de la première Douma. Je connaissais bien sûr les portraits des membres les plus en vue de l'Assemblée. Des hauteurs du poulailler auxquelles me condamnait ma condition d'étudiant pauvre, je l'ai vu apparaître dans une loge rose en compagnie de sa femme et de deux petits garçons, dont l'un, je l'imagine, ne pouvait être que vous. La seconde fois, il participait à une discussion publique sur la politique contemporaine, aux premiers jours de la Révolution ; il parla tout de suite après Kérenski, et le contraste entre notre fougueux ami et votre père, son sang-froid anglais et son absence de gestes...

— Mon père, dis-je, est mort six mois avant ma naissance.

— Bon. Voilà que j'ai encore gaffé *(opiat' oskandalilsia)* », observa Oks, après avoir mis une grande minute à trouver son mouchoir, à souffler dedans avec la délibération grandiose de Varlamov dans le rôle du maire de Gogol, à emmailloter le résultat et à rempocher le tout.

« Oui, je n'ai pas de chance avec vous. Mais cette image est gravée dans mon esprit. Le contraste était vraiment fantastique. »

Je revis Oks, par hasard, trois ou quatre fois au moins au cours des brèves années qui nous séparaient encore de la Seconde Guerre mondiale. Il me saluait chaque fois d'un clin d'œil complice, comme si nous partagions un secret d'ordre très privé — et plutôt polisson. Sa superbe librairie devait plus tard être saisie par les Allemands, puis par les Russes, qui s'entendaient à ce jeu séculaire mieux encore que les premiers. Quant à Ossip Lvovitch, il mourut au cours d'une intrépide tentative d'évasion, alors que, pieds nus, ses sous-vêtements tachés de sang, il avait presque réussi à s'enfuir de l'« hôpital expérimental » d'un camp de concentration nazi.

CHAPITRE V

MON père était un joueur et un noceur. Dans le monde, on l'avait surnommé Démon. Vroubel l'a peint avec ses joues pâles comme celles d'un vampire, ses yeux diamantins, ses cheveux noirs. Moi, Vadim fils de Vadim, j'ai employé ce qui restait sur sa palette pour retoucher le père des jeunes amants dans le meilleur de mes romans anglais, *Ardis* (1970).

Rejeton d'une famille princière qui avait fidèlement servi une galerie d'une douzaine de tsars, mon père ne quitta pas les faubourgs idylliques de l'histoire. Il fut, en politique, réactionnaire avec désinvolture. S'il eut une vie sensuelle éblouissante et compliquée, sa culture en revanche demeura toujours incomplète et médiocre. Il naquit en 1865, se maria en 1896, et mourut dans un duel au pistolet avec un jeune Français, le 22 octobre 1898, après une violente algarade autour du tapis vert, à Deauville, sorte de station balnéaire de la grise Normandie.

Qu'un incurable vieux sot sans plus de malice que de raison m'eût pris pour quelque autre écrivain n'avait en soi rien de particulièrement bouleversant. Il m'est bien arrivé — et cela au beau milieu d'une conférence — de nommer Shelley quand il s'agissait de Schiller. Mais que ce lapsus imbécile, ou ce trou de mémoire, débouchât sur le rappel soudain d'un autre monde, quand avec une terreur panique je venais d'imaginer que je m'identifiais peut-être de façon permanente à un homme qui vivait comme un être réel, au-delà de la constellation de mes astérisques et de mes larmes, *voilà* qui était insoutenable, *voilà* qui n'aurait pas dû *oser* arriver !

Dès que le silence eut englouti l'écho des dernières excuses et des derniers adieux du malheureux Oksman, j'arrachai le serpent de laine rayée qui m'étranglait et jetai sur le papier en écriture chiffrée jusqu'au moindre détail de notre rencontre. Puis je tirai une ligne épaisse au-dessous de ce message et terminai par une caravane de points d'interrogation.

Devais-je ignorer la coïncidence et ses implications ? Ou, au contraire, remodeler toute ma vie ? Devais-je abandonner mon art, choisir une autre voie, m'adonner sérieusement aux échecs, ou me spécialiser, par exemple, dans l'étude des papillons, ou encore, lettré obscur, passer une douzaine d'années à mettre au point une traduction russe du *Paradis perdu* qui ferait broncher les rosses et ruer les ânes ? Mais seule l'écriture romanesque, l'éternelle re-création de mon moi changeant, pouvait conserver à mon esprit un semblant de santé. Je me contentai en fin de compte d'abandonner mon nom de plume, ce « V. Irisine » plutôt fade et assez déroutant (Iris elle-même disait qu'il me donnait des allures de villa), et de reprendre mon propre nom de famille.

C'est sous ce dernier nom que je décidai de signer le premier épisode de mon nouveau roman, *le Dard*, qui devait paraître dans *Patria*, la revue émigrée. Je venais de terminer la copie au net (la deuxième, la troisième) du premier chapitre, calligraphié à l'encre vert-reptile (un truc pour égayer ma tâche), lorsque Annette Blagovo vint me voir pour parler heures et prix.

Elle se présenta le 2 mai avec une demi-heure de retard, qu'elle imputa, comme font ceux qui n'ont aucun sens de la durée, à son innocente montre — un objet destiné à mesurer le déplacement et non le temps. C'était une gracieuse blonde de vingt-six ou vingt-sept ans, aux traits fort séduisants encore que sans réelle beauté. Elle portait, sous la jaquette de son costume gris (ornée au revers d'un petit bouquet de violettes), une blouse de soie blanche à laquelle une sorte de froncis ou de nœud donnait un air de fête, et sa jupe, courte, grise, elle aussi, et d'une coupe élégante, avait un mouvement tout à fait charmant : bref, Annette était infiniment plus soignée et plus chic que la moyenne des jeunes filles russes d'alors.

Je lui expliquai (« du ton désagréablement goguenard d'un cynique évaluant une possible conquête », comme elle me l'avoua beaucoup plus tard) que je désirais lui dicter, tous les après-midi et « directement dans la machine » *(priamo v machinkou)*, des premiers jets surchargés de corrections ou de gros morceaux de copie au net que je reverrais probablement « dans la solitude de la nuit », pour citer A. K. Tolstoï, et qu'elle aurait à retaper le lendemain. Elle n'ôta pas son chapeau cloche, mais retira ses gants, et, fronçant ses lèvres fraîchement repeintes, d'un rose vif, chaussa de grosses lunettes à monture d'écaille — ce qui eut pour effet, curieusement, de rehausser sa beauté : elle devait courir à un autre rendez-vous, mais voulait voir ma machine (le sérieux glacé de son maintien eût transformé un saint en moqueur égrillard) pour s'assurer qu'elle saurait l'utiliser. Elle enleva de son doigt une bague sertie d'un cabochon vert (que je devais retrouver après son départ) et s'apprêta à taper quelques lignes, mais un simple coup d'œil lui apprit que ma machine à écrire était de la même facture que la sienne.

Notre première séance s'avéra plutôt désastreuse. J'avais répété mon rôle avec le zèle d'un acteur peu sûr de lui, mais sans compter que ma partenaire serait de celles qui bousillent une réplique sur deux. Elle me demanda d'aller moins vite. Elle m'assomma de remarques stupides : « Cette expression n'existe pas en russe », ou « Personne ne connaît ce mot [*vzvoden'*, houle]... Pourquoi ne mettez-vous pas tout simplement "grosse vague", si c'est là ce que vous voulez dire ? » Lorsque la colère cassait mon rythme et qu'il me fallait quelque temps pour débrouiller, à travers son labyrinthe de suppressions et de signes conventionnels, la fin d'une phrase dont j'avais perdu le fil, elle se renversait dans sa chaise et attendait, l'image même du martyre, en étouffant un bâillement ou en examinant ses ongles. Au bout de trois heures, je jetai un coup d'œil sur le résultat de son impudent et délicat cliquetis. Il fourmillait de fautes d'orthographe, de fautes de frappe et de ratures hideuses. Très gentiment je lui fis remarquer qu'elle ne semblait pas avoir une grande habitude des choses littéraires (c'est-à-dire, qui échappent à la banalité). Elle répondit que je me trompais : elle adorait la littérature. En fait, dans les seuls cinq derniers mois, elle avait lu Galsworthy (en russe), Dostoïevski (en français), l'énorme roman historique du général Poudov-Ousourovski, *Tsar Bronchteïn* (dans l'original), et *l'Atlantide* (dont je n'avais jamais entendu parler, mais qu'un dictionnaire attribue à Pierre Benoit, « romancier français né à Albi » — un hiatus dans le Tarn). Est-ce qu'elle connaissait la poésie de Morozov ? Non, elle n'aimait pas beaucoup la poésie (toutes les formes de poésie), qui était incompatible avec le tempo de la vie moderne. Je lui reprochai de n'avoir lu aucune de mes nouvelles, aucun de mes romans ; elle parut contrariée, et peut-être un peu effrayée (elle craignait, la petite dinde, que je ne la renvoie), et elle me causa presque aussitôt une satisfaction curieusement érotique en me promettant qu'elle lirait désormais *tous* mes livres et saurait bientôt *le Dard* par cœur.

Le lecteur aura remarqué que je ne parle qu'en termes très généraux de mes œuvres de fiction russes des années 20 et 30, car j'imagine qu'il les connaît, ou qu'il peut facilement se les procurer en traduction française. Je dois cependant insérer ici quelques mots sur *le Dard* (son titre original était *Podarok Otchiznié*, que l'on peut traduire par « un don à la patrie »). Quand je commençai à en dicter les premiers chapitres à Annette, en 1934, je savais que ce serait le plus long de mes romans. Je ne prévoyais pas, toutefois, qu'il serait presque aussi long que l'exécrable et inepte conte « historique » dans lequel le général Poudov narre l'invasion de la Sainte Russie par les Sages de Sion. Je mis en tout près de quatre ans à rédiger ses quatre cents pages, dont Annette devait retaper deux fois au moins une grande partie. La presque totalité du *Dard* était parue en feuilleton dans diverses revues d'émigrés lorsqu'en mai 1939, couple encore stérile, nous partîmes, elle et moi, pour les États-Unis ; mais l'original russe ne sortit sous forme de volume qu'en 1950 (Turgenev Publishing House, New York), précédant d'une décennie la traduction anglaise — dont le titre *(The Dare)* fait astucieusement allusion tant au truc bien connu qui sert à déconfire les sots qu'à la nature téméraire de Victor, héros et narrateur à temps partiel de l'ouvrage.

Le roman débute par le récit nostalgique d'une enfance russe (beaucoup plus heureuse, quoique non moins opulente, que la mienne). Vient ensuite l'adolescence en Angleterre (qui n'est pas sans rapport avec ma vie à Cambridge) ; puis la jeunesse dans le Paris des émigrés, où le héros écrit un premier roman *(Mémoires d'un amateur de perroquets)*, avant de s'amuser à serrer les nœuds de diverses intrigues littéraires. La partie centrale comporte la version complète du livre que mon Victor écrivit pour « aiguillonner » le lecteur : une biographie sommaire doublée d'une appréciation critique de Fiodor Dostoïevski, dont mon auteur trouve la politique odieuse et les romans absurdes avec leurs tueurs à barbe noire que l'on présente comme de simples négatifs de l'image conventionnelle de Jésus-Christ, et ces putains larmoyantes, empruntées aux romans pleurnichards d'un autre âge. Le chapitre suivant décrit l'ahurissement et la fureur des critiques émigrés, tous prêtres de la religion dostoïevskienne ; enfin, dans les dernières pages, mon jeune héros relève le gant jeté par une coquette et accomplit un dernier exploit — gratuit — en traversant au péril de sa vie une forêt qui le mène jusqu'en territoire soviétique, pour revenir ensuite sur ses pas avec la même tranquille désinvolture.

J'ai donné ce résumé pour expliquer, par l'exemple, ce que même le lecteur le plus débile retiendra de mon *Dard*, si l'électrolyse ne détruit pas des cellules essentielles de son cerveau juste après qu'il aura refermé le livre. Or, une partie du charme fragile d'Annette résidait dans son manque de mémoire, qui estompait toute chose finissante comme certaine brume opalescente efface montagnes et nuages avant de s'effacer elle-même au soir d'une journée d'été. Je sais que je l'ai vue souvent, un numéro de *Patria* sur ses genoux languides, suivre les lignes imprimées avec ce mouvement pendulaire des yeux qui indique la lecture, et ne s'arrêter qu'à la fin de l'épisode, sur les mots « à suivre ». Je sais aussi qu'elle avait tapé chaque mot de mon *Dard* et la plupart de ses virgules. Il n'en demeure pas moins qu'elle n'en retint jamais rien —

parce qu'elle avait décidé peut-être une fois pour toutes que ma prose n'était pas simplement « difficile », mais hermétique (« méchamment hermétique », pour reprendre le compliment que me tourna Basilevski au moment où il se rendit compte — et ce moment vint à son heure — que mon superbe et rayonnant Victor se gaussait, au chapitre trois, de son esprit et de sa plume). Je dois dire que je lui pardonnais volontiers son attitude à l'égard de mon travail. Quand je lisais en public, j'admirais son sourire public — le sourire « archaïque » des statues grecques ; et lorsque ses parents (des gens plutôt assommants) demandèrent à voir mes livres (comme un médecin soupçonneux pourrait réclamer un échantillon de sperme), elle leur donna à lire, par erreur, à cause de la ressemblance du titre, le roman d'un autre homme. Je ne reçus qu'un seul choc véritable, le jour où je l'entendis déclarer à quelque idiote de ses amies que mon *Dard* comportait des biographies de « Tchernolioubov et Dobrochevski » ! Elle alla jusqu'à me disputer quand je rétorquai que seul un fou aurait eu l'idée de parler d'une paire de publicistes de troisième ordre — avec, en outre, une contrepèterie à la clé !

CHAPITRE VI

J'AI remarqué, ou cru remarquer, au cours de ma longue existence que lorsque j'étais sur le point de tomber amoureux — ou, même, quand je ne me doutais pas encore que j'étais amoureux — je faisais un rêve qui, dans une mise en scène plutôt naïve et aux premières lueurs du jour, me mettait en présence d'une femme que j'aimais sans le savoir ; ce rêve faisait naître en moi des émotions exquises et douloureuses que j'ai connues à toutes les étapes de ma vie — enfant, adolescent, dans les affres de la folie, et quand je fus devenu un vieux sybarite moribond. Il est fort possible que la sensation de récurrence (« ou cru remarquer ») ne soit qu'un sentiment rapporté : ainsi, je n'ai peut-être fait ce rêve qu'une fois ou deux (« au cours de ma longue existence »), auquel cas son caractère familier ne serait pas autre chose que le compte-gouttes qui accompagne les gouttes. Le décor du rêve, en revanche, n'est pas un endroit familier, mais une pièce qui évoque celle où nous nous réveillons, enfants, après une mascarade de Noël ou la célébration d'un anniversaire en été, dans une grande maison appartenant à des cousins éloignés ou à des étrangers. On a l'impression que les lits — en l'occurrence, deux petits lits placés contre des murs qui se font face — ont été apportés dans cette pièce, qui, en fait, n'est pas une chambre à coucher et ne comporte pas d'autres meubles que ces deux lits séparés : les accessoiristes sont paresseux, ou économes, dans nos rêves comme dans nos nouvelles d'antan. J'occupe l'un des deux lits et j'émerge tout juste de quelque rêve secondaire ; dans le lit qui se trouve à l'autre bout de la pièce, contre la paroi de droite (sens également indiqué), une fille — dans cette variante particulière (été 1934, calcul de jour) une Annette plus jeune, plus frêle et plus gaie — se parle à elle-même benoîtement, joyeusement, ou plutôt (et mes pulsations inférieures s'affolent délicieusement lorsque je m'en rends compte) fait semblant de se parler, parle pour ma gouverne, pour que je la remarque.

Ma seconde pensée (qui accentue mes élancements) considère l'étrangeté de la chose : garçon et fille mis à dormir dans une même chambre de fortune. Par erreur, sans aucun doute, ou peut-être parce que la maison était pleine et que l'on avait jugé la distance entre les deux lits — une étendue de sol nu — suffisante pour que soient parfaitement respectées les règles de la bienséance dans le cas de deux enfants (mon âge moyen a toute ma vie été de treize ans). La coupe du plaisir est maintenant rase, et, traversant le parquet nu sur la pointe des pieds avant qu'elle ne déborde, je cours jusqu'à son lit. Ses cheveux blonds font un barrage à mes baisers, mais très vite mes lèvres trouvent sa joue et sa gorge, et sa chemise de nuit a des boutons, et elle m'assure que la femme de chambre vient d'entrer, mais il est trop tard, je ne puis me contenir, et la suivante, qui est elle-même une beauté, regarde la scène en riant.

Je fis ce rêve un mois environ après avoir connu Annette, et l'image qu'il me donna d'elle, cette première version de sa voix, de ses cheveux soyeux, de sa peau tendre m'obséda et me bouleversa de joie... la joie de découvrir que j'aimais la petite Mlle Blagovo. A l'époque, nos rapports n'avaient pas dépassé encore le plan de la stricte — et même très stricte — politesse ; je ne pouvais donc lui raconter mon rêve avec les évocations et associations d'idées indispensables (comme je l'ai relaté dans ces notes), et un simple « j'ai rêvé de vous » eût valu ce que vaut une platitude. J'optai pour une solution beaucoup plus courageuse et honorable. Avant de lui découvrir ce qu'elle appelait (en parlant d'un autre couple) des « intentions sérieuses » — avant même, en fait, d'avoir résolu l'énigme qui consistait à trouver *pourquoi* je l'aimais — je décidai de lui parler du mal incurable qui me rongeait.

CHAPITRE VII

ELLE était élégante, elle était alanguie, elle était plutôt angélique par certain côté et tristement stupide par beaucoup d'autres. J'étais seul, j'avais peur, et le désir m'avait rendu imprudent — pas au point, cependant, de ne pas la prévenir au moyen d'un exemple frappant de clarté (mi-paradigme, mi-leçon de choses) de ce à quoi elle s'exposait en acceptant de m'épouser.

Milostivaïa Gossoudarynia
Anna Ivanovna !

[Chère Mademoiselle]

Avant de vous entretenir de vive voix d'un sujet de la plus grande importance, je vous supplie de m'assister dans la conduite d'une expérience qui décrira mieux que ne le ferait un article savant l'une des facettes typiques du cristal gauchi de mon esprit. Je commence. Avec votre permission, il fait nuit, je suis couché sur le dos dans mon lit (dans une tenue décente, bien sûr, avec tous mes organes en position de repos, comme le veut la même décence), et j'imagine un moment ordinaire dans un lieu ordinaire — inventé, pour protéger mieux encore la pureté de l'expérience. Je me représente en train de sortir d'une librairie et de m'arrêter sur le trottoir avant de traverser la rue pour aller m'asseoir à la terrasse du petit café d'en face. Pas de voitures en vue. Je traverse. Je m'imagine maintenant devant le petit café. Le soleil de l'après-midi occupe une de ses chaises et la moitié d'une table, mais tout le reste de la terrasse est désert et engageant : de l'averse récente il ne reste qu'une lumineuse clarté. C'est alors que je m'arrête pile : je me souviens que j'avais un parapluie.

Je n'ai pas l'intention de vous ennuyer, gloubokoouvajaémaïa *(chère)* Anna Ivanovna, *et moins encore envie de froisser ce pauvre feuillet — le troisième ou le quatrième — avec ce craquètement que le papier puni est seul à pouvoir proférer, mais la scène n'est pas suffisamment abstraite et schématique : vous me permettrez donc de procéder à un second tournage.*

Moi, votre ami et employeur Vadim Vadimovitch, couché sur le dos dans mon lit et dans une obscurité idéale (je me suis levé il y a une minute pour tirer le rideau sur la lune qui guignait entre les plis de deux paragraphes), j'imagine un Vadim Vadimovitch diurne traversant une rue pour aller d'une librairie à la terrasse d'un café. Je suis revêtu de mon moi vertical : je ne regarde pas par terre, mais devant moi, et, par conséquent, ne perçois qu'indirectement le recto voilé de ma corpulente silhouette, les bouts alternés de mes chaussures et la forme rectangulaire du paquet qui est sous mon bras. Je m'imagine faisant les vingt pas qui me séparent du trottoir d'en face, puis m'arrêtant avec un juron qui ne s'imprime pas et me décidant à retourner sur mes pas pour aller chercher le parapluie que j'ai oublié dans la boutique.

Il y a une infirmité pour laquelle on n'a pas encore trouvé de nom ; quelque chose, Anna (il faut me permettre de vous appeler par votre prénom, j'ai dix ans de plus que vous et je suis très malade), qui cloche terriblement dans mon sens de la direction ou ma maîtrise de la conception de l'espace, car, à ce moment critique, je suis incapable d'exécuter mentalement, dans le noir de ma chambre, la simple volte-face (mouvement que j'accomplis sans y penser dans la réalité physique !) qui permettrait à mon esprit d'imaginer sur-le-champ la bande d'asphalte que je viens de traverser comme étant maintenant devant moi, et la vitrine du libraire comme étant dans mon champ de vision et non quelque part derrière moi.

Considérons brièvement la démarche qu'implique cette situation et mon incapacité à la suivre consciemment dans mon esprit — mon esprit rétif et désobéissant ! Pour que je puisse me représenter le processus de rotation, je dois déclencher une révolution inverse du décor : pour que la rue tout entière change de sens, avec les façades massives de ses maisons tant derrière que devant moi, je dois m'efforcer, chère amie et assistante, de lui faire décrire lentement un demi-cercle, exercice exténuant qui équivaut à essayer de pousser la barre colossale d'un gouvernail rouillé et récalcitrant de manière à transformer, par exemple, un Vadim Vadimovitch tourné vers l'est, conscient de chaque degré, en un Vadim Vadimovitch aveuglé par le soleil couchant. La seule pensée de cette action provoque chez le gisant alité une telle confusion et un tel vertige qu'il préfère jeter toute la volte-face au rebut, essuyer, pour ainsi dire, l'ardoise de sa vision, et entreprendre le voyage de retour dans son imagination comme s'il s'agissait d'un voyage d'aller, sans traverser de rue préalable et en échappant, par conséquent, à l'horreur intermédiaire d'avoir à se débattre avec la barre de l'espace et de s'y écraser la poitrine !

Voilà. En fait de démence, il n'y a là rien de bien méchant, pas vrai ? D'ailleurs, si je cesse d'y réfléchir, cette infirmité ne m'apparaît plus que comme une paille insignifiante —

l'auriculaire manquant d'un monstre né avec neuf doigts. A la considérer de plus près, toutefois, je la soupçonne fortement de n'être rien moins qu'un symptôme avant-coureur de la maladie mentale, qui, comme on le sait, gagne par la suite le cerveau tout entier. Il se peut que cette maladie ne soit pas aussi imminente et grave que le suggèrent les signaux de tempête. Je voulais simplement vous mettre au fait de la situation, Annette, avant de vous demander en mariage. N'écrivez pas, n'appelez pas, ne mentionnez pas cette lettre quand vous viendrez — si vous venez — vendredi après-midi ; mais je vous en supplie, si vous acceptez, portez le chapeau florentin qui a l'air d'un bouquet de fleurs sauvages, Je veux que vous fêtiez votre ressemblance avec la cinquième fille en partant de la gauche (la blonde parée de fleurs au nez droit et aux yeux gris si sérieux) dans La Primavera *de Botticelli, cette allégorie du printemps, mon amour, mon allégorie.*

Le vendredi après-midi, pour la première fois en deux mois, elle arriva « *on the dot* », comme diraient mes amis américains. Un coin de bois fendit mon cœur et de petits monstres noirs se mirent à jouer aux chaises musicales autour de ma chambre quand je remarquai qu'elle portait son chapeau habituel, dénué d'intérêt et de signification. Elle se décoiffa devant le miroir et invoqua soudain Notre Seigneur avec une véhémence qui ne lui était pas coutumière.

« *Ia idiotka,* dit-elle. Je suis une idiote. Je cherchais ma jolie guirlande quand papa s'est mis à me lire quelque chose à propos d'un de vos ancêtres qui s'est querellé avec Pierre le Terrible

— Ivan, dis-je.

— Je n'ai pas saisi le nom, mais je me suis aperçu que j'étais en retard et j'ai mis *[natsépila]* cette *chapotchka* au lieu de la couronne de fleurs, votre couronne de fleurs, celle que vous avez exigée. »

Je l'aidai à retirer sa veste. Ses paroles déchaînèrent en moi une lubricité sans entraves comme dans les rêves. Je la pris dans mes bras. Ma bouche chercha le creux chaud entre le cou et la clavicule. Ce fut une étreinte brève mais totale, et je m'extravasai, discrètement, délicieusement, simplement en me serrant contre elle, une main moulant son petit derrière ferme et l'autre jouant de la harpe sur ses côtes. Elle tremblait de tous ses membres. Vierge ardente mais naïve, elle ne comprit pas pourquoi mon étreinte s'était desserrée avec la soudaineté du sommeil ou des voiles boudées par le vent.

N'avait-elle lu que le commencement et la fin de ma lettre ? Euh, oui, elle avait sauté le passage poétique. Autrement dit, elle ne savait pas le moins du monde où je voulais en venir ? Elle dit qu'elle promettait de la relire. Elle avait tout de même compris que je l'aimais ? Oui, bien sûr, mais comment pouvait-elle être sûre que je l'aimais *vraiment* ? J'étais si étrange, si... si... elle ne savait comment s'exprimer... ÉTRANGE, oui, à tous les égards. Elle n'avait jamais rencontré quelqu'un comme moi. Qui voyait-elle alors ? Des trépanneurs, des trombonistes, des astronomes ? Eh bien, si je voulais le savoir, des militaires, surtout, des officiers de l'armée de Wrangel, des gentlemen, des gens intéressants qui parlaient de devoir, de danger et de bivouacs dans la steppe. Tout doux ! Moi aussi, je sais parler de « déserts dormants, rocs et rudes pierrailles » ... Non, dit-elle, eux *n'inventaient* pas. Ils parlaient d'espions qu'ils avaient pendus, de politique internationale, d'un nouveau film ou d'un nouveau livre qui expliquait le sens de la vie. Et jamais de plaisanterie risquée, de comparaison douteuse... Comme dans mes livres ? Des exemples, des exemples ! Non, elle ne donnerait pas d'exemples.

Elle ne se laisserait pas embrocher, elle ne tournoierait pas sur l'épingle comme une mouche sans ailes.

Ou un papillon.

Nous nous promenions, par un beau matin, dans les environs de Bellefontaine. Quelque chose cilla et s'abattit.

« Regarde cet arlequin ! » murmurai-je en indiquant prudemment la direction de mon coude.

Un papillon symétriquement déployé, placé par le peintre légèrement en biais par rapport à l'horizon de son tableau, s'ensoleillait sur le mur blanc d'un jardin de banlieue. Il était d'un rouge riant, avec des taches noires séparées par des intervalles jaunes, et une rangée de croissants bleus suivait le bord intérieur des marges dentelées de ses ailes. La seule partie de la bestiole qui pût susciter quelque répulsion était le champ de soies bronzées qui brasillait de part et d'autre de son corps.

« En tant qu'ancienne maîtresse de jardin d'enfants », trancha Annette, toujours secourable, « je peux te dire qu'il s'agit d'une vanesse des plus ordinaires *(krapivnitsa)*. Que de petites mains ont arraché ses ailes pour venir me les soumettre et quêter mon approbation ! »

Un cillement d'ailes et la vanesse disparut.

CHAPITRE VIII

En considération de la longueur du texte à dactylographier et du fait qu'elle tapait si mal et si lentement, elle me fit promettre de ne pas l'importuner avec ce que les Russes appellent des « caresses de veau » pendant qu'elle travaillait. En dehors de ces heures, d'ailleurs, elle ne me permettait que des baisers contenus et de molles étreintes : la première avait été « brutale », disait-elle (ayant très vite percé certains secrets de la nature masculine). Elle faisait de son mieux pour dissimuler l'abandon et la faiblesse qui la gagnaient, quand, suivant le cours naturel des caresses, elle se mettait à palpiter dans mes bras avant de me repousser avec un regard de puritaine désapprobation. Une fois, elle effleura du dos de la main l'étoffe soudain tendue de mon pantalon ; elle proféra un « pardon » glacé et me bouda ensuite quand je lui dis que j'espérais qu'elle ne s'était pas fait mal.

Je me plaignis du tour désuet et ridicule que prenaient nos relations. Après réflexion, elle me promit que, dès que nous serions « officiellement fiancés », nous aborderions des temps plus modernes. Je l'assurai que j'étais prêt à proclamer leur avènement d'un jour à l'autre, voire d'un moment à l'autre.

Elle m'emmena voir ses parents, qui partageaient avec elle un deux-pièces à Passy. Lui avait été médecin militaire avant la Révolution ; avec ses cheveux gris coupés en brosse, sa moustache taillée et son impériale soignée, je lui trouvai une ressemblance frappante (accentuée, indubitablement, par un furieux penchant à rafistoler des éléments usés du passé avec des impressions neuves du même ordre) avec l'aimable docteur aux mains (et aux lobes des oreilles) froids qui m'avait soigné pour une « inflammation des poumons » au cours de l'hiver 1907.

Comme c'était le cas pour tant d'émigrés russes aux forces déclinantes qui n'exerçaient plus leur profession, il était difficile de dire quelles étaient exactement les ressources personnelles du Dr Blagovo. Il semblait passer le soir sombre de sa vie soit à se frayer un chemin à travers des paquets d'épaisses revues (1830 à 1900 ou 1850 à 1910) qu'Annette lui rapportait de la bibliothèque de prêt d'Oksman, soit à remplir de tabac, assis à une table et au moyen d'un bourroir au cliquetis régulier, les bouts semi-transparents de cigarettes à cylindre de carton, qu'il consommait à raison de trente par jour au maximum pour éviter l'arythmie pendant la nuit. Il n'avait pratiquement aucune conversation et ne savait raconter correctement aucune des innombrables anecdotes historiques qu'il trouvait dans les tomes défraîchis de *Rousskaïa starina* (« La Russie de l'ancien temps ») — ce qui explique l'incapacité d'Annette à se souvenir des poèmes, essais, récits, romans qu'elle avait dactylographiés pour moi (mes ronchonnements sont répétitifs, je le sais, mais j'en ai conçu de la rancœur — mot qui vient de *dracunculus*, « bébé dragon »). C'était aussi l'un des derniers hommes de ma connaissance à porter encore un faux plastron et des bottines à côtés élastiques.

Il me demanda — et c'est la seule question mémorable

qu'il me posa — pourquoi, en signant mes livres, je ne faisais pas usage du titre qui accompagnait mon nom millénaire. Je lui répondis que j'étais de ces snobs qui présument que les mauvais lecteurs sont, par nature, au fait des origines d'un auteur, mais qui espèrent que les bons lecteurs s'intéressent davantage à leurs livres qu'à leur arbre généalogique. Le Dr Blagovo était un vieux birbe sans cervelle, et ses manchettes amovibles auraient pu être plus propres ; mais aujourd'hui je chéris sa mémoire avec une mélancolie rétrospective : il était non seulement le père de ma pauvre Annette, mais aussi le grand-père de ma fille adorée — et plus malheureuse encore, peut-être.

A quarante ans, le Dr Blagovo (1867-1940) avait épousé une belle de province dans la ville de Kinechma, sur la Volga, sise à quelques kilomètres au sud de l'une de mes propriétés de campagne les plus romantiques, célèbre pour la beauté sauvage de ses ravins — *alors* un magnifique exemple de jardins encaissés devenus aujourd'hui gravières ou lieux de massacre. Elle était savamment maquillée et parlait en minaudant, réduisant noms et adjectifs à des expressions suaves à l'excès que même la langue russe, géant incontesté de l'art du diminutif, n'eût acceptées que sur les lèvres humides d'un petit enfant ou de sa tendre nurse (« Voilà votre *tchaïchko s molotchichkom* [petit thé-thé au lait doux-doux] », disait Mme Blagovo). Elle m'apparut comme une dame extraordinairement volubile, accueillante et banale, qui s'habillait avec goût (elle travaillait dans un salon de couture). On devinait une certaine tension dans l'atmosphère du ménage. Annette était manifestement une fille difficile. Je remarquai, malgré la brièveté de ma visite, que des petites notes de crainte obséquieuse *(notki podobostrastnoï paniki)* enrichissaient la voix de ses père et mère lorsqu'ils s'adressaient à elle. Par moments, Annette bridait d'un regard opaque et quasi ophidien la volubilité de sa mère. Quand je pris congé, l'aînée des deux femmes me gratifia de ce qu'elle croyait être un compliment : « Vous parlez le russe avec un grasseyement parisien et vous avez les manières d'un Anglais. » Annette, derrière elle, émit un grondement d'avertissement.

Le même soir, j'écrivis à son père pour l'informer qu'Annette et moi avions décidé de nous marier, et le lendemain après-midi, lorsqu'elle se présenta à son travail, je la reçus en robe de chambre (de soie) et mules de maroquin. C'était jour férié, la Fête de Flore, dis-je, en désignant avec un sourire pas tout à fait normal les œillets, les camomilles, les anémones, les asphodèles et la nielle bleue dans les épis blonds qui décoraient ma chambre en notre honneur. Son regard balaya les fleurs, le champagne et les canapés au caviar ; elle renifla et se retourna pour fuir ; je la ramenai dans la chambre, avant de fermer la porte — dont j'empochai la clef.

Je me rappelle sans amertume que notre premier duo amoureux fut un échec. Je mis si longtemps à la persuader que c'était bien *le* jour, et elle fit tant d'embarras quant au petit centimètre d'étoffe qu'elle pouvait retirer et aux parties de son corps que Vénus, la Vierge et le maire de notre arrondissement permettaient de toucher que, lorsqu'elle se trouva enfin, par la grâce de mes soins acharnés, dans une position propice à la reddition, j'étais devenu une loque impuissante. Nous étions couchés nus, dans une étreinte lâche. Quand sa bouche s'ouvrit et chercha la mienne pour un premier baiser sans contrainte, je recouvrai ma vigueur et me hâtai de la posséder. Elle cria que je lui faisais odieusement mal et, d'une brusque contorsion, expulsa le poisson frétillant et sanglant, sur lequel j'essayai alors de refermer ses doigts; mais elle retira vivement sa main en me traitant de sale débauché *(griaznyï razvratnik).* Je dus faire moi-même la démonstration de l'acte poisseux, auquel elle assista, l'image même de la stupeur et de l'affliction.

Le lendemain nous nous en tirâmes mieux, et nous finîmes le champagne éventé. Je ne pus pourtant jamais l'apprivoiser tout à fait. Je me souviens de nuits pleines de promesses, au bord de lacs italiens, où tout était brusquement gâché par sa malencontreuse pruderie. D'autre part, je me félicite aujourd'hui de n'avoir jamais été assez vil et assez inepte pour ignorer le contraste exquis entre son agaçante pudibonderie et ces rares moments de délicieuse passion au cours desquels son visage prenait une expression de concentration enfantine et de ravissement solennel, tandis que ses petits gémissements atteignaient tout juste le seuil de mon indigne conscience.

CHAPITRE IX

A la fin de l'été — qui coïncida avec celle du chapitre suivant de mon *Dard* — il devint clair que le Dr Blagovo et sa femme envisageaient un mariage orthodoxe grec dans les formes, avec cierges, ors, voile, grand prêtre, petit prêtre et double chœur. Je ne sais si Annette fut surprise quand je lui annonçai que j'avais l'intention de couper la pantomime et d'aller prosaïquement régulariser notre union devant un officier d'état civil de Paris, de Londres, de Calais, ou de l'une des îles anglo-normandes : ce qui est sûr, c'est qu'elle ne répugna pas à surprendre ses parents. Le Dr Blagovo me demanda une entrevue dans une lettre aux formules guindées (« Prince ! Anna nous a informés que vous préféreriez... ») ; nous nous contentâmes d'une conversation téléphonique : deux minutes de Dr Blagovo (avec des pauses : il déchiffrait une écriture qui devait faire le désespoir des apothicaires) et cinq de sa femme, qui, après avoir agité toutes sortes de questions hors de propos, me supplia de reconsidérer ma décision. Je refusai, et fus attaqué derechef par un intermédiaire, le brave Stépanov, qui — fait surprenant si l'on songe à ses opinions libérales — m'appela d'Angleterre (où les Borg habitaient maintenant) pour m'exhorter à perpétuer une belle tradition chrétienne. Je changeai de sujet et le priai d'organiser une belle soirée littéraire pour moi quand il rentrerait à Paris.

Entre-temps, des dieux moins sévères se chargèrent des cadeaux. Trois bonnes fortunes m'échurent simultanément en un triple et joyeux hommage : je touchai une avance de deux cents guinées sur l'édition anglaise du *Gibus rouge (sic)* ; James Lodge de New York m'offrit une somme plus coquette encore pour la cession de *Camera Lucida* (mon sens de la beauté se satisfaisait de peu à cette époque-là) ; et le demi-frère d'Ivor Black, à Los Angeles, me préparait un contrat pour l'adaptation cinématographique d'une de mes nouvelles. Il me fallait maintenant trouver un endroit approprié pour terminer *le Dard* dans un confort plus grand que celui qui avait présidé à la rédaction de la première partie. Tout de suite après, ou même quand je travaillerais encore au dernier chapitre du roman, je devrais lire et sans doute revoir considérablement la version anglaise de mon *Krasnyï Tsilindr*, que traduisait en ce moment à Londres une dame inconnue (qui, plutôt fâcheusement, s'était risquée à suggérer, avant d'être coupée net par un rugissement de colère, que « certains passages aux tournures pas très convenables, ou trop riches, ou trop obscures, devraient être atténués, ou supprimés complètement pour ne pas choquer la nature sobre du lecteur anglais »). Je m'attendais aussi à devoir effectuer un voyage d'affaires aux États-Unis.

Pour quelque raison psychologique bizarre, les parents d'Annette, qui suivaient la marche de mes affaires, la pressaient maintenant de contracter n'importe quelle forme de mariage, civile ou païenne *(grajdanskiï ili bassourmanskiï)* sans plus tarder. Une fois débarrassés de cette petite farce tricolore, Annette et moi payâmes tribut à la tradition russe en voyageant d'hôtel en hôtel pendant deux mois, allant jusqu'à Venise et à Ravenne, où je pensai à Byron et traduisis Musset. De retour à Paris nous louâmes un appartement de trois pièces dans la charmante rue Guevara (nom d'un dramaturge andalou de jadis) à deux minutes du Bois. Nous déjeunions habituellement au Petit Diable Boiteux, restaurant modeste mais excellent du voisinage, et dînions de viande froide dans notre petite cuisine. Je m'étais, pour Dieu sait quelle raison, attendu à trouver en Annette une bonne cuisinière, et il est vrai qu'elle s'améliora plus tard, dans la fruste Amérique. Rue Guevara, l'œuf à la coque demeura sa grande spécialité : je ne sais comment elle s'y prenait, mais elle réussissait à empêcher la fêlure fatale qui provoquait une marée d'ectoplasme sur l'eau dansante de la casserole quand je prenais la relève.

Elle aimait les longues promenades dans le parc au milieu des hêtres graves et des bébés pleins de promesses ; elle aimait les cafés, les défilés de mode, les matches de tennis, les courses de bicyclettes sur le cirque du Vélodrome, et surtout le cinéma. Je m'aperçus bientôt que ces petites distractions la prédisposaient aux jeux de l'amour — et, les quatre dernières années que nous passâmes à Paris, j'étais terriblement porté sur ces jeux, robuste, et parfaitement incapable de supporter un refus capricieux. Je mis toutefois le holà à certains excès dans le domaine de l'athlétisme — comme les aller et retour d'une balle de tennis claquant comme un métronome ou les jambes abominablement poilues de boscots montés sur roues.

La seconde moitié des années 30 fut marquée à Paris par une merveilleuse vague de créativité chez les artistes exilés, et il serait prétentieux et stupide de ma part de ne pas admettre que, quoi qu'aient pu écrire à mon sujet certains critiques des plus malhonnêtes, j'étais bien au faîte de cette renaissance. Dans les salles de conférences, dans les arrière-salles de cafés célèbres, lors de soirées littéraires privées, je prenais plaisir à désigner à mon élégante et silencieuse compagne les divers monstres de l'Enfer, les escrocs et les estropions, les nullités bonasses, les « groupistes », les poires à gurus, les pédérastes pieux, les charmantes lesbiennes hystériques, les vieux réalistes aux boucles grises, les nouveaux critiques brillants, illettrés, intuitifs (menés par l'inoubliable Adam Atropovitch).

Je remarquai avec un plaisir comparable à celui de l'érudit qui suit deux leçons parallèles d'un texte les égards qu'avaient pour Annette, dans le désir de lui témoigner leurs respects, les trois ou quatre grands maîtres (toujours en costume noir) des lettres russes (des gens que j'admirais avec une fervente reconnaissance, non seulement parce que leur art, assis sur des principes élevés, avait enchanté ma jeunesse, mais aussi parce que la proscription de leurs livres par les bolcheviks représentait la condamnation définitive, absolue et immortelle, du régime de Lénine et de Staline). Non moins empressés se montraient (peut-être dans un déploiement de zèle subliminal pour s'attirer quelques-uns des rares éloges que je daignais prodiguer à la voix pure des impurs) certains jeunes écrivains que leur dieu avait dotés de deux visages : une moitié de leur être bassement corrompue ou inepte, l'autre rayonnante d'un vif génie. En un mot, ses évolutions dans le beau monde de la littérature émigrée rappelaient plaisamment le chapitre huit d'*Eugène Onéguine*, où la princesse N. passe calmement au milieu de la foule flagorneuse de la salle de bal.

J'aurais pu accueillir avec déplaisir l'indulgence dont elle faisait preuve à l'égard de Basilevski (elle ne connaissait aucune de ses œuvres et n'avait qu'une vague idée de son aberrante réputation), si je ne m'étais avisé que le thème de sa sympathie répétait, comme qui dirait, la phase amicale de *mes* premiers rapports avec ce faux bonhomme. De derrière une colonne plus ou moins dorique je l'entendis demander à ma douce et naïve Annette si elle avait la moindre idée de la raison pour laquelle je détestais si farouchement Gorki (à qui il vouait une vénération sans bornes). Était-ce parce que le succès mondial d'un prolétaire m'était insupportable ? Avais-je au moins lu un seul des ouvrages de ce merveilleux écrivain ? Annette parut un instant déconcertée, mais presque aussitôt un charmant sourire enfantin éclaira son visage tout entier et elle se rappela un film soviétique clinquant, *la Mère*, que j'avais critiqué, dit-elle, « parce que les larmes qui coulaient sur les visages étaient trop grosses et trop paresseuses ».

« Ah ! Voilà qui explique beaucoup de choses », s'exclama Basilevski avec une lugubre satisfaction.

CHAPITRE X

Je reçus les traductions dactylographiées du *Gibus rouge* *(sic)* et de *Camera Lucida* pratiquement en même temps, à l'automne 1937. Elles s'avérèrent encore plus infectes que je ne l'avais redouté. Miss Haworth, une Anglaise, avait passé trois belles années à Moscou, du temps que son père y était ambassadeur ; Mr Kulich était un New-Yorkais d'origine russe, d'un certain âge, qui signait ses lettres « Ben ». L'un et l'autre commettaient les mêmes erreurs, choisissant d'emblée la mauvaise traduction dans les mêmes dictionnaires, omettant toujours, avec la même insouciance, de rechercher l'homonyme d'un mot traîtreusement familier.

Ils étaient aveugles aux nuances de couleurs, sourds aux modulations des bruits. Dans leur classification des objets naturels, ils descendaient rarement de la classe à la famille, et plus rarement encore de la famille au genre — au sens le plus strict du mot. Ils confondaient l'espèce et le spécimen ; sauter, bondir et s'élancer portaient dans leur esprit le triste uniforme de l'armée des synonymes, et l'on eût cherché en vain une page exempte de bourde. Je trouvais particulièrement fascinante, horripilante et diabolique l'assurance avec laquelle ils décidaient qu'un auteur respectable avait pu écrire tel ou tel passage descriptif — que leur ignorance et leur légèreté avaient réduit aux borborygmes d'un crétin. Dans toutes les tournures qu'ils affectionnaient, Ben Kulich et Miss Haworth étaient si proches l'un de l'autre que j'en suis venu à croire qu'ils étaient peut-être mariés sans qu'on le sût et qu'ils correspondaient régulièrement lorsqu'ils tombaient sur un paragraphe difficile, ou encore — autre possibilité — qu'ils organisaient des pique-niques lexicologiques à mi-chemin entre Londres et New York, sur les lèvres herbeuses de quelque cratère des Açores.

Il me fallut plusieurs mois pour revoir ces atrocités et dicter mes corrections à Annette. Elle tenait sa connaissance de l'anglais des quatre années qu'elle avait passées dans un pensionnat américain de Constantinople (1920-1924), première étape de l'exil occidental des Blagovo. Je fus stupéfait de voir avec quelle rapidité son vocabulaire s'enrichit et s'améliora dans l'exercice de ses nouvelles fonctions, et amusé par son innocente fierté à noter correctement les invectives et les sarcasmes dont j'accablai par lettres Allan & Overton à Londres et James Lodge à New York. En fait, son doigté était meilleur lorsqu'elle tapait de l'anglais (et du français) que des textes russes. Naturellement, de petits faux pas étaient inévitables dans n'importe quelle langue. Un jour, en consultant le double sur papier carbone d'une liste de corrections que j'avais déjà envoyée à mon patient Allan, je découvris une erreur banale, une simple faute de frappe (« hères » au lieu de « héros », ou peut-être « chape » au lieu de « cape », je ne sais plus, mais il y avait un « h » quelque part, je crois) qui donnait malgré tout à la phrase un sens d'une platitude navrante mais, hélas ! plausible (la vraisemblance a déconfit plus d'un lecteur d'épreuves consciencieux). Il suffisait d'un télégramme pour éliminer l'erreur incontinent, mais un auteur surmené et à bout de nerfs trouve de tels incidents exaspérants, et j'exprimai mon agacement avec une véhémence injustifiée. Annette se baissa pour chercher une formule de télégramme dans le (mauvais) tiroir et dit, sans lever la tête :

« Elle t'aurait aidé tellement mieux que moi, et pourtant je fais tout ce que je peux [*strachno staraïous'*, je m'applique terriblement]. »

Nous ne parlions jamais d'Iris (c'était une clause tacite de notre code conjugal), mais je compris sur-le-champ que c'était à *elle* qu'Annette pensait — et non à l'Anglaise inepte qu'une agence m'avait adressée plusieurs semaines auparavant et que je lui avais renvoyée avec la ficelle et le papier d'emballage. Je sentis mes larmes jaillir pour quelque obscure raison (le surmenage encore) et, avant que j'aie eu le temps de me lever et de quitter la pièce, je me retrouvai en train de sangloter sans aucune pudeur et de marteler du poing un gros volume anonyme. Elle se glissa dans mes bras, pleurant elle aussi, et le même soir nous allâmes voir le dernier film de René Clair avant de souper au Grand Velours.

Au cours de ces mois voués à la correction et au *rewriting* partiel du *Gibus rouge (sic)* et de l'autre roman, je commençai à ressentir les affres d'une étrange transformation. Je ne me réveillai pas, certain matin d'Europe centrale, métamorphosé en un gros scarabée nanti de plus de pattes que ne peut en avoir aucun coléoptère, mais je sentis se déchirer en moi, dans d'atroces douleurs, certains tissus secrets. La machine à écrire russe était close comme un cercueil. J'avais envoyé à *Patria* la fin du *Dard*. Annette et moi avions l'intention de nous rendre en Angleterre au printemps (projet qui ne fut jamais réalisé), et en Amérique (où elle devait mourir quatorze ans plus tard) en été 1939. Vers la fin du premier semestre 1938, il me parut que je pouvais prendre quelque repos et jouir tranquillement à la fois des éloges privés que me prodiguaient Andoverton et Lodge dans leurs lettres, et de l'accusation publique d'obscurité aristocratique portée par de plaisants criticules dans les journaux du dimanche contre le style de certains passages de la traduction anglaise de mes deux romans — ceux dont j'étais l'unique responsable. C'était en revanche une tout autre affaire de « travailler sans filet » (comme disent les acrobates russes), dans l'entreprise où je m'étais lancé d'écrire un roman directement en anglais, car je n'étais plus protégé désormais par le filet russe tendu entre moi et le cercle éclairé de l'arène.

Comme ce devait être le cas, par la suite, pour mes autres ouvrages rédigés en anglais (y compris la présente esquisse), le titre du premier s'imposa à moi au moment de la fécondation, bien avant sa naissance et sa croissance proprement dites. Mirant le nom à la lumière, je distinguai tout ce que contenait la capsule semi-transparente. Le titre devait être, sans alternative ou changement possible : *Voir sous : réel.* La découverte en avant-première de ses tribulations futures dans les catalogues des bibliothèques publiques n'aurait pu me décourager.

Il se peut que l'idée du livre ait été un effet oblique de l'outrage assené par les deux bousilleurs à mon art méticuleux. On posait, au départ, qu'un romancier anglais, praticien unique et brillant, venait de trépasser. L'histoire de sa vie était hâtivement reconstruite par un Danois d'Oxford à l'esprit grossier, malveillant et ignorant de son sujet, Hamlet Godman, qui trouvait dans ce travail grotesque un « exutoire » kovalevskien aux fours littéraires qu'avait pleinement mérités son indéniable médiocrité. C'est le frère — indigné — du défunt romancier qui revoyait et préparait le texte de la biographie, pour le malheur de celui qui l'avait concoctée avec tant de négligence. En même temps que le chapitre inaugural dépliait son premier anneau reptilien (avec des allusions au « complexe de la masturbation » et la castration de soldats de plomb), apparaissait ce qui, pour moi, faisait tout le charme et la magie de mon livre : des notes fraternelles, six à sept lignes par page, puis davantage, et davantage encore, qui mettaient tout d'abord en question, puis réfutaient, puis démolissaient par le ridicule les anecdotes frelatées et les élucubrations vulgaires du prétendu biographe. La multiplication de ces notes en bas de page aboutissait à une augmentation inquiétante (fâcheuse, à n'en pas douter, pour les lecteurs convalescents ou amateurs d'éditions club) des symboles astronomiques qui émaillaient le texte. A la fin des années de collège du pauvre romancier, la hauteur de l'appareil critique atteignait déjà un tiers de chaque page. Des prédictions de catastrophe nationale (champs inondés, etc.), œuvre du commentateur, accompagnaient une nouvelle crue des eaux. Aux abords de la page 200, l'annotation avait envahi les trois quarts du texte, et le caractère utilisé en bas de page était passé, psychologiquement du moins (je déteste les fantaisies typographiques dans les livres), du corps 8 au corps 10. Au cours des derniers chapitres, le commentaire non seulement remplaçait le texte tout entier, mais finissait par s'enfler jusqu'au caractère gras. « Nous assistons ici à un phénomène admirable : la supplantation d'une biographie romancée fictive par le récit authentique de la vie d'un grand homme ». Pour faire bonne mesure, je donnais en trois pages un aperçu de la carrière académique du grand commentateur : « Il enseigne actuellement la littérature moderne, y compris les œuvres de son frère, à l'université de Parangon dans l'Oregon. »

Voilà pour la description d'un roman écrit il y a presque

quarante-cinq ans et probablement oublié par le grand public. Je ne l'ai jamais relu, parce que je ne relis *(I reread, pérétchityvaïou...* je taquine une adorable maîtresse !) que les épreuves de mes éditions de poche et que, pour des raisons que J. Lodge trouve sans doute judicieuses, le livre n'existe toujours que sous sa forme reliée. Mais je le ressens, dans une souriante rétrospective, comme un événement agréable, et j'ai complètement dissocié dans mon esprit cette petite et, somme toute, assez insignifiante satire des terreurs et des tourments qui ont accompagné sa rédaction.

En réalité, malgré le plaisir que les bulles iridescentes de mes alambics me donnaient après une nuit d'inspiration, d'épreuve et de triomphe (vous toutes, regardez les arlequins... Iris, Annette, Bel, Louise, et toi, toi, mon ultime et immortel amour !), la composition de *Voir sous : réel* m'amena pratiquement au seuil de la *dementia paralytica* que je redoutais depuis ma prime jeunesse.

Je ne crois pas qu'il y ait jamais eu, dans l'univers des jeux athlétiques, un champion du monde de tennis *et* de ski ; pourtant, j'ai été le premier à accomplir cet exploit avec deux littératures aussi différentes l'une de l'autre que l'herbe et la neige. J'ignore (en ma qualité de non-athlète que les pages sportives des journaux ennuient presque autant que leurs rubriques culinaires) quel effort physique comporte le fait de réussir un jour, au niveau de la mer, trente-six aces d'affilée, et, le lendemain, de s'élancer à ski d'un tremplin pour planer, sur une distance de 136 mètres, dans l'air cristallin de la montagne. Colossal, sans aucun doute, et, peut-être, inconcevable. Mais j'ai réussi, moi, à transcender la torture et le déchirement de la métamorphose littéraire.

Nous pensons en images, non en mots ; parfait ; pourtant, quand nous composons, ou nous rappelons, ou refaçonnons à minuit dans notre cerveau quelque chose que nous voudrions dire dans notre sermon du lendemain, ou avons dit à Dolly dans un rêve récent, ou regrettons de ne pas avoir dit, il y a vingt ans, à ce censeur impertinent, les images qui forment notre pensée sont, naturellement, verbales — et même audibles, si nous sommes vieux et seuls. Nous ne pensons pas habituellement en mots, puisque la plus grande partie de la vie est un mimodrame, mais nous imaginons certainement des mots lorsque nous en avons besoin, tout comme nous imaginons par ailleurs tout ce qui peut être perçu dans ce monde, ou même dans un monde plus improbable encore. Le livre qui était dans mon esprit apparut d'abord, sous ma joue droite (je ne dors pas sur le côté du cœur), sous la forme d'une procession multicolore, avec une tête et une queue qui serpentait grosso modo en direction de l'ouest à travers une ville attentive. Les enfants qui sont parmi vous et tous les anciens « moi » plantés sur leurs seuils allaient être régalés d'un spectacle pharamineux. Je vis alors le spectacle dans ses moindres détails, jusqu'à l'ordonnance de chaque scène et la mise en place de chaque trapèze au firmament. Pourtant, ce n'était ni un masque, ni un cirque, mais un livre relié, un court roman écrit dans un langage aussi éloigné que le thrace ou le pehlvi des mirages de prose que j'avais fait surgir dans le désert de l'exil. Je fus pris de nausée à la pensée qu'il me faudrait imaginer cent mille mots adéquats et je donnai de la lumière et criai à Annette qui dormait dans la chambre voisine de m'apporter un de ces cachets qu'on ne me prescrivait qu'avec parcimonie.

L'évolution de mon anglais, comme celle des oiseaux, avait connu des hauts et des bas. Une nurse cockney bien-aimée s'était occupée de moi de 1900 (j'avais alors un an) à 1903. Elle fut remplacée successivement par trois institutrices anglaises (1903-1906, 1907-1909, novembre 1909-Noël de la même année) que, par-dessus l'épaule du temps, je me représente comme les symboles mythologiques de la Prose didactique, de la Poésie dramatique, de l'Idylle érotique. Ma grand-tante, une chère femme aux opinions remarquablement libérales, céda toutefois à des considérations domestiques et renvoya Cherry Neaple, ma dernière pastourelle. Après un interlude de pédagogie russe et française, deux précepteurs anglais se succédèrent plus ou moins entre 1912 et 1916, se chevauchant assez comiquement au printemps de 1914 alors qu'ils se disputaient les faveurs d'une jeune beauté vicinale qui avait, auparavant, été ma petite amie. Les contes de fées anglais avaient été remplacés vers 1910 par le *Boy's Own Paper*, que suivirent innmédiatement tous les volumes de Tauchnitz qui s'étaient accumulés dans les bibliothèques de la famille. Je consacrai toute mon adolescence à lire, par paires et avec le même riche plaisir, *Othello* et *Onéguine*, Tiouttchev et Tennyson, Browning et Blok. Pendant les trois années que je passai à Cambridge (1919-1922) et jusqu'au 23 avril 1930, l'anglais demeura ma langue domestique, tandis que l'astre croissant de mes œuvres russes s'apprêtait à chasser de son orbite celui de mes pénates.

So far so good. Mais l'expression n'est qu'un cliché spécieux, et le problème qui se posait à moi en cette fin des années 30, à Paris, était justement le suivant : pouvais-je conjurer la formule et défaire le tout fait pour passer de mon superbe *self-made* russe non à l'anglais mort et posant de la haute mer, avec ses mannequins en costumes marins, mais à un anglais dont j'assumerais seul toute la changeante lumière et les nouvelles ondulations ?

Sans doute le lecteur moyen sautera-t-il la description de mes tracas littéraires ; néanmoins, pour moi plutôt que pour lui, je désire m'attarder impitoyablement sur une situation qui, assez critique déjà avant mon départ pour les États-Unis, faillit me tuer pendant la traversée.

Le russe et l'anglais existaient depuis des années dans mon esprit comme deux mondes coupés l'un de l'autre. (Un contact interastral n'a été que récemment établi : « La connaissance du russe », écrit George Oakwood dans son essai plein de finesse sur mon *Ardis*, 1970, « vous aidera à goûter bien des jeux de mots dans le plus anglais des romans anglais de l'auteur ; qu'on en juge : "*The champ and the chimp came all the way from Omsk to Neochomsk*" [le champion et le chimpanzé firent toute la route entre Omsk et Néotchomsk]. Quel admirable lien entre une ville ronde et réelle et "ni-o-tchiom", le non-sens de la linguistique philosophique moderne ! ») J'étais parfaitement conscient du gouffre syntaxique qui séparait la structure de leurs phrases. Je redoutais (stupidement, comme l'avenir devait le prouver) que ma fidélité à la grammaire russe ne contrecarre une cour apostatique. Prenons les temps : quelle différence entre le menuet strict et raffiné de l'anglais et le jeu libre et souple auquel se livraient en russe le passé et le présent (que Ian Bunyan, dans le *New York Times* de dimanche dernier, a si drôlement comparé à « une danse du voile exécutée par une petite femme gracieuse et grassouillette dans une réunion de joyeux soûlards »). La quantité fantastique de noms aux dehors naturels que les Anglais et les Américains emploient pour désigner des objets bien spécifiques dans nombre de plaisantes acceptions techniques faisait aussi mon désespoir. Quel est le terme exact pour la petite coupe dans laquelle l'artisan place le diamant qu'il veut tailler ? (« Nous l'appelons "*dop*", chrysalide », me répondit le vieux bijoutier de Boston qui me vendit la bague destinée à ma troisième femme.) N'y a-t-il pas un mot spécial, un mot gentil, pour *pigling* (porcelet) ? (« "*Snork*", "grognonnet", m'amuse », admit le professeur Noteboke, le meilleur traducteur de l'immortelle nouvelle de Gogol, *le Carrick*.). « Je cherche le mot exact pour l'altération de la voix d'un garçon à l'âge de la puberté, dis-je à l'aimable chanteur d'opéra (une basse) qui occupait la chaise longue voisine de la mienne à certain moment de ma première traversée de l'Atlantique. — Je crois, dit-il, que c'est *ponticello*, un petit pont, *a small bridge*, *mostik*... Oh ! vous êtes russe, vous aussi ? »

La traversée de *mon* pont s'acheva, des semaines après le débarquement, dans un charmant appartement de New York (qui nous fut prêté, à Annette et à moi, par un mien parent généreux, et qui contemplait l'embrasement du coucher au-delà de Central Park). La névralgie dans mon avant-bras droit n'était qu'un pâle reflet du mal de tête épais, opaque, dont je souffrais et qu'aucun cachet ne pouvait percer. Annette appela James Lodge, qui, par une bonté d'âme qui s'exerça à faux, me fit examiner par un vieux petit docteur d'origine russe. Le pauvre type me rendit encore plus fou que je ne l'étais, en s'obstinant non seulement à discuter de mes symptômes dans une version exécrable de l'idiome que je m'efforçais d'oublier, mais encore à traduire dans cette langue divers termes utilisés par le charlatan viennois et ses apôtres *(simbolizirovanié, mortidnik)* et sans rapport aucun avec ma condition. Néanmoins, sa visite, je l'avoue, me semble rétrospectivement constituer une fin des plus artistiques.

[illegible] seule.

[illegible]

TROISIÈME PARTIE

CHAPITRE PREMIER

Ni *Meurtre au soleil (Slaughter in the Sun* — c'est le titre qui fut donné à la traduction anglaise de *Camera Lucida* tandis que je gisais impuissant sur mon lit d'hôpital à New York) ni le *Gibus rouge (sic)* ne se vendirent bien. Mon étrange, superbe, ambitieux *Voir sous : réel* brilla, le temps d'une respiration, au dernier échelon de la liste des best-sellers dans un journal de la Côte ouest, avant de disparaître pour de bon. Dans ces circonstances, je ne pus refuser le poste de maître de conférences que m'offrit l'université de Quirn en 1940, sur la foi de ma réputation européenne. Au cours des années, ma situation dans cette université devait prendre de l'ampleur, et je fus nommé professeur en 1950 ou 1955 — je ne retrouve pas la date exacte dans mes vieilles notes.

Malgré le fait que j'étais convenablement rémunéré pour mes deux conférences hebdomadaires sur les chefs-d'œuvre européens et mon séminaire du jeudi sur l'*Ulysse* de Joyce (mon revenu passa de 5 000 dollars par an au début à 15 000 dans les années 50) et qu'en outre *le Beau et le Papillon*, la revue la plus généreuse du monde, m'acheta et me paya grassement plusieurs de mes nouvelles, je ne fus vraiment à l'abri du besoin que lorsque mon *Royaume au bord de la mer* (1962) vint compenser une partie de la perte de ma fortune russe (1917) et me débarrasser de tout souci financier jusqu'au jour où cessent les soucis. Je n'ai pas pour habitude de découper et de garder les critiques de mes détracteurs et les insultes des envieux, mais je chéris la définition suivante : « C'est le seul cas connu de l'histoire où un mendiant européen est devenu son propre oncle d'Amérique *(amérikanskiï diadiouchka)* », ainsi formulée par mon fidèle zoïle, Démian Basilevski — un des rares grands sauriens des marais de l'émigration à m'avoir suivi en 1939 dans cette Amérique accueillante et somme toute admirable, où, en moins de temps qu'il n'en faut pour pondre un œuf, il fonda une revue trimestrielle en langue russe qu'il dirige encore aujourd'hui, trente-cinq ans plus tard, dans son héroïque vieillesse.

L'appartement meublé que nous louâmes en fin de compte à l'étage supérieur d'une belle maison (10, Buffalo Street) me plut d'emblée à cause de son bureau exceptionnellement confortable et de sa grande bibliothèque garnie d'ouvrages sur le savoir américain — dont une encyclopédie en vingt volumes. Annette aurait préféré une de ces constructions du genre *datcha* que l'Administration nous fit également visiter, mais elle n'insista pas quand je lui fis remarquer que ce qui avait l'air douillet et délicieusement vieillot en été ne pouvait qu'être glacial et inquiétant le reste de l'année.

L'émotivité d'Annette me tracassait : son cou, dont la grâce m'avait séduit, semblait s'être allongé et aminci. Une expression de douce mélancolie prêtait à son visage botticellien une nouvelle et indésirable beauté : l'habitude qu'elle avait prise de rentrer les joues lorsqu'elle était songeuse ou indécise accentuait encore l'incurvation du creux sous la saillie des pommettes. Tous ses pétales froids demeuraient clos lors de nos rares étreintes.

Sa distraction devenait dangereuse : les chats qui erraient nuitamment savaient que la même capricieuse divinité qui n'avait pas fermé la fenêtre de la cuisine laissait entrebâillée la porte du réfrigérateur ; son bain débordait régulièrement lorsqu'elle téléphonait, fronçant ses sourcils innocents (mais elle ne se souciait pas de *mes* douleurs, de *ma* folie jaillissante !), pour savoir comment se portait la migraine ou la ménopause de la dame du premier ; et ce vague qui caractérisait son attitude envers moi fut cause aussi qu'elle omit de prendre certaine précaution, si bien qu'à l'automne qui suivit notre emménagement dans la maudite demeure des Langley elle m'apprit que le médecin qu'elle venait de consulter était le sosie d'Oksman et qu'elle était enceinte de deux mois.

Un ange veille maintenant sous mes talons impatients. Un désespoir sans appel envahissait ma pauvre Annette lorsqu'elle essayait de venir à bout des mille difficultés de son ménage américain. Notre propriétaire, qui occupait le premier étage, la tira d'embarras en cinq sec. Deux ravissantes étudiantes originaires des Bermudes, à la croupe ondulante, qui portaient leur costume national (bermudas de flanelle et chemise ouverte), se ressemblaient comme deux jumelles et suivaient le célèbre cours d'hôtellerie à Quirn, vinrent lui faire la cuisine et tenir son ménage, et elle nous offrit de nous faire profiter de leurs services.

« *She's a veritable angel* », m'avoua Annette dans son faux anglais si touchant.

Je reconnus en cette personne le maître-assistant de russe que j'avais rencontré dans un bâtiment de brique du campus le jour où le chef de son extraordinairement sinistre section, le doux et myope vieux Noteboke, m'avait invité à assister à une classe du groupe avancé (*My govorim po-rousski. Vy govoritié ? Pogovorimtié togda* — et autres idioties). Fort heureusement, je n'eus jamais aucun rapport avec la grammaire russe à l'université de Quirn, si ce n'est que ma femme fut par la suite engagée pour aider les débutants sous la direction de Mrs. Langley — ce qui la sauva de l'ennui absolu.

Ninel Ilinichna Langley, une personne déplacée dans plus d'un sens, avait récemment quitté son mari, le « grand » Langley, auteur d'une *Histoire marxiste de l'Amérique* qui fut la Bible (aujourd'hui épuisée) de toute une génération d'imbéciles. Je ne connais pas les raisons de leur séparation (après un an de « sexe américain », comme elle le confia à Annette, qui me transmit le renseignement sur un ton de sympathie débile), mais j'eus l'occasion de voir et de détester le professeur Langley au cours d'un dîner officiel, la veille de son départ pour Oxford. Il me déplut, parce qu'il eut l'audace de critiquer la façon dont j'enseignais *Ulysse* — dans une lumière purement textuelle, sans allégories organiques, mythes quasi grecs et autre foutaise ; son « marxisme », par ailleurs, était gentiment comique et plus que modéré (trop modéré, peut-être, au goût de sa femme), comparé à l'attitude générale d'ignorance et d'admiration que les intellectuels américains professaient à l'égard de la Russie soviétique. Je n'ai pas oublié le silence brutal et le furtif échange de grimaces incrédules qui me répondirent, lorsqu'au cours d'une réception donnée en mon honneur par le membre le plus éminent de notre section d'anglais, je décrivis l'État bolchevique comme un État philistin au repos et bestial dans l'action, rivalisant, sur le plan international, de fourberie rapace avec la mante religieuse, maquillant la médiocrité de sa littérature en épargnant d'abord quelques talents rescapés d'une période antérieure pour les noyer ensuite dans leur propre sang. Un moraliste de gauche qui se consacrait à la peinture murale (il étudiait, cette année-là, les possibilités des couleurs pour automobiles) quitta dignement les lieux. Il m'écrivit pourtant, dès le lendemain, une lettre d'excuses franchement superbe, plus grande que nature, dans laquelle il déclarait qu'il ne pouvait pas être vraiment fâché contre l'auteur d'*Esmeralda et son parandrus* (1941), qui, malgré « son style bouffon et ses images baroques », était un chef-d'œuvre qui « pinçait des cordes de déchirement personnel dont il n'aurait jamais cru, lui, artiste engagé, qu'elles pussent vibrer en lui ». Les critiques de mes livres employaient les mêmes arguments ; ils me reprochaient cérémonieusement de sous-estimer la « grandeur » de Lénine, tout en me dispensant des compliments auxquels même un auteur comme moi, austère et dédaigneux, dont les « devoirs » parisiens n'avaient jamais été récompensés, ne pouvait à la longue rester insensible. Même le recteur de Quirn, qui sympathisait timidement avec les soviétisants en vogue, était en fait de mon côté : il m'assura au cours d'une visite qu'il nous fit (et tandis que Ninel allongeait une oreille clandestine sur notre palier) qu'il était fier de... (etc.) et avait trouvé mon « ultime (?) roman très intéressant », mais qu'il ne pouvait s'empêcher de regretter que je ne manquasse pas une occasion de critiquer « notre Grande Alliée » dans mes classes. Je lui répondis en riant que mes critiques étaient une caresse d'enfant comparées à la conférence publique sur « le tracteur dans la littérature soviétique » que je projetais de donner à la fin du trimestre. Il rit, lui aussi, et demanda à Annette « comment c'était de vivre avec un génie » (elle se contenta de hausser ses jolies épaules). Toute cette conversation très américaine dégela au moins une des oreillettes de mon cœur glacé.

Mais revenons-en à la bonne Ninel.

Elle avait reçu le prénom de Nonna à sa naissance

(1902) et avait été rebaptisée Ninel (ou Ninella) vingt ans plus tard à la demande de son père, Héros du Travail et lécheur de bottes. Elle écrivait son nouveau prénom Ninella en anglais, mais ses amis l'appelaient Ninette ou Nelly, tout comme — ainsi que Nonna aimait à le faire remarquer — le prénom de ma femme, Anna, était devenu Annette et Netty.

Ninella Langley était une créature trapue, fortement charpentée, avec un visage rose et rouge (les deux teintes inégalement distribuées), des cheveux courts teints d'un roux belle-mère, des yeux bruns encore plus fous que les miens, des lèvres très minces, un gros nez russe, et trois ou quatre poils sur le menton. Avant que mon jeune lecteur ne mette le cap sur Lesbos, je voudrais préciser que je ne pus rien découvrir (et je suis un espion sans égal) de sexuel dans son affection grotesque et illimitée pour ma femme. Je n'avais pas encore acquis la Lynx blanche qu'Annette ne vécut pas suffisamment pour voir, et c'est Ninella qui l'emmenait faire ses courses dans une bagnole délabrée, pendant que l'astucieux locataire, économisant les exemplaires de ses propres romans, signait pour les jumelles reconnaissantes de vieux romans policiers en édition de poche et des brochures illisibles tirés du grenier des Langley — dont la lucarne donnait obligeamment sur la rue qui menait au centre commercial. C'est Ninella qui veillait à ce que sa « Netty » adorée ne manquât jamais de laine blanche. C'est Ninella qui, deux fois par jour, l'invitait à venir prendre une tasse de café ou de thé chez elle ; car Ninella se faisait une loi d'éviter notre appartement, du moins quand nous y étions, sous le prétexte qu'il empestait encore le tabac de son mari. Je rétorquai qu'il s'agissait de ma propre pipe, et un peu plus tard, le même jour, Annette me dit que je devrais vraiment fumer moins, surtout à l'intérieur ; elle appuya également une autre plainte absurde de l'étage au-dessous, à savoir que je faisais trop souvent et trop tard dans la nuit les cent pas juste au-dessus de la tête de Ninella. Troisième grief : pourquoi ne rangeais-je pas les volumes de l'encyclopédie par ordre alphabétique comme son mari prenait toujours soin de le faire, car (disait-il) « un livre mal placé est un livre perdu » — sentence qui avait valeur d'aphorisme ?

La chère Mrs Langley n'aimait pas particulièrement son travail. Elle possédait un bungalow au bord du lac (« Les Roses Rustiques »), à quarante-cinq kilomètres au nord de Quirn, pas très loin du collège de Honeywell où elle donnait des cours de vacances et dont elle pensait se rapprocher encore, si une atmosphère « réactionnaire » persistait à Quirn. En fait, elle n'en voulait qu'à la vieille et décrépite Mme de Kortchakov, qui l'avait accusée en public d'avoir l'accent *sdobnyï* (« moelleux ») des Soviétiques et un vocabulaire provincial — ce qui était indéniable, même si Annette prétendait que j'étais un bourgeois sans cœur de le dire.

CHAPITRE II

Les quatre premières années de la petite Isabel sont si résolument séparées dans ma conscience par un blanc de sept ans de l'adolescence de Bel qu'il me semble avoir eu deux enfants différents : un joyeux bébé aux joues rouges, et sa sœur aînée, pâle et morose.

J'avais fait provision de boules Quies ; elles se révélèrent superflues : aucun pleur ne vint de la nursery gêner mon travail (*le Dr Olga Repnine*, l'histoire d'un professeur russe [inventé] en Amérique, qui, après être paru en feuilleton — ce qui me valut la fastidieuse tâche de relire d'interminables épreuves — devait être publié par Lodge l'année où Annette me quitta [1946] et acclamé comme « un mélange d'humour et d'humanisme » par des critiques portés sur l'allitération, heureusement ignorants de ce que j'allai offrir quinze ans plus tard à leur délectation horrifiée).

J'avais plaisir à contempler Annette lorsqu'elle prenait des photos en couleur du bébé et de moi-même dans le jardin. J'aimais promener une Isabel fascinée dans son landau sous les hêtres et les mélèzes qui bordaient les Cascades de Quirn, quand chaque boucle de lumière, chaque ocelle d'ombre semblaient escortées par l'approbation joyeuse du bébé. J'acceptai même de passer la majeure partie de l'été 1945 aux Roses Rustiques. C'est là qu'un jour, alors que je revenais avec Mrs Langley du plus proche débit de boissons ou kiosque à journaux, une parole, une intonation ou un geste d'elle fit naître en moi un frisson passager, l'affreuse supposition que c'était de moi et non de ma femme que la misérable créature avait été amoureuse dès le départ.

Mes sentiments pour notre enfant ajoutèrent une dimension émotionnelle à la torturante tendresse que j'avais toujours ressentie pour Annette (je « tremblais » sur elle, comme disait Ninella dans son russe grossier, en affirmant que le bébé pourrait en souffrir, même si l'on « soustrayait l'exagération »). C'était le côté humain de notre mariage. Le côté sexuel se désagrégea complètement.

Assez longtemps après son retour de la maternité, l'écho de ses douleurs dans les couloirs les plus sombres de mon cerveau et une fenêtre colorée qui me glaçait d'effroi à chaque tournant — l'image persistante d'un orifice blessé — me poursuivirent et me privèrent de toute ma vigueur. Quant tout fut guéri en moi et quand mon désir pour ses pâles attraits se ralluma, son volume et sa violence mirent un point final aux efforts courageux mais essentiellement ineptes qu'elle faisait pour rétablir une sorte d'harmonie amoureuse entre nous sans pour autant s'écarter d'un iota de la norme puritaine. Elle eut l'aplomb — cet aplomb pitoyable des petites filles — d'exiger que je voie un psychiatre (recommandé par Mrs Langley) qui m'aiderait à avoir des pensées « adoucissantes » aux pires moments d'engagement. Je rétorquai qu'elle était une oie et son amie un monstre, et nous eûmes alors notre plus terrible querelle conjugale.

Les jumelles aux cuisses crémeuses avaient depuis longtemps regagné avec leurs bicyclettes l'île de leur naissance. Des jeunes femmes moins attrayantes les remplaçaient dans les travaux du ménage. Fin 1945, j'avais virtuellement cessé de rendre visite à ma femme dans sa froide chambre à coucher.

Vers la mi-mai 1946, je me rendis à New York — un voyage en train de cinq heures — pour déjeuner avec un éditeur qui m'offrait de meilleures conditions que le bon Lodge pour un recueil de nouvelles *(Exilé de Maïda)*. Après un repas plaisant, je me rendis, dans la poussière dorée de cette journée banale, à la bibliothèque publique, et, par un banal miracle de synchronisation, je la vis qui dévalait gracieusement les marches — Dolly von Borg, vingt-quatre ans — à la rencontre du gros et célèbre écrivain dans toute la vigueur de la quarantaine que j'étais devenu. A part un éclair de gris dans l'abondante crinière blonde que j'avais soigneusement cultivée pour mes conférences à Paris, dix ans plus tôt, mon aspect extérieur n'avait pas changé suffisamment, à ce qu'il me semble, pour lui permettre de dire, comme elle entreprit de le faire, qu'elle ne m'aurait jamais reconnu si elle n'avait pas tant aimé la photographie pensive au dos de *Voir sous*. Moi, je la reconnus, parce que je n'avais jamais perdu le souvenir de son image, que je rajustais de temps à autre : j'avais eu un dernier point de repère en 1939, lorsque, en réponse aux vœux de fin d'année de ma femme, sa grand-mère nous avait envoyé de Londres la photo grandeur carte postale d'une flapper aux épaules nues, portant un éventail duveteux et des faux cils, habillée pour quelque pièce montée à l'école — terriblement chichi. Dans les deux minutes que nous passâmes ensemble sur ces marches — elle, serrant des deux mains un livre contre sa poitrine, moi, juste au-dessous, le pied droit posé sur la marche supérieure, sa marche, giflant mon genou de mon gant droit (seul geste connu de plus d'un ténor) —

nous réussîmes à échanger une quantité de nouvelles banales.

Elle étudiait présentement l'histoire du théâtre à l'université de Columbia. Parents et grands-parents étaient casés à Londres. J'avais un enfant, pas vrai ? Les chaussures que je portais étaient ravissantes. Les étudiants trouvaient mes conférences fabuleuses. Est-ce que j'étais heureux ?

Je hochai la tête. Où et quand pouvais-je la voir ?

Elle en avait toujours pincé pour moi, sûr, depuis l'époque où je la magnétisais dans mon giron, jouant au bon oncle Gasper, et bousillant un vers sur deux, et voilà que maintenant tout revenait et qu'elle avait vraiment envie d'en tirer quelque chose.

Elle avait un vocabulaire remarquable. La résumer. Mirages de motels dans l'œil de l'écrivain. Est-ce qu'elle avait une voiture ?

Mince alors, je n'y allais pas par quatre chemins (riant). Elle pourrait, peut-être, lui emprunter sa vieille conduite intérieure, mais il n'était pas sûr que l'idée lui plaise (désignant un blanc-bec anodin qui l'attendait sur le trottoir). Il venait d'acheter une sublime Hummer pour la promener.

Mais *quand*, de grâce, pouvais-je la rencontrer ?

Elle avait lu tous mes romans, du moins mes romans anglais. Son russe était rouillé !

Au diable mes romans ! Quand ?

Euh, elle devait réfléchir. Elle viendrait peut-être me voir à la fin du trimestre. Terry Todd (qui mesurait l'escalier du regard et s'apprêtait à monter) avait été un de mes élèves. Pas très longtemps. Sa première composition lui avait valu un D négatif, et il avait quitté Quirn.

Je dis que je condamnais tous les récolteurs de D à l'oubli éternel. Quant à sa « fin du trimestre », elle pouvait tendre vers l'infini négatif. J'exigeais plus de précision.

Elle me donnerait des nouvelles. Elle m'appellerait la semaine suivante. Non, je ne pouvais pas prendre son numéro de téléphone. Elle me dit de regarder le clown (qui avait entrepris de gravir les marches). « Paradis » était un mot persan. C'était tout simplement persan de se retrouver comme ça. Elle ferait peut-être un saut à mon bureau, pour passer quelques instants avec moi et bavarder de l'ancien temps. Elle savait que mon travail...

« Oh ! Terry, voici *le* grand écrivain, l'homme qui a écrit *Émeraude et l'entremetteur.* »

Je ne sais plus quel ouvrage j'avais projeté de consulter à la bibliothèque, mais ce n'était sûrement pas ce livre inconnu. Je parcourus plusieurs salles, sans but, fis bassement halte aux w.-c., mais rien, hormis la castration, n'eût pu me distraire de sa nouvelle image baignée de son propre soleil portatif — ses cheveux blonds et plats, les taches de rousseur, la moue banale, ses yeux allongés de Lilith — quoique je susse qu'elle n'était que ce qu'il est convenu d'appeler une « petite putain », ou, peut-être, justement *à cause* de cela.

Je donnai mon avant-dernière conférence du trimestre de printemps sur les « chefs-d'œuvre ». Puis la dernière. Un assistant distribua les cahiers pour l'examen de clôture de ce cours (que j'avais amputé pour raisons de santé) et les recueillit, tandis que trois ou quatre malheureux, désespérément pleins d'espoir, continuaient à gribouiller comme des forcenés ici et là dans la salle. Je dirigeai mon dernier séminaire de l'année sur Joyce. La petite baronne Borg avait oublié la fin du rêve.

Dans les derniers jours du trimestre, une baby-sitter particulièrement stupide m'apprit qu'une fille dont elle n'avait pas très bien saisi le nom — Tallbird ou Dalberg — avait téléphoné pour annoncer son arrivée. Il se trouvait justement qu'une certaine Lily Talbot ne s'était pas présentée à l'examen des « chefs-d'œuvre ». Le lendemain, j'allai à mon bureau subir le calvaire que représentait pour moi la lecture de toutes ces sacrées copies disposées devant moi. Registre officiel des examens de l'université de Quirn. Tout travail académique est appréhendé sur la base de l'horreur générale. Écrivez successivement sur les pages de droite et de gauche. Monsieur, que signifie réellement « successivement » ? Faut-il décrire *tous* les oiseaux dont il est question dans le récit, ou seulement un ? En règle générale, dix pour cent des trois cents esprits au travail préféraient l'orthographe « Stern » à « Sterne » , et « Austin » à « Austen ».

Le téléphone sonna sur mon vaste bureau (« à deux places », comme disait mon voisin, le paillard professeur King, spécialiste de Dante), et Lily Talbot commença à m'expliquer, d'une voix confidentielle, charmante, voilée, et dans un discours aussi volubile que peu convaincant, pourquoi elle ne s'était pas présentée à l'examen. Je ne me souvenais ni de son visage ni de sa silhouette, mais la douce mélodie qui chatouillait mon oreille suggérait tant de charme juvénile et d'abandon que je ne pus que me reprocher de ne pas l'avoir remarquée dans ma classe. Elle allait aborder le vif du sujet lorsqu'on frappa à la porte : un petit coup impatient, enfantin, qui divertit mon attention. Dolly entra, toute souriante. Et toute souriante me fit comprendre d'un petit mouvement du menton que je devais reposer le récepteur. Et toute souriante balaya les copies d'examen et se pencha sur mon bureau, ses jambes nues à la hauteur de mon visage. Cette entrée en matière, qui promettait les ardeurs les plus raffinées, préluda en fait à la scène la plus vulgaire de ces mémoires. Je me hâtai d'étancher une soif qui n'avait cessé d'élargir la brûlure dans la métaphore mêlée de ma vie depuis l'époque où, treize ans plus tôt, je caressais une Dolly bien différente.

L'ultime convulsion fit osciller ma lampe de bureau et un tonnerre d'applaudissements ponctuant la dernière conférence (pour la saison) du professeur King déferla d'une classe dont nous n'étions séparés que par le couloir.

Quand je rentrai à la maison, ma femme était seule dans la véranda ; elle se prélassait mollement dans sa balancelle préférée en lisant la *Krasnaïa Niva* (« Blé rouge »), une revue soviétique. Sa pourvoyeuse de *litératoura* faisait passer une épreuve finale à quelques futurs *traduttori traditori.* Isabel, qui avait été à l'air, faisait un somme dans sa chambre, juste au-dessus de la véranda.

A l'époque où les *bermoudki* (comme Ninella les appelait indécemment) subvenaient à mes modestes besoins, je ne ressentais aucune culpabilité après l'opération et j'abordais ma femme avec mon sourire habituel, gentiment ironique ; mais, *cette fois-ci*, j'avais l'impression qu'une couche de boue gluante et cuisante recouvrait ma chair, et mon cœur eut un raté quand, marquant d'un doigt la ligne où elle s'était arrêtée et levant les yeux, elle me dit : « Est-ce que cette fille a pu te joindre à ton bureau ? »

Je répondis, comme un personnage de roman, « par l'affirmative ». « Ses parents, ajoutai-je, t'ont écrit, à ce qu'il paraît, pour t'annoncer qu'elle venait faire ses études à New York, mais tu ne m'as jamais montré la lettre. Tant mieux, elle est assommante. »

Annette parut complètement déconcertée. « Je parle, dit-elle, ou du moins j'essaie de parler d'une étudiante nommée Lily Talbot qui a appelé il y a une heure pour expliquer pourquoi elle ne s'était pas présentée à l'examen. Qui est *ta* fille ? »

Nous entreprîmes de débrouiller le quiproquo. Après une hésitation d'ordre moral (« Tu sais, nous devons tous les deux beaucoup à ses grands-parents »), Annette admit que nous n'étions pas obligés de recevoir les petites brebis égarées. Elle sembla se rappeler la lettre, qui faisait allusion à sa veuve de mère (installée dans ma villa de Carnavaux que j'avais récemment transformée en un confortable home pour personnes âgées — malgré les objections bien intentionnées de mon notaire). Oui, oui, elle l'avait égarée — elle la retrouverait un jour dans un volume qu'elle n'avait jamais rapporté à quelque bibliothèque de prêt inaccessible. Un étrange apaisement courait maintenant dans mes pauvres veines. L'épopée de sa distraction me faisait toujours rire de bon cœur. Je ris de bon cœur. Je l'embrassai sur sa tempe à la peau si infiniment tendre.

« A quoi ressemble Dolly Borg aujourd'hui ? demanda Annette. Gamine, elle était tout ce qu'il y a de moche... et effrontée. Repoussante, en fait. »

« Elle l'est toujours. » C'était presque un cri. Nous entendîmes la petite Isabel croasser *Ia prosnoulas'* dans l'entrebâillement de la fenêtre : « Je suis réveillée. » Comme les petits nuages de printemps filaient légèrement ! Avec quelle habileté cette grive à gorge rouge extirpait son ver intact de la pelouse ! Ah !... et voilà que Ninella, enfin de retour, sortait de sa voiture, les cadavres ficelés de ses cahiers sous son bras robuste ! « Eh ! me dis-je dans mon ignoble euphorie, cette bonne vieille Ninel a ses bons côtés, après tout ! » Pourtant, à peine quelques heures plus tard, la lumière de l'Enfer s'était éteinte, et je me tordais, oui, les quatre membres crispés dans les affres de l'insomnie, essayant de trouver une combinaison de dos et de duvet, de bras et de drap, de toile et de talon, qui m'aide, qui m'aide, oh ! qui m'aide à atteindre l'Éden d'une aube pluvieuse !

CHAPITRE III

La détérioration croissante de mes nerfs m'empêchait d'envisager les tracas que comporte l'obtention d'un permis de conduire : par conséquent, je dus m'en remettre à Dolly, au volant de la sale et vieille voiture de Todd, pour chercher l'ombre conventionnelle des chemins de campagne qui étaient si difficiles à trouver — et si décevants, une fois trouvés. Nous eûmes trois rendez-vous de cette sorte près de New Swivington dans les parages compliqués de Casanovia (!) , au cours desquels, malgré mon état de confusion, je ne laissai pas de remarquer que Dolly affectionnait les longues errances, les bifurcations manquées, les torrents de pluie qui accompagnaient notre sordide petite liaison. « Te rends-tu compte, me dit-elle un soir de juin, dans une campagne inconnue et particulièrement marécageuse, que les choses seraient beaucoup plus simples si quelqu'un expliquait la situation à ta femme ! »

Comprenant qu'elle était allée trop loin dans sa pensée, Dolly changea de tactique et m'appela à mon bureau pour me dire dans un délire de jubilation qu'une étudiante en médecine qui était aussi une cousine de Todd, Bridget Dolan, nous offrait, moyennant une faible rémunération, son appartement de New York les lundis et jeudis après-midi, jours où elle travaillait en tant qu'infirmière à l'hôpital Saint-Quelque-Chose. La veulerie, plutôt qu'Éros, m'engagea à essayer du stratagème. Je pris prétexte une fois encore des recherches littéraires que j'étais censé effectuer à la bibliothèque publique et me rendis d'un cauchemar à l'autre à bord d'un Pullman bondé.

Elle m'attendait devant la maison, piaffant triomphalement et brandissant une petite clef qui renvoya une étincelle de soleil dans la vapeur chaude de la rue. Le voyage m'avait tant affaibli que j'eus de la peine à m'extraire du taxi. Je m'appuyai sur elle, qui bavardait tout le temps avec l'impatience d'une petite fille, pour gagner la porte d'entrée. Par chance, le mystérieux appartement était au rez-de-chaussée — je n'aurais pu affronter le claquement et le spasme d'un ascenseur. Une concierge revêche (qui me rappelle, dans une marche arrière mnémonique, les cerbères femelles des hôtels de la Sibérie soviétique dans lesquels je devais descendre vingt ans plus tard) voulut à tout prix que j'inscrive mes nom et adresse dans un registre (« C'est la règle », psalmodia Dolly qui avait déjà attrapé quelques intonations de l'accent local). J'eus la présence d'esprit de donner l'adresse la plus obscure que me fournit mon imagination : Dumbert Dumbert, Dumberton. En chantonnant et sans se presser, Dolly ajouta mon imperméable à ceux qui étaient déjà accrochés dans le vestibule commun. Si elle avait, ne serait-ce qu'une fois, connu les affres du délire névralgique, elle n'aurait jamais tâtonné avec sa clef comme elle le fit, quand elle savait très bien que la porte de ce qui aurait dû être un appartement délicieusement intime n'était même pas convenablement fermée. Nous entrâmes dans un living-room à l'évidence ultramoderne, ridicule avec ses meubles peints et cette unique petite chaise à bascule blanche, sur laquelle, au lieu d'un enfant boudeur, trônait un rat bipède en peluche. Les portes étaient encore avec moi, étaient toujours avec moi. Celle de gauche bâillait légèrement et des voix s'échappaient de l'appartement ou de l'asile adjacent. « Il y a une party à côté ! » protestai-je, et Dolly tira prestement et doucement la porte, sans pour autant la fermer tout à fait. « Ils sont très sympa, dit-elle, et il fait vraiment trop chaud dans ces pièces pour s'y barricader. La deuxième à droite. Voilà. »

Empathie professionnelle et recherche d'atmosphère, Bridget Nolan avait arrangé sa chambre dans le style hospitalier : un lit blanc comme neige, équipé d'un système de leviers qui aurait rendu impuissant jusqu'au Grand Pierre du *Gibus rouge (sic)* ; des commodes blanchies et des armoires vitrées ; une feuille de température (chère aux humoristes) ; et une liste de règles clouée sur la porte de la salle de bains.

« Et maintenant, retire-moi ce veston pendant que je délace ces jolies chaussures ! » s'écria gaiement Dolly (en s'accroupissant prestement une fois, deux fois, devant un pied qui se dérobait) .

Je dis : « Vous avez perdu la tête, ma chère, si vous croyez que je pourrais envisager de faire l'amour dans un endroit aussi épouvantable.

— Que veux-tu alors ? » demanda-t-elle en écartant rageusement une mèche de cheveux de son visage empourpré et en se délovant pour reprendre sa taille habituelle. « Où trouverais-tu un autre appartement aussi chouette, aussi hygiénique, et totalement... »

Elle fut interrompue par une visite : un vieux teckel marron aux joues grises qui portait dans la gueule un os en caoutchouc horizontal. Il entra par la porte du salon, posa son obscène truc rouge sur le linoléum et resta là à nous regarder, moi d'abord, puis Dolly, puis encore moi, avec, sur sa figure de chien levée vers nous, une expression mêlée d'espoir et de mélancolie. Une jolie fille aux bras nus, habillée de noir, se glissa dans la chambre, empoigna l'animal, renvoya d'un coup de pied son jouet dans le salon et dit : « Hello Dolly ! Si vous voulez un verre, après, ton ami et toi, venez nous rejoindre. Bridget a téléphoné pour dire qu'elle rentrerait tôt. C'est l'anniversaire de J. B.

— Okay, Carmen », répondit Dolly, puis, se tournant vers moi, elle continua en russe : « Je crois que tu as besoin de ce verre tout de suite. Allez, viens ! Et, pour l'amour du ciel, laisse ton veston et ton gilet ici. Tu es en nage. »

Elle me poussa dehors ; je sortis en gémissant et en grognant ; elle tapota pour la forme la couverture impeccable du lit et suivit l'homme de neige, l'homme de suif, l'homme déjeté et moribond.

Ils avaient presque tous quitté la pièce voisine pour coloniser le salon. Je me rencognai et tentai de cacher mon visage quand je reconnus Terry Todd. Il leva son verre en un geste délicat de félicitations. Ce que cette petite salope avait fait pour s'assurer la complicité d'un galant éconduit, je ne le saurai jamais ; mais je n'aurais jamais dû la mettre dans mon *Krasnyï Tsilindr* ; c'est comme cela qu'on élève des monstres vivants — à partir de petites ballerines de romans. Un autre personnage que j'avais déjà vu une fois (dans une voiture qui ne cessait de nous dépasser quelque part à la campagne), un jeune acteur qui avait de beaux traits irlandais, insista pour que je prenne ce qu'il appelait un Honolulu Cooler, mais, au premier stade de la crise nerveuse, je suis au-delà de l'alcool, et je ne pus goûter que l'ananas qui était dans le mélange. Au milieu d'un groupe de sycophantes, un vieux gaillard format taureau, qui portait sur sa chemise polo le monogramme « J. B. », posait, un bras velu entourant la taille de Dolly, pour la photo croustillante que sa femme était en train de prendre. Carmen posa mon verre poisseux sur un petit plateau qui supportait déjà dans un coin une boîte à pilules et un thermomètre. Comme je ne trouvais pas de siège, je dus m'appuyer contre le mur, et le derrière de ma tête imprima un mouvement de balancement à un mauvais tableau abstrait cerné par un cadre en plastique qui était accroché au-dessus de moi. Todd, qui s'était coulé auprès de moi, arrêta net son élan et, baissant la voix, me dit en confidence : « Tout est arrangé, Prof, à la satisfaction de chacun. Je suis en contact avec Mrs Langley, ouais... Elles vont vous écrire, elle et votre dame. Je crois qu'elles sont déjà parties, la gosse pense que vous êtes au ciel... Eh ! qu'est-ce qui vous prend ? »

Je ne suis pas combatif. Ma main heurta un lampadaire et je perdis mes deux souliers dans la bagarre. Terry Todd disparut — pour toujours. Le téléphone était occupé dans une pièce et sonnait dans l'autre. Dolly, retransformée par l'alchimie d'une colère bleue (inséparable maintenant de la petite fille qui m'avait jeté à la tête un mot français de trois lettres le jour où je lui dis que je jugeais plus sage de cesser de profiter de l'hospitalité de son grand-père), fendit pratiquement ma cravate en deux en hurlant qu'elle pourrait facilement me faire emprisonner pour viol, mais qu'elle préférait me voir retourner en rampant à mon épouse et à mon harem de baby-sitters (son nouveau vocabulaire était toujours aussi richement théâtral, même quand elle glapissait).

Je me sentis pris au piège comme le pois d'argent que l'on pousse jusqu'au centre du labyrinthe dans ces petits jouets. Une foule menaçante, contenue par J.B., le médecin-chef, me barrait la sortie ; je fis marche arrière et regagnai l'hospitalet privé de Bridget, et là je découvris avec une sensation de soulagement intense (ô combien prématurée !) qu'au-delà d'une porte-fenêtre entrebâillée que je n'avais pas remarquée plus tôt s'étendait, presque à l'infini, une cour intérieure, ou seulement une portion rassurante de cour intérieure peuplée de malades en robes de chambre légères qui circulaient dans un dédale géométrique de pelouses et d'allées de jardin, ou se reposaient tranquillement sur des bancs. Je sortis en chancelant et, quand mes pieds chaussés de socquettes blanches se posèrent sur le gazon frais, je m'aperçus que la nymphe vagabonde avait défait les attaches de cheville des longs caleçons en toile que je portais. Dieu sait où, Dieu sait comment, j'avais dépouillé et perdu tout le reste de mes habits. Ma tête débordait d'une douleur obscure, d'une opacité que j'avais rarement connue jusque-là ; c'est alors que mon esprit enregistra un tumulte dénonçant une certaine activité au-delà de la cour. Loin, très loin, sœur Dolan ou Nolan (à cette distance, des distinctions aussi subtiles ne comptaient plus) sortit d'une des ailes de l'hôpital et se précipita à mon secours. Deux hommes la suivaient avec une civière. Un malade serviable ramassa la couverture qu'ils avaient laissée tomber.

« Vous... vous n'auriez jamais dû faire cela. » Elle haletait. « Ne bougez pas, ils vont vous aider à vous lever [je m'étais effondré sur le gazon]. Si l'on vous avait opéré avant votre escapade, vous auriez pu mourir. Là où vous êtes ! Et par une si belle journée ! » Et, sans plus attendre, je fus transporté par deux palanquiniers robustes et malodorants (le porteur arrière puait sans interruption, l'autre par bouffées cadencées) non sur la couche immaculée de Bridget, mais dans un véritable lit d'hôpital, au milieu d'une chambre pour trois que je partageais avec deux vieillards en train de mourir d'encéphalite.

CHAPITRE IV

Les Roses Rustiques
13.IV.46

La décision que j'ai prise, Vadim, est irrévocable. Tu dois accepter mon départ comme un fait accompli [1]. *Si je t'avais vraiment aimé, je ne t'aurais pas quitté ; mais je ne t'ai jamais vraiment aimé, et ton escapade — qui n'est certainement pas la première depuis notre arrivée dans ce sinistre* (zlovechtchouïou) *pays « libre »* [2] *— n'est peut-être pour moi qu'un simple prétexte.*

Nous n'avons jamais été très heureux ensemble, toi et moi, durant nos douze [3] *années de mariage. Tu m'as, dès le départ, considérée comme un petit animal de cirque* [4] *mignon et obéissant, mais irrémédiablement décevant, auquel tu essayais d'apprendre des tours dégoûtants et immoraux* — condamnés comme tels, *selon la compagne fidèle à qui je dois peut-être d'avoir survécu dans cet épouvantable « Kvirn* [5] *», par les plus récentes étoiles scientifiques de notre patrie. D'un autre côté, ton* trenne (sic) [6] de vie, *tes habitudes, tes amis aux boucles noires* [7], *tes romans décadents, et — pourquoi ne pas l'avouer ? — ta* *révolte pathologique contre l'Art et le Progrès au pays des Soviets, y compris la restauration de charmantes vieilles églises*[8]*, m'ont si douloureusement désemparée que j'aurais divorcé si je n'avais craint de bouleverser*[9] *mes pauvres parents, si fiers dans leur dignité et leur naïveté que leur fille soit appelée — par qui, Seigneur ? — « Votre Sérénité »* (siiatel'stvo).

J'en viens à une exigence sérieuse, une défense absolue. Jamais, jamais, du moins tant que je suis encore en vie, jamais, je le répète, tu ne tenteras de te rapprocher de l'enfant. J'ignore — Nelly en sait plus que moi sur ce sujet — quelle est la situation légale, mais je sais qu'à certains égards tu es un gentleman, et c'est au gentleman que je dis, que je crie : Je t'en supplie, je t'en supplie, ne t'approche pas d'elle ! Si quelque horrible maladie américaine me frappe, rappelle-toi que je tiens à ce qu'elle soit élevée comme une chrétienne russe[10].

J'ai été désolée d'apprendre ton hospitalisation. C'est ton second et, j'espère, dernier accès de neurasthénie[11] *depuis que nous avons commis l'erreur de quitter l'Europe au lieu d'attendre tranquillement que l'armée soviétique la délivre des fascistes. Au revoir.*

P.S. Nelly voudrait ajouter quelques lignes.

Merci, Netty. Je serai brève. La nouvelle que nous avons apprise par le fiancé de votre petite amie et par la mère du garçon[12]*, une sainte femme d'une compassion et d'un bon sens infinis, ne comportait plus pour nous d'élément de surprise (désagréable). Une des compagnes de chambre de Berenice Mudie (celle qui a volé la carafe de cristal taillé que j'avais reçue de Netty) avait déjà répandu des bruits bizarres, il y a deux ans. J'ai essayé de protéger votre chère femme en empêchant que ces ragots ne l'atteignent, ou du moins en attirant son attention sur eux obliquement et d'une manière* *semi-humoristique, bien après le départ de ces prostituées. Mais maintenant, parlons* turkey [13].

Je suis sûre que le partage de vos affaires ne posera aucun problème. « Qu'il prenne les innombrables exemplaires de ses romans et tous les dictionnaires avachis », dit-elle ; mais il faut qu'elle puisse garder ses trésors de ménage, les petits cadeaux d'anniversaire que je lui ai faits, par exemple — la coupe à caviar argentée et les six verres à vin vert pâle et soufflés à la main, etc.

Je suis particulièrement à même de sympathiser avec Netty dans cette catastrophe domestique, parce que mon propre mariage ressemblait au sien de bien des manières. Il avait commencé sous les meilleurs auspices ! J'étais échouée, perdue, dans un territoire qui fut brusquement occupé par les fascistes estoniens, pauvre petite Moscovite brinquebalée par la guerre [14], quand je fis la connaissance du professeur Langley dans des circonstances très romanesques : je lui servais d'interprète (l'étude des langues étrangères atteint un niveau très élevé au pays des Soviets) ; mais, quand je fus expédiée aux U.S.A., avec d'autres D.P., quand nous nous sommes retrouvés et mariés, tout a commencé à aller de travers — il m'ignorait le jour et nos nuits étaient pleines d'*incompatibility [15]. *La seule conséquence positive, c'est que j'ai, pour ainsi dire, hérité d'un avocat, Me Horace Peppermill, qui consent à vous recevoir en consultation pour vous aider à régler tous les problèmes matériels. Il serait sage, de votre part, de suivre l'exemple du professeur Langley et de servir à votre femme une pension mensuelle, tout en plaçant à la banque une confortable « somme de garantie », dont elle pourra disposer dans les cas extrêmes, et, naturellement, après votre décès ou dans les derniers temps de votre vie si*

* *Displaced Persons* : personnes déplacées au cours de la Seconde Guerre mondiale. (N.d.T.)

vous devez succomber à une maladie incurable qui dure trop longtemps. Nous n'avons pas à vous rappeler que Mme Blagovo doit continuer à recevoir régulièrement son chèque habituel jusqu'à nouvel ordre.

La maison de Quirn va être mise en vente prochainement — elle regorge de souvenirs odieux. Par conséquent, dès qu'ils vous laisseront sortir, ce qui se produira, je l'espère, sans tarder (bez zamedliéniia, without retardment), *ayez l'obligeance de déménager* [16]*. Je ne parle pas à Miss Myrna Soloway — ou, en réalité, tout simplement Soloveïtchik — de ma section, mais je sais qu'elle est très bonne pour dénicher des endroits à louer.*

Nous avons un temps agréable ici, après toute cette pluie. Le lac est merveilleux à cette saison de l'année ! Nous allons redécorer notre chère petite datcha. *Son seul inconvénient, dans un sens (un avantage dans tous les autres sens !), est d'avoir été construite un tantinet à l'écart de la civilisation, ou du moins du collège de Honeywell. La police est toujours à l'affût des rôdeurs, des nudistes, etc. Nous pensons sérieusement à nous procurer un gros Alsacien* [17] *!*

Commentaire

1. En français dans le texte.

2. Les quatre ou cinq premières lignes sont sans doute authentiques. Par la suite, divers détails me donnent la conviction que c'est Nelly, et non Netty, qui a composé le reste de la lettre. Seule une Soviétique peut parler ainsi de l'Amérique.

3. Un premier « quatorze » erroné avait été habilement effacé et remplacé par un « douze » plus juste comme le montre clairement la copie au carbone que je trouvai agrafée à mon sous-main (« à tout hasard ») dans mon bureau. Netty aurait été totalement incapable de taper si proprement — surtout avec la machine « Orthographe Nouvelle » employée par son amie.

4. L'expression utilisée est *dourovskiï zvériok*, qui veut dire un petit animal dressé par Dourov, célèbre clown russe moins connu de ma femme que d'une personne de la génération au-dessus — à laquelle son amie appartenait.

5 . Translitération méprisante de « Quirn » .

6. Faute d'orthographe révélatrice. Le français d'Annette était excellent. Celui de Ninette (comme son anglais), dérisoire.

7. Ma femme, qui avait été élevée dans un milieu russe obscurantiste, n'était pas un parangon de tolérance raciale, mais elle n'aurait jamais eu recours à la phraséologie antisémite vulgaire caractéristique de la personnalité et de l'éducation de son amie.

8. L'interpolation de ces « charmantes vieilles églises » est un bon exemple de la platitude officielle du patriotisme soviétique.

9. En fait, ma femme adorait bouleverser ses parents et ne ratait pas une occasion de le faire.

10. J'aurais pu exaucer ce vœu si j'avais su de *qui* il émanait vraiment. Pour contrarier ses parents (une politique étrange qu'elle pratiquait constamment), Annette n'allait jamais à l'église, même pas à Pâques. Quant à Mrs Langley, une dévotion de parade était sa devise ; elle faisait le signe de la croix chaque fois que Jupiter l'Américain fendait les noires nuées.

11. « Neurasthénie » !

12. Un personnage imprévu que cette mère. Mythe ? Numéro d'identification ? Je m'adressai à Bridget dans l'espoir qu'elle saurait me renseigner ; elle me déclara que le personnage n'existait pas (la vraie Mrs. Todd était morte depuis longtemps) et me conseilla de « changer de sujet », du ton cassant que l'on adopte quand on considère que le sujet en question est le produit du délire d'un autre. Je conviens que l'état dans lequel j'étais alors puisse dénaturer mon souvenir de la scène dans son appartement, mais cette « sainte mère » restera pour toujours une énigme.

13. En anglais dans le texte.

14. La petite Moscovite devait avoir à peu près quarante ans à l'époque.

15. En anglais dans le texte.

16. Je n'avais pas la moindre intention de le faire avant l'expiration de mon bail, le 1er août 1946.

17. Abstenons-nous d'un dernier commentaire.

Au revoir, Netty et Nelly. Au revoir, Annette et Ninette. Au revoir, Nonna Anna.

QUATRIÈME PARTIE

CHAPITRE PREMIER

A la fois comiques et dramatiques, tels furent mes débuts dans l'art de conduire, au volant de ma « Caracal » (comme j'appelais avec tendresse mon nouveau coupé blanc) ; après deux échecs et quelques petites réparations, je me trouvai enfin en état, légalement et physiquement, d'entreprendre le long voyage que j'avais projeté et de filer vers l'Ouest. Je connus, il est vrai, un moment de profonde détresse quand les premières montagnes au loin renièrent soudain toute ressemblance avec les nuages lilas et que je me remémorai le temps où nous descendions, Iris et moi, sur la Riviera dans notre vieille Icare. Elle ne me laissait que rarement prendre le volant, et seulement par jeu, tant elle était sportive. Avec quels sanglots je me rappelais maintenant le jour où je heurtai le vélo du facteur, que son propriétaire avait appuyé contre un mur rose à la grille de Carnavaux ; un rire superbe plia mon Iris en deux quand la bicyclette se mit à glisser doucement devant nous.

Je passai ce qui restait de l'été à explorer les États incroyablement lyriques des montagnes Rocheuses, m'enivrant de bouffées de Russie orientale dans la zone des buissons de sauge et des parfums de la Russie septentrionale que reproduisaient si fidèlement, au-dessus de la limite des arbres, certains marigots bleuis par des traînées de ciel, entre la congère et l'orchidée. Mais... était-ce tout ? Quelle mystérieuse forme de quête me poussait à me mouiller les pieds comme un enfant, à grimper un talus en ahanant, à dévisager chaque dent de lion, à sursauter chaque fois qu'un atome de couleur passait juste au-delà de mon champ de vision ? Quelle était cette sensation curieusement onirique d'être venu les mains vides — sans quoi ? Fusil ? Baguette magique ? Je n'osais trop m'interroger de peur d'écorcher la chair vive qui affleurait sous ma fragile identité.

Sautant l'année universitaire en une sorte de « congé sabbatique » prématuré qui laissa sans voix les administrateurs de Quirn, je passai l'hiver dans l'Arizona, où j'essayai d'écrire *la Règle invisible*, livre assez proche de celui que le lecteur a entre les mains. Je n'étais certes pas mûr pour cette entreprise et je dus sans doute peiner trop sur d'inexprimables nuances d'émotion : toujours est-il que j'étouffai le livre sous une excessive superposition de sens, comme une paysanne russe dans sa cabane sans air pourrait laisser suffoquer *(zaspat')* son bébé dans un noir oubli, après avoir été faire les foins ou s'être fait battre par son ivrogne de mari.

Je poussai jusqu'à Los Angeles, où j'appris sans plaisir que la société cinématographique sur laquelle je comptais allait être dissoute après la mort d'Ivor Black. Sur le chemin du retour, au début du printemps, je redécouvris les chères fantasmagories de mon enfance dans le vert tendre des bosquets de trembles haut dans la montagne, sous les crêtes coiffées de conifères. J'errai à nouveau de motel en motel pendant presque six mois, ma voiture fut plusieurs fois égratignée et enfoncée par d'ineptes conducteurs rivaux et je finis par l'échanger contre une placide Bellargus à cinq places, d'un bleu céleste que Bel devait comparer à celui d'un morpho.

Autre bizarrerie : je notai dans mon journal avec un souci prophétique tous mes arrêts, tous mes motels (*Mes Moteaux*, aurait pu dire Verlaine), les Beaulac, les Beauval, les Belmont, l'Auberge du Serpent à Plumes au Nouveau Mexique, le Logis de Lolita au Texas, les Peupliers Solitaires, qui, recrutés, auraient pu escorter un fleuve de sa source à la mer, et assez de crépuscules pour assurer le bonheur de toutes les chauves-souris du monde — et celui d'un génie moribond. REGLE, REGLE, regarde les arlequins, et cette fièvre éruptive de classification voyageuse dans laquelle je persévérai comme si je savais que ces motels préfiguraient les étapes de mes futurs voyages avec ma fille chérie.

Fin août 1947, bronzé et plus nerveux que jamais, je rentrai à Quirn et fis transporter mes affaires du garde-meubles dans la nouvelle demeure (1, Larchdell Road) que m'avait trouvée l'efficace et mignonne Miss Soloway. C'était une charmante maison de pierre grise à deux étages, avec une baie panoramique et un piano à queue blanc dans le vaste salon, trois chambres virginales au premier étage et une bibliothèque au sous-sol. Elle avait appartenu au défunt Alden Landover, pape des belles-lettres américaines dans la première moitié du siècle. Avec l'aide des administrateurs rayonnants — et profitant de leur joie de me voir de retour à Quirn — je décidai d'acheter la maison. J'aimais son parfum d'érudition, gâterie rarement accordée à ma délicate membrane de Brunn, et son isolement pittoresque au milieu d'un immense jardin laissé à l'abandon, dominant une pente rapide plantée de mélèzes et de verges d'or.

Pour entretenir la reconnaissance de Quirn, je résolus également de réorganiser complètement ma contribution à sa gloire. Je supprimai mon séminaire sur Joyce qui en 1945 n'avait attiré (si c'est le mot qui convient) que six étudiants — cinq licenciés plutôt moroses et un élève de seconde année pas tout à fait normal. En compensation, j'ajoutai une troisième conférence hebdomadaire à mon cours sur les chefs-d'œuvre (qui comprenait désormais *Ulysse*). Mais ma principale innovation fut dans la façon hardie dont je dispensai mon enseignement. Au cours de mes premières années à Quirn, j'avais accumulé deux mille pages de commentaires littéraires qu'avait tapées mon assistant (je m'aperçois que je ne l'ai pas encore présenté : Waldemar Exkul, brillant jeune Balte, incomparablement plus savant que moi ; *dixi*, Ex !). Je fis tirer au moins trois cents jeux de ces commentaires par les gens de la photocopie. A la fin de chaque semaine, chacun de mes élèves recevait un double des quarante pages que j'avais récitées, avec certains ajouts, en salle de conférences. Les « ajouts » étaient une concession aux administrateurs qui me firent très justement remarquer que sans cette attrape personne n'aurait plus de raison de fréquenter mes cours. Les trois cents étudiants devaient signer les copies des deux mille pages dactylographiées et me les remettre avant le dernier examen. Au début, il y eut des pailles dans le système (par exemple, en 1948, je ne reçus que 153 jeux incomplets, dont beaucoup n'étaient pas signés), mais dans l'ensemble il fonctionnait... ou aurait dû fonctionner.

Je pris une autre décision : celle d'être plus disponible pour mes collègues que je ne l'avais été jusqu'alors. L'aiguille rouge de ma balance s'immobilisait désormais sur un chiffre raisonnable quand, nu comme un ver, les bras pendant comme ceux d'un troglodyte, je grimpais sur le plateau fatal et réussissais, avec l'aide de ma nouvelle bonne, une ravissante Noire au profil égyptien, à distinguer ce qui s'inscrivait dans l'espace flou entre le champ de vision de mes lunettes pour lire et celui de mes lunettes pour voir loin : un triomphe, que je saluai en m'achetant plusieurs « costioumes », comme dit le Dr Olga Repnine dans le roman du même nom — « *I don't know* (tous les "o" prononcés comme dans "donne") *why your horseband wears such not modern costumes* ». J'allai fréquemment au Pub, un bistrot du collège, où je tentai de me mêler aux jeunes gens chaussés de blanc, mais finis Dieu sait comment par me retrouver avec des serveuses professionnelles. Je notai aussi dans mon calepin l'adresse de quelque vingt collègues.

De tous mes nouveaux amis, celui que je chérissais le plus était un petit homme fragile, à l'air triste, au visage presque simiesque, dont la touffe de cheveux noirs, à cinquante-cinq ans, s'entremêlait de gris, le poète Audace au talent merveilleux, qui comptait dans ses ancêtres paternels le Girondin éloquent et infortuné du même nom (« Bourreau, fais ton devoir envers la Liberté ! »), mais qui ne savait pas un traître mot de français et parlait l'américain avec l'accent plat du Middle West. Autre ascendance intéressante : celle de Louise Adamson, la jeune femme de notre président de la chaire d'anglais, dont la grand-mère, Sybil Lanier, avait gagné le championnat national de golf dames en 1896 à Philadelphie !

La gloire littéraire de Gerard Adamson était infiniment supérieure à celle de l'infiniment plus amer, plus modeste et plus important Audace. Gerry était un gros homme flasque qui, après avoir mené une vie d'ascétisme esthétique, surprit sa coterie particulière en épousant aux abords de la soixantaine cette porcelaine de Saxe aussi jolie que délurée. Ses célèbres essais sur Donne, Villon, Eliot, sa poésie philosophique, ses toutes récentes *Litanies laïques* et caetera me laissaient indifférent, mais c'était un vieux soûlaud plein de charme, dont l'humour et l'érudition désarmaient la résistance de l'outsider le moins sociable. Je me pris à aimer les réceptions fréquentes au cours desquelles le bon vieux Noteboke et sa sœur Phonème, les sympathiques King, les Adamson, mon poète préféré et une douzaine d'autres gens faisaient de leur mieux pour me distraire et me consoler.

Louise, qui avait une tante questionneuse à Honeywell, me tenait au courant, avec une régularité pleine de délicatesse, de la santé de Bel. Un jour de printemps (c'était en 1949 ou en 1950), je m'arrêtai au bar Plaza à Rosedale après une entrevue d'affaires avec Horace Peppermill, et je m'apprêtais à sortir en marche arrière du parc de stationnement quand je vis Annette penchée sur un landau devant l'épicerie à l'autre bout du centre commercial. Quelque chose dans sa nuque courbée, sa concentration mélancolique, le sourire vague qu'elle adressait à l'enfant, envoya dans mon système nerveux de telles décharges de pitié que je ne résistai pas à l'envie de l'accoster. Elle se tourna vers moi et avant même que j'aie prononcé quelques paroles désordonnées — de regret, de désespoir, de tendresse — elle secoua la tête et m'interdit de m'approcher. « *Nikogda* », murmura-t-elle, « jamais », et je n'eus pas la force de déchiffrer l'expression de son visage pâle et tiré. Une femme sortit du magasin et la remercia de s'être occupée du petit inconnu — un enfant pâle et frêle, qui paraissait presque aussi malade qu'Annette. Je me hâtai de retourner au parking, furieux de n'avoir pas pensé tout de suite que Bel devait avoir maintenant sept ou huit ans. Le regard fixe et humide de sa mère me poursuivit pendant plusieurs nuits ; je me sentis même trop mal pour me rendre à une réception donnée à l'occasion de Pâques dans l'une des maisons accueillantes de Quirn.

Au cours de cette période — ou une autre — de découragement, j'entendis un jour la sonnette du hall retentir, et ma bonne de couleur, la petite Néfertiti (c'est le surnom que je lui avais trouvé), courir pour ouvrir la porte d'entrée. M'arrachant à mon lit, je pressai ma chair nue contre le rebord froid de la fenêtre, mais arrivai trop tard pour apercevoir le ou les visiteurs — et pourtant je me penchai aussi loin que je pus dans la bruyante averse printanière. Une fraîcheur de fleurs — des touffes et des nuages de fleurs — me rappela un autre temps, une autre fenêtre. Je discernai une partie de l'automobile noire et luisante des Adamson au-delà de la grille du jardin. Tous les deux ? Elle seule ? *Solus rex* ? Tous les deux, hélas ! à en juger par les voix qui me parvenaient du vestibule à travers la transparence de ma maison. Le vieux Gerry, qui détestait les escaliers inutiles et avait une peur morbide de la contagion, resta dans le salon. Mais les pas et la voix de sa femme montaient. Nous nous étions embrassés pour la première fois quelques jours plus tôt, dans la cuisine des Noteboke... cherchant de la glace et trouvant du feu. J'avais de bonnes raisons d'espérer que l'entracte avant l'inévitable scène serait court.

Elle entra, avec deux bouteilles de porto pour l'invalide, et retira son chandail mouillé, ébouriffant ses boucles châtain, ses boucles brun-violet, et dénudant ses clavicules. Sur le plan artistique, strictement artistique, des trois femmes que j'aimai le plus, je puis dire qu'elle était la plus belle. Elle avait des sourcils minces, pointant vers le haut, des yeux saphir qui accusaient (c'est le mot qui convient) un étonnement constant devant le paradis terrestre (le seul qu'elle connaîtrait jamais, je le crains), des pommettes d'un rouge léger, une bouche en bouton de rose, et un charmant abdomen concave. En moins de temps qu'il n'en fallut à son mari, lecteur rapide, pour écumer deux colonnes de texte imprimé, nous lui avions fait une « ramure » . J'enfilai un pantalon bleu et une chemise rose et la suivis au rez-de-chaussée.

Assis dans un fauteuil profond, son mari lisait un hebdomadaire londonien acheté au centre commercial. Il ne s'était pas donné la peine d'enlever son horrible imperméable noir — volumineuse robe de toile cirée qui évoquait l'image d'un conducteur de diligence cinglé par la tempête. Il retira tout de même ses formidables lunettes. Il s'éclaircit la gorge avec un raclement caractéristique. Ses bajoues violettes branlèrent lorsqu'il affronta l'épreuve du discours rationnel.

GERRY : *Est-ce qu'il vous arrive de lire ce journal, Vadim* (accentuant incorrectement « Vadim » sur la première syllabe) ? *Mister* (il nomma un criticule particulièrement plein d'allant) *y démolit votre Olga* (mon roman sur la *professorcha* ; l'édition anglaise venait de sortir).

VADIM : *Puis-je vous offrir un verre ? Nous allons l'arroser et le rosser.*

GERRY : *Il a raison, pourtant. C'est le pire de vos livres.* Chute complète, *dit le bonhomme. En français.*

LOUISE : *Pas le temps de boire. Nous devons rentrer en vitesse. Maintenant, décolle-toi de ce fauteuil. Essaie encore. Prends tes lunettes et ton journal. Voilà.* Au revoir, *Vadim.* Je vous apporterai ces cachets *demain matin quand je l'aurai conduit à l'école.*

Quelle différence, songeai-je, avec les adultères raffinés des châteaux de mon enfance ! Où était l'émotion romantique du regard que l'on échangeait avec sa nouvelle maîtresse en présence d'un colosse morose — le Mari jaloux ? Pourquoi le souvenir de l'étreinte récente ne se mêlait-il plus, comme par le passé, à la certitude de la suivante, pour former brusquement une rose dans une flûte de cristal vide, un arc-en-ciel sur le papier peint blanc ? Qu'est-ce qu'Emma vit une femme du monde jeter dans le chapeau de soie de cet homme ? Écrire lisiblement.

CHAPITRE II

L'ÉRUDIT fou d'*Esmeralda et son parandrus* entrelace Botticelli et Shakespeare en faisant finir Primavera comme Ophélie, avec toutes ses fleurs. La dame loquace du *Dr Olga Repnine* fait remarquer que les inondations et les ouragans ne sont vraiment sensationnels qu'en Amérique du Nord. Le 17 mai 1953, plusieurs journaux reproduisirent la photographie d'une famille entière, avec cage à oiseau, phonographe et autres objets de valeur, chevauchant le toit de sa cabane au milieu du lac de Rosedale. D'autres journaux montraient une petite Ford accrochée aux branches supérieures d'un arbre intrépide, avec un homme que Horace Peppermill prétendait connaître, un certain Mr Byrd, encore assis sur le siège du chauffeur, assommé, couvert d'ecchymoses, mais vivant. Une importante personnalité du Centre météorologique fut accusée d'un retard criminel dans ses prévisions. Un groupe de quinze écoliers qu'on avait emmenés voir une collection d'animaux empaillés, don de Mrs Rosenthal, veuve du mécène, au musée de Rosedale, se trouvait en sécurité dans l'obscurité soudaine de ce bâtiment solide quand la tornade s'abattit sur la région. Mais le plus joli cottage du bord du lac fut emporté et l'on ne retrouva jamais les corps noyés de ses deux occupantes.

Mr Peppermill, dont les facultés naturelles n'arrivaient pas à la cheville de sa subtilité en matière de loi, m'avertit que, si je désirais confier l'enfant à sa grand-mère en France, je devrais me soumettre à certaines formalités. Je lui déclarai tranquillement que Mme Blagovo était une infirme gâteuse et que l'institutrice qui donnait asile à ma fille devait conduire l'enfant chez moi IMMÉDIATEMENT. Il me répondit qu'il irait la chercher lui-même au début de la semaine suivante.

Après avoir pesé et repesé chaque paragraphe de ma maison, chaque parenthèse du mobilier, je décidai d'installer Bel dans l'ancienne chambre à coucher de la compagne de feu Landover — qu'il appelait son infirmière ou sa fiancée selon l'humeur du moment. C'était une pièce ravissante, sise à l'est de ma chambre, avec des papillons lilas qui égayaient son papier peint et un grand lit bas à volants. Keats, Yeats, Coleridge, Blake et quatre poètes russes (dans la nouvelle orthographe) vinrent peupler par mes soins son étagère blanche. J'eus beau me dire, avec un soupir, qu'elle préférerait sans doute les bandes dessinées à mes chers mimes étincelants et à leurs baguettes magiques, mon choix me fut dicté par ce que les ornithologues appellent l'« instinct ornemental ». En outre, sachant bien qu'une lumière forte et franche était indispensable pour pouvoir lire au lit, je demandai à Mrs O'Leary, ma nouvelle femme de ménage et cuisinière (empruntée à Louise Adamson qui faisait un long séjour en Angleterre avec son mari), de visser deux ampoules de cent watts dans une haute lampe de chevet. Sur une table de nuit vaste et robuste, je disposai avec art deux dictionnaires, un sous-main, un petit réveille-matin et un nécessaire à ongles (dont l'idée me fut suggérée par

Mrs Noteboke, qui avait une fille de douze ans). Tout cela n'était qu'un premier jet, bien entendu. La copie au net viendrait à son heure.

L'infirmière ou la fiancée de Landover pouvait se précipiter à son secours soit par un petit couloir, soit par la salle de bains qui séparait les deux chambres : Landover était grand, et sa longue et profonde baignoire invitait aux trempettes prolongées. Une autre salle de bains plus étroite jouxtait à l'est la chambre de Bel — ma délicate Louise me manqua, ô combien ! quand je dus me creuser la tête pour trouver l'épithète correcte entre propre et parfumée. Mrs Noteboke ne put m'aider : sa fille, qui utilisait les commodités malpropres de ses parents, n'avait pas de temps à perdre avec de stupides désodorisants et de détestables « mousses ». La sage vieille Mrs O'Leary, au contraire, avait toujours à l'esprit, comme le détail d'une peinture flamande, les crèmes et les cristaux de Mrs Adamson ; elle me fit souhaiter le prompt retour de sa patronne en évoquant ce tableau somptueux — qu'elle se mit d'ailleurs en devoir de simplifier (non de vulgariser), tout en gardant des articles aussi indispensables qu'une énorme éponge, un savon à la lavande éléphantesque et une délicieuse pâte dentifrice.

Plus loin encore en direction du Levant nous atteignons la chambre d'amis qui fait l'angle (au-dessus de la salle à manger ronde située à l'extrémité est du rez-de-chaussée), que je transformai avec l'aide d'un homme à tout faire, le cousin de Mrs O'Leary, en un cabinet de travail fort convenablement équipé. Il contenait, une fois terminé, un divan muni de coussins rectangulaires, un bureau de chêne avec un fauteuil tournant, un meuble à tiroirs en acier, une bibliothèque, l'*Encyclopédie illustrée* de Klingsor en vingt volumes, des crayons de couleur, des cahiers, des cartes des États américains, et (pour citer le

School Buyer's Guide de 1952-1953) « un globe terrestre qui s'extirpe de son support pour que chaque enfant puisse tenir le monde sur ses genoux ».

Était-ce tout ? Non. Je trouvai pour sa chambre à coucher une photographie encadrée de sa mère, prise à Paris en 1934, et pour le cabinet une reproduction en couleur des *Nuages au-dessus d'un fleuve bleu* (la Volga, pas loin de mon Marévo) de Lévitan, tableau peint vers 1890.

Peppermill devait m'amener Bel le 21 mai aux alentours de quatre heures. Il me fallait trouver un moyen de combler le gouffre de l'après-midi. L'angélique Ex avait déjà lu et noté tout le tas d'épreuves, mais il pensait que j'aimerais peut-être revoir certaines des copies qu'il avait jugées à regret insuffisantes. Il avait fait un saut la veille et les avait déposées au rez-de-chaussée, sur la table ronde de la pièce ronde attenante au vestibule, à l'extrémité ouest de la maison. Mes pauvres mains étaient si douloureuses et tremblaient si fort que j'arrivais tout juste à feuilleter ces pauvres cahiers. La fenêtre ronde donnait sur l'allée. C'était une journée chaude et grise. Monsieur ! J'ai désespérément besoin d'une note passable. *Ulysse* a été écrit à Zurich et en Grèce et contient, par conséquent, trop de mots étrangers. L'un des personnages de la *Mort d'Ivan* de Tolstoï est la célèbre actrice Sarah Bernhardt. Le style de Sterne est très sentimental et illitératif. Une portière de voiture claqua. Mr Peppermill s'avança avec un sac de voyage dans le sillage d'une grande fille blonde en blue-jean qui portait — et ralentissait pour la changer de main — une encombrante valise.

La bouche et les yeux moroses d'Annette. Gracieuse, mais sans beauté.

Dopé à la sérénacine, je reçus ma fille et mon notaire avec cette dignité neutre qui m'avait fait si cordialement détester par les Russes exubérants de Paris. Peppermill accepta un doigt de cognac. Bel but un verre de jus de pêche et grignota un gâteau sec. Je montrai à ma fille — qui exhibait ses paumes comme le veut la politesse russe en de tels cas — les toilettes de la salle à manger, fantaisie à l'ancienne de l'architecte. Horace Peppermill me tendit une lettre de l'institutrice de Bel, Miss Emily Ward. Fabuleux quotient intellectuel de 180. A déjà ses règles. Une enfant étrange, merveilleuse. On ne sait trop s'il faut freiner ou encourager une intelligence aussi vive et aussi précoce. Je laissai Horace à mi-chemin entre la maison et sa voiture, et sus résister à l'envie dégradante de lui avouer ma consternation devant le montant des honoraires que venait de me faire parvenir son étude.

« Je vais te montrer tes *apartamenty.* Tu parles russe, n'est-ce pas ?

— Oui, bien sûr, mais je ne l'écris pas. Je sais aussi un peu de français. » Elle et sa mère (dont elle parlait comme si Annette était dans la pièce à côté en train de taper quelque chose pour moi sur une machine muette) avaient passé la majeure partie de l'été précédent à Carnavaux avec *babouchka.* J'aurais voulu savoir quelle chambre Bel avait occupée dans la villa mais un souvenir bizarrement importun, quoique apparemment sans rapport avec Bel, m'empêcha de poser la question : peu avant sa mort, Iris avait rêvé une nuit qu'elle était accouchée d'un gros garçon au teint foncé, aux yeux en amandes, aux joues rouges, dominant l'ombre bleue des favoris : « Un horrible Omar K. »

Oui, oui, dit Bel, elle l'avait adorée. Surtout le sentier qui descendait jusqu'à la mer et l'arôme du romarin *(tchoudnyï zapakh rozmarina).* Son russe d'émigrée « sans ombre », non corrompu, grâces soient rendues à Annette, par les soviétismes corsés de la Langley, me torturait et me charmait tout à la fois.

Bel me reconnaissait-elle ? Elle m'examina d'un œil gris et sérieux.

« Je reconnais vos mains et vos cheveux.

— On se tutoie aussi en russe, désormais. Bon. Grimpons au premier. »

Le cabinet de travail lui plut : « Une salle de classe dans un livre d'images. » Elle ouvrit la pharmacie de sa salle de bains. « Vide... mais je sais ce que j'y mettrai. » La chambre à coucher « l'enchanta ». *Otcharovatel'no !* (Le mot préféré d'Annette, quand elle voulait exprimer son admiration.) En revanche, elle critiqua l'étagère à livres près du lit : « Quoi, pas de Byron ? pas de Browning ? Ah ! Coleridge ! Les petits serpents de mer dorés. Miss Ward m'a donné une anthologie pour la Pâque russe : je peux réciter ta dernière duchesse... je veux dire “Ma Dernière Duchesse”. »

Je perdis le souffle dans un gémissement. Je l'embrassai. Je pleurai. Je m'assis, tremblant, sur une chaise fragile qui craqua en réponse à mon paroxysme effondré. Bel, debout, regardait ailleurs, étudiait un reflet prismatique du plafond, considérait ses bagages, que Mrs O'Leary, femme courtaude mais vaillante, avait déjà montés.

J'exprimai mes regrets pour mes larmes. Bel s'enquit, avec cette parfaite aisance qui veut dire « changeons de sujet », s'il y avait un poste de télévision dans la maison. Je lui dis que nous nous en procurerions un le lendemain. Je lui rendais sa liberté jusqu'au dîner dans une demi-heure. Elle avait découvert, dit-elle, qu'on donnait en ville un film qu'elle avait envie de voir. Je l'accompagnai au Strand Theater après le dîner.

Un gribouillis dans mon journal : « N'aime pas beaucoup la poule bouillie. *La Veuve noire.* Avec Gene, Ginger et George. Ai donné une note suffisante au sentimentaliste “illitératif” et à tous les autres. »

CHAPITRE III

Si Bel vit encore, elle doit avoir trente-deux ans — exactement ton âge au moment où j'écris (15 février 1974). La dernière fois que je l'ai vue, en 1959, elle n'avait pas tout à fait dix-sept ans ; et, entre onze ans et demi et dix-sept ans et demi, elle n'a que peu changé dans le milieu de la mémoire, où le sang ne circule pas à travers le temps immobile aussi vite que dans le présent perceptible. La vision que j'ai d'elle entre 1953 et 1955, ces trois années pendant lesquelles elle fut totalement et uniquement mienne, est particulièrement réfractaire à la croissance linéaire : ce que je vois aujourd'hui, c'est une peinture composite de l'extase, dans laquelle une montagne du Colorado, ma traduction de *Tamara* en anglais, les exploits scolaires de Bel et une forêt de l'Oregon s'entrelacent selon un motif dans le temps transposé et l'espace perverti qui défie aussi bien la chronographie que la cartographie.

Il y a pourtant un changement, une tendance graduelle, que je dois noter : la découverte progressive de sa beauté. Un mois à peine après son arrivée, j'avais déjà du mal à comprendre comment j'avais pu la trouver « banale ». Au bout d'un autre mois, le profil espiègle de son nez et de sa lèvre me frappa comme une « révélation prévue » — pour employer une formule que j'applique à certains miracles prosodiques dans les œuvres de Blake et de Blok. A cause du contraste entre le gris pâle de l'iris et le noir absolu de ses cils, ses yeux semblaient cernés de kohl. Sa joue creusée et son cou élancé étaient purement d'Annette, mais ses cheveux blonds, qu'elle portait assez courts, offraient un lustre plus riche, comme si des mèches fauves se mêlaient à d'autres d'un olive doré pour former d'épaisses bandes aux nuances alternées. Tout cela se décrit sans effort, comme d'ailleurs la striure régulière du duvet lumineux veloutant l'extérieur de ses jambes et de ses avant-bras — qui sent, en fait, l'autoplagiat : j'en avais doté à la fois Tamara et Esmeralda, sans compter plusieurs gamines accessoires de mes nouvelles (voir, par exemple, la page 537 de mon recueil *Exilé de Maïda*, Goodminton, New York, 1947). Ni le brio d'un as du tennis ni la précision foudroyante de son service ne peuvent toutefois m'aider à rendre compte du moelleux et de l'ossature de sa rayonnante puberté. J'en suis réduit — triste constatation — à employer une méthode dont je me suis également servi jusque dans ce livre : le procédé qui consiste à rabaisser une forme d'art en la remplaçant par une autre. Je pense au *Lilas aux cinq pétales* de Sérov, peinture à l'huile qui représente une enfant de douze ou treize ans, à la chevelure fauve, assise à une table mouchetée de soleil et penchée sur une grappe de lilas à la recherche de ce porte-bonheur. L'enfant n'est autre qu'Ada Brédov, ma cousine germaine, que je courtisai de manière éhontée au cours de cet été dont le soleil parsème d'ocelles la table de jardin et ses bras nus. L'« intérêt humain », comme disent les mauvais critiques littéraires, submergera désormais mon lecteur, le gentil touriste, lorsqu'il visitera le musée de l'Ermitage à Leningrad, où, lors d'un séjour au pays des Soviets il y a quelques années, j'ai vu de mes yeux chassieux ce tableau qui appartenait à la grand-mère d'Ada avant qu'un voleur patenté ne l'eût offert au Peuple. Je crois que cette adorable petite fille est le modèle de celle qui, dans le rêve que je fais périodiquement, partage avec moi cette chambre d'amis improvisée et démoniaque aux deux lits séparés par quelques mètres de parquet. Sa ressemblance avec Bel — mêmes pommettes, même menton, mêmes poignets bombés, même fleur tendre — ne peut être signalée qu'en passant, et non cataloguée. Mais il suffit. Je me suis lancé dans une description malaisée, que je déchirerai si tu me dis que je réussis trop bien, car je ne veux pas et n'ai jamais voulu réussir dans cette affligeante histoire d'Isabel Lee — qui, pourtant, à l'époque, m'a rendu intolérablement heureux.

Quand je lui demandai — enfin ! — si elle avait aimé sa mère (je ne pouvais me faire à l'indifférence apparente que Bel manifestait pour la terrible fin d'Annette), elle réfléchit pendant si longtemps que j'en conclus qu'elle avait oublié ma question, puis elle finit (comme un joueur d'échecs se résignant après un abîme de méditation) par secouer la tête. Et Nelly Langley ? Sa réponse fut immédiate : Langley était méchante et cruelle, et la détestait, et l'avait encore fouettée l'année dernière : elle en portait les marques (découvrant, pour preuve, sa cuisse droite — redevenue maintenant au moins parfaitement lisse et blanche).

L'éducation qu'elle reçut dans la meilleure école privée pour jeunes filles de Quirn (toi, qui as son âge, tu as fréquenté la même classe pendant quelques semaines, mais, Dieu sait pour quelle raison, vous ne vous êtes pas liées) fut complétée par les deux étés que nous passâmes à nous balader dans les États de l'Ouest. Quels souvenirs, quels parfums délicieux, quels mirages, faux mirages, mirages concrétisés, s'accumulèrent sur l'autoroute 138 — Sterling, Fort Morgan (alt. 1475), Greeley, et ce Loveland si bien nommé — à mesure que nous approchions de ce coin paradisiaque du Colorado !

De Lupine Lodge, dans Estes Park, où nous séjournâmes un mois entier, un sentier bordé de fleurs bleues menait à travers des bosquets de trembles jusqu'à l'endroit que Bel appelait si cocassement le Pied de la Face. Il y avait aussi le Pouce de la Face, à son extrémité sud. Je possède une grande photo sur papier brillant prise par William Garrell (le premier, je crois, à avoir atteint le Pouce aux alentours de 1940) et représentant la face est de Longs Peak, avec, en surimpression, les lignes quadrillées de l'itinéraire en lacets. Au dos (et pas moins immortel dans sa modeste réalité que le sujet de la photo), un poème de Bel, écrit très proprement à l'encre violette, est dédié à Addie Alexander, « première femme à être arrivée au sommet du Longs Peak, il y a quatre-vingts ans ». Il commémore nos humbles excursions :

Lac aux Paons de Longs
le Chalet et sa Vieille Marmotte ;
la Rocaille et son Papillon Noir ;
et l'intelligence du sentier.

Elle l'avait composé pendant que nous piqueniquions, quelque part entre ces gros rochers et le départ du téléphérique, et, après avoir pesé plusieurs fois mentalement le résultat, concentrée et silencieuse, elle l'avait gribouillé sur une serviette de papier qu'elle me tendit avec mon crayon.

Je lui dis qu'il était merveilleux et d'un art exquis — surtout le dernier vers. Elle me demanda : qu'est-ce qui est

« d'un art exquis » ? Et je lui répondis : « Ton poème, toi, la façon dont tu manies les mots. »

Au cours de cette randonnée, ou peut-être d'une autre, mais toujours dans la même région, un orage soudain balaya la splendeur du ciel de juillet. Nos chemises, nos shorts et nos mocassins fondirent pratiquement dans la brume glacée. Un premier grêlon résonna sur une boîte de conserves, un second sur ma calvitie. Nous cherchâmes refuge dans une anfractuosité sous un surplomb. Les orages me mettent à l'agonie. Leur pression néfaste me détruit ; leurs éclairs me labourent le cerveau et la poitrine. Bel le savait ; cramponnée à moi (pour me rassurer plus que pour se protéger !), elle me donnait de rapides petits baisers sur la tempe à chaque coup de tonnerre, comme pour dire : un de moins, et tu es toujours entier. Je me pris à souhaiter que le fracas ne cesse jamais ; mais bientôt les grondements s'assourdirent et le soleil trouva des émeraudes dans une touffe d'herbe mouillée. Elle continuait pourtant à frissonner et je dus glisser mes mains sous sa jupe et frictionner son corps mince jusqu'à le faire rougir pour conjurer la « pleurésie », la « pelure » « Asie », dit-elle, en riant par à-coups, la « pleur... », « aise », « hi ! », merci.

La pénombre encore, et le vague, mais ce doit être peu après cette scène de l'orage, dans le même motel, ou dans le suivant, pendant le voyage de retour, qu'elle se glissa dans ma chambre au petit matin et s'assit sur mon lit — pousse tes jambes — en veste de pyjama pour me lire un autre poème :

Dans la cave sombre, je caressais
la tête soyeuse d'un loup.
Quand revint la lumière
et que tous firent : « Ah ! »

ce n'était, je m'en aperçus,
que Médor, un chien mort.

Je vantai à nouveau son talent et l'embrassai plus tendrement, peut-être, que ne méritait le poème ; car je le trouvai plutôt obscur, mais n'en dis rien, et elle bâilla et s'endormit sur mon lit, ce qu'habituellement je ne tolérais pas. Aujourd'hui, pourtant, en relisant ces vers étranges, je vois à travers leur cristal étoilé le commentaire superbe que je pourrais leur consacrer, avec des galaxies de notes et d'appels de notes et de références, reflets de ponts brillamment éclairés qui franchissent l'eau noire. Mais l'âme de ma fille lui appartient, comme la mienne m'appartient, et que Hamlet Godman pourrisse en paix !

CHAPITRE IV

Au début de l'année scolaire 1954-1955, alors que Bel allait fêter son treizième anniversaire, j'étais toujours follement heureux, je ne voyais toujours rien de mal ou de dangereux, d'absurde ou de foncièrement inepte, dans mes relations avec ma fille. A part quelques défaillances insignifiantes — quelques gouttes brûlantes d'une tendresse qui déborde, un hoquet camouflé en toux, et caetera — nos rapports demeuraient essentiellement innocents. Mais, quels qu'aient pu être mes talents de professeur de littérature, je ne vois aujourd'hui qu'incompétence et relâchement inconséquent de la discipline dans l'image de ce passé tendre et fou que me renvoie le rétroviseur.

D'autres me devancèrent dans le chemin de la perspicacité. Les premières critiques vinrent de Mrs Noteboke, brune corpulente en tweeds de suffragette, qui, au lieu d'empêcher sa Marion, nymphette vulgaire et dépravée, de picorer la vie de famille d'une camarade de classe, me chapitra sur l'éducation de Bel et me conseilla vivement d'engager une gouvernante chevronnée, de préférence allemande, pour la surveiller de jour comme de nuit. La seconde personne à sonner l'alarme — beaucoup plus délicate et compréhensive — fut ma secrétaire, Myrna Soloway, qui se plaignit de ne pouvoir classer les revues et coupures littéraires de mon courrier parce qu'elles étaient interceptées par une petite lectrice avide et peu scrupuleuse, et qui ajouta sans aigreur que le lycée de Quirn, dernier refuge du bon sens dans mon incroyable situation, s'ébahissait presque autant du manque de manières de Bel que de son intelligence et de sa connaissance de « Proust et Prévost ». Je parlai à Miss Lowe, la menue (et assez jolie) directrice de l'établissement, et elle me suggéra l'« internat », qui évoqua dans mon esprit le spectre d'une prison, et, pire encore (« avec tous ces gazouilis d'oiseaux et ces échos perlés dans les bois, Miss Lowe... dans les bois ! »), les « cours de vacances », pour remplacer les « extravagances d'un ménage d'artiste ("d'un grand artiste, professeur") ». Elle remontra à l'artiste gloussant et effrayé qu'il ne devait pas traiter sa jeune fille comme une enfant gâtée ou un animal de luxe, mais comme une composante potentielle de notre société. Pendant toute cette conversation, je ne pus chasser le sentiment qu'il s'agissait d'un cauchemar que j'avais fait ou ferais dans quelque autre existence, dans quelque autre inévitable série de rêves numérotés.

Une atmosphère de vague détresse s'épaississait (pour parler en clichés verbaux d'une situation stéréotypée) autour de ma tête métaphorique, quand je trouvai une solution simple et géniale à tous mes problèmes et tracas.

Le grand miroir devant lequel nombre des houris de Landover avaient ondulé dans leur brève et brune splendeur me servait désormais à contempler l'image d'un soi-disant athlète de cinquante-cinq ans, au teint léonin, qui faisait des abdominaux et de la musculation avec l'aide d'un « Elmago » (« Allie le savoir-faire mécanique de l'Occident et la magie de Mithra »). L'image était satisfaisante. Je trouvai (dans un numéro de la revue littéraire *Artisan* que Bel avait chipé sur le guéridon du vestibule) un télégramme intact émanant d'un hebdomadaire dominical londonien ; on m'y questionnait sur les bruits qui couraient — et que j'avais entendus déjà — que je serais le candidat numéro un dans la bousculade abstraite pour ce que nos petits frères américains appelaient « le prix le plus prestigieux du monde ». Voilà qui pourrait aussi impressionner favorablement la personne plutôt ambitieuse que j'avais en vue. Enfin je savais que, au cours des grandes vacances 1955, une série d'attaques avait achevé à Londres ce pauvre vieux Gerry Adamson, un type formidable, et que Louise était libre, trop libre, en fait. La lettre pressante que je lui écrivis, lui mandant de rentrer à Quirn sur-le-champ pour discuter d'une affaire sérieuse nous concernant tous les deux, ne lui parvint qu'après un périple comique *via* quatre lieux de villégiature élégants d'Europe. Je n'ai jamais vu le télégramme qu'elle prétendit m'avoir envoyé de New York, le 1er octobre.

Le 2 octobre, journée anormalement chaude (la première d'une huitaine), Mrs King me téléphona dans l'après-midi pour m'inviter, avec de petits rires assez énigmatiques, à une « soirée improvisée, dans quelques heures, disons vers neuf heures, quand vous aurez couché votre adorable fillette ». J'acceptai, parce que Mrs King était une bonne âme, la meilleure du campus.

J'avais un mal de tête infect et je décidai qu'une promenade de trois kilomètres dans la nuit pure et fraîche me ferait du bien. Mes démêlés avec l'espace et les transitions spatiales sont si diaboliquement compliqués que je ne sais plus si je marchai vraiment, ou si je pris ma voiture, ou si je me contentai de faire les cent pas sur la galerie ouverte qui court le long du premier étage de notre maison, ou quoi.

La première personne à qui mon hôtesse me présenta — avec une sonnerie de trompettes discrète saluant son exaltation sociale — était la cousine « anglaise » chez qui Louise avait séjourné dans le Devonshire, Lady Morgain, « fille de notre ancien ambassadeur et veuve du médiéviste oxfordien » — silhouettes vagues sur un écran brièvement éclairé. C'était une bonne femme de cinquante ans passés, plutôt dure d'oreille, incontestablement toquée, affreusement attifée et surmontée d'une coiffure du plus haut comique. Elle et son ventre foncèrent sur moi avec une telle énergie et un tel empressement que j'eus tout juste le temps d'esquiver son attaque bienveillante avant de me retrouver coincé « entre bouteilles et bouquins », selon l'expression qu'employait Gerry en parlant des cocktails à l'université. Je passai dans un monde différent, infiniment plus distingué, quand je m'inclinai pour baiser la petite main fraîche et habilement courbée en col de cygne de Louise. Mon cher vieil Audace me gratifia de cette sorte d'accolade latine qu'il avait spécialement élaborée pour traduire le plus haut degré de parenté spirituelle et d'estime réciproque. John King, que j'avai vu la veille dans un des couloirs du collège, m'ouvrit ses bras comme si les cinquante heures qui s'étaient écoulées depuis notre dernière causette avaient magiquement enflé jusqu'au demi-siècle. Nous n'étions que six dans le vaste salon, sans compter deux fillettes fardées en costumes tyroliens, dont la présence, l'identité et jusqu'à l'existence demeurent encore aujourd'hui pour moi un mystère familier — familier, car de telles lézardes dans le plâtre sont typiques des prisons ou des palais dans lesquels un dérèglement recrudescent me mène joyeusement chaque fois que je m'apprête, comme c'était le cas en ce moment, à faire une déclaration difficile, exigeant une concentration et une clarté absolues. Nous n'étions donc, comme je viens de le dire, que six représentants du règne animal dans cette pièce (plus deux petits fantômes), mais — sans regarder ! — je distinguais au-delà des murs hostiles et translucides des rangées et des balconées de spectateurs massés dans la pénombre, et j'imaginais dans mon cerveau un écriteau portant « Places debout uniquement » dans le langage de la folie.

Nous étions maintenant assis autour d'une table ronde comme une horloge (qui ressemblait à s'y méprendre à celle de ma Chambre Opale — à l'ouest du Stein albinos), Louise à midi ou minuit, le professeur King à deux heures, Mrs Morgain à quatre, Mrs King, dans ses soies vertes, à huit, Audace à dix, et moi à six heures, probablement, ou à six heures une, car Louise n'était pas tout à fait en face de moi, ou peut-être avait poussé sa chaise de soixante secondes dans la direction d'Audace, quoiqu'elle m'eût juré sur le *Bottin mondain* et sur le *Who's Who* qu'il ne lui avait jamais porté cette botte — comme semblait le suggérer son magnifique petit poème paru dans *Artisan* :

Hier au soir, ma chère,
à portée de voix de ceux
qui festoyaient en bas,
je vous ai prise sur
le grand lit de mon hôte
où s'entassaient pêle-mêle
les dépouilles de vos invités,
vieilles pelures et faux visons,
une écharpe rayée (la mienne),
la fourrure d'une flamme d'antan
(lapin plutôt que loutre),
ouais, une montagne d'hivers,
comme celle sur laquelle
se vautrent les laquais

dans le grand hall de l'Opéra,
*au chant un d'*Onéguine,
où, sous les lustres d'une
salle comble, toi, chère,
aurais, comme un flocon,
dû voltiger dans un décor
de peupliers et de fontaines.

Je commençai à parler, de cette voix haute, claire et insolente (qu'Ivor m'avait apprise sur la plage de Cannice), qui me servait à inspirer la crainte de Phébus aux élèves récalcitrants d'un nouveau séminaire dans mes premières années à Quirn : « Ce que je me propose de vous décrire est le curieux cas d'un de mes amis intimes, que j'appellerai... »

Mrs Morgain posa son verre de whisky, se pencha vers moi, et, à voix basse : « Vous savez, j'ai rencontré la petite Iris Black à Londres, vers 1919, j'imagine. Son père était une relation d'affaires du mien, l'ambassadeur. J'étais une candide petite oie blanche américaine, elle, une beauté fantastique et d'un raffinement extrême. Je me souviens combien j'ai été émue quand j'ai appris plus tard qu'elle avait épousé un prince russe !

– Fay, lança Louise, de midi à quatre heures. Fay ! Son Altesse fait son discours du Trône. »

Tout le monde rit, et les deux Tyroliennes aux cuisses nues, qui se poursuivaient autour de la table, sautèrent par-dessus mes genoux et disparurent.

« J'appellerai ce bon ami, dont nous allons examiner le cas, M. Bisveuf, un nom dont ceux qui se souviennent de la première histoire de mon *Exilé de Maïda* reconnaîtront les connotations. »

(Trois convives, les King et Audace, levèrent trois mains et se regardèrent avec un air de suffisance entendue.)

« Cet homme, dans la force de l'âge, songe à se remarier une troisième fois. Il est très amoureux d'une jeune femme. Avant de lui demander sa main, toutefois, l'honnêteté exige qu'il fasse un aveu : il souffre d'un certain mal. J'aimerais bien qu'elles cessent de bousculer ma chaise chaque fois qu'elles passent derrière moi. Le mot "mal" est peut-être trop fort. Disons plutôt : il y a certaines défectuosités dans le mécanisme de son esprit, à ce qu'il prétend. Celle dont il m'a parlé est en soi inoffensive, mais aussi étrange qu'angoissante ; elle pourrait être le symptôme de troubles plus graves et imminents. Voici les faits. Quand cet homme est couché dans son lit et qu'il se représente un bout de rue qu'il connaît bien, par exemple, le trottoir de droite entre la bibliothèque et...

— ... le marchand de vin », suggéra cet incorrigible farceur de King.

« D'accord, le débit de Recht. A trois cents pas environ de... »

Je fus interrompu une seconde fois, par Louise (la seule, en fait, à qui je m'adressais). Elle se tourna vers Audace et lui apprit qu'elle ne pouvait se représenter aucune distance en mètres, à moins de la diviser en longueurs de lit ou de balcon.

« Très romantique, dit Mrs King. Continuez, Vadim !

— ... à trois cents pas de la bibliothèque du collège, sur le même trottoir. Le problème de mon ami est le suivant : il peut, en imagination, parcourir ces trois cents pas dans les deux sens, mais son esprit ne peut exécuter la volte-face qui fait de "là-bas" son point de départ.

— Il faut que j'appelle Rome », susurra Louise à Mrs King. Elle s'apprêtait à se lever, mais je la suppliai de m'écouter jusqu'au bout. Elle s'y résigna, tout en m'avertissant qu'elle ne comprenait pas un traître mot de ma péroraison.

« Répétez la phrase sur cette volte-face imaginaire, dit King. Personne n'a compris.

— Si, moi, déclara Audace. Nous supposons que le débit de boissons est fermé, et que M. Bisveuf, qui est aussi un de mes amis, fait volte-face pour retourner à la bibliothèque. Dans la réalité, il accomplit cet acte sans solution de continuité, simplement et inconsciemment, comme nous le faisons tous, même si l'œil critique de l'artiste voit... A toi, Vadim.

— ... voit que », dis-je, acceptant le témoin de cette course de relais, « selon la rapidité de votre volte-face, clôtures et bannes repassent à contresens autour de vous, soit avec le lourd cahotement d'un manège, soit [saluant Audace] avec le mouvement vif de l'écharpe rayée [Audace sourit, reconnaissant l'audacisme] que l'on rejette par-dessus son épaule. Mais, si vous êtes couché sans bouger dans votre lit et que vous répétez, ou plutôt repassez dans votre esprit, l'action de tourner comme je l'ai décrite, ce n'est pas tellement le fait de pivoter qui est difficile à percevoir mentalement... c'est son résultat, l'inversion des perspectives, la transformation de la direction. *Voilà* ce que vous vous efforcez en vain d'imaginer. Au lieu que la direction du débit de boisson soit gentiment remplacée par la direction opposée, comme cela se passe dans la simplicité de l'état de veille, le pauvre Bisveuf est confondu... »

Je l'avais senti venir, mais avais espéré qu'il me laisserait finir ma phrase. Nenni. Sans un bruit, avec la lenteur infinie d'un matou à poil gris, auquel il ressemblait avec ses moustaches raides et son dos rond, King se leva. Un verre dans chaque main, il entreprit de se diriger sur la pointe des pieds vers la splendeur ambrée d'un buffet généreusement garni. La claque magistrale que j'appliquai des deux mains sur le bord de la table fit sursauter

Mrs Morgain (elle s'était assoupie ou avait énormément vieilli pendant ces quelques minutes) et stoppa net l'élan de King ; il fit silencieusement demi-tour, comme un automate (illustrant mon histoire), et regagna sa place aussi silencieusement, avec ses deux verres filigranés... vides.

« Comme je le disais, l'esprit — l'esprit de mon ami — est dérouté et déconfit par quelque chose d'affreusement pénible et ennuyeux dans le mécanisme du changement d'une position à l'autre, de l'est à l'ouest ou de l'ouest à l'est, d'une sacrée nymphette à une autre... je veux dire, je perds le fil de mon histoire, la fermeture-Éclair de la pensée s'est coincée, c'est absurde... »

Absurde et très embarrassant. Les deux gamines aux cuisses froides, au cou d'une blancheur de fromage, jouaient — ou luttaient — maintenant à qui s'assoirait sur mon genou gauche, du côté du miel, essayaient de monter ce genou gauche, roucoulaient en tyrolien, se délogeaient à tour de rôle, et la cousine Fay, toujours penchée sur moi, me répétait en français avec un accent macabre : « Elles vous aiment tant ! » Finalement, je pinçai méchamment la fesse la plus proche, et en glapissant elles reprirent leur ronde endiablée, comme cet éternel petit train du parc d'attraction qui balayait les ronces.

Je ne pouvais encore démêler mes pensées, mais Audace vint à mon secours.

« Pour conclure », dit-il (et Louise la cruelle poussa un ouf ! parfaitement audible), « le problème de notre malade n'intéresse pas un acte physique, mais la représentation de cet acte. Tout ce que son esprit peut faire est d'omettre totalement le processus de la rotation et de passer d'un angle de vision à un autre avec le déclic neutre d'un changement d'image dans une lanterne magique ; sur quoi notre ami regarde maintenant dans une direction qui a perdu, ou plutôt n'a jamais comporté, l'idée de sens contraire. Quelqu'un a-t-il une remarque à faire ? »

Après le court silence qui suit habituellement ce genre de proposition, John King dit : « Le conseil que je donnerai à votre M. Teufteuf est d'oublier une fois pour toutes ce tissu de balivernes. Elles sont plaisantes, pittoresques, mais également dangereuses. Oui, Jane ?

— Mon père, dit Mrs King, qui était professeur de botanique, avait une particularité assez sympathique : il ne retenait les dates historiques et les numéros de téléphone — prenons le nôtre, par exemple : 9743 — que dans la mesure où ils comportaient des nombres premiers. De notre numéro, il ne se rappelait que deux chiffres, le deuxième et le dernier, ce qui, évidemment, ne lui servait à rien ; les deux autres n'étaient que deux trous noirs, deux dents arrachées.

— Formidable ! » s'exclama Audace, sincèrement ravi.

Je fis observer que c'était tout à fait différent. L'infirmité de mon ami lui donnait la nausée, le vertige, et un mal de tête de *Kegelkugel.*

« Je comprends bien, mais le travers de mon père avait aussi des effets secondaires. Ce n'était pas tant son incapacité à retenir le numéro de sa maison à Boston, par exemple, qui était 68 et qu'il voyait tous les jours, mais le fait qu'il n'y pouvait rien changer ; que personne, mais vraiment personne, ne pouvait expliquer *pourquoi* tout ce qu'il voyait dans le tréfonds de son cerveau n'était pas 68 mais un gouffre insondable. »

Notre hôte recommença son tour d'escamotage avec une plus grande circonspection que la première fois. Audace couvrit son verre vide de sa paume. Quoique saoul comme une grive, j'avais encore envie de boire, mais je ne fus pas resservi. Les murs de la salle à manger ronde étaient redevenus plus ou moins opaques, grâces leur soient rendues, et les Dolly des Dolomites avaient disparu.

« A l'époque où j'espérais devenir une ballerine, dit Louise, et où j'étais la petite protégée de Blanc, je répétais toujours mes exercices dans ma tête lorsque j'étais au lit, et n'avais aucune peine à imaginer tourbillons et pirouettes. C'est une question de pratique, Vadim. Pourquoi est-ce que vous ne vous retournez pas tout simplement dans votre lit quand vous avez envie de vous voir faire demi-tour pour regagner cette bibliothèque ? Fay, nous devons rentrer, il est plus de minuit. »

Audace jeta un coup d'œil à sa montre-bracelet, poussa une exclamation que le Temps doit être las d'entendre, et me remercia de la merveilleuse soirée. La bouche de Lady Morgain imita l'ouverture rose de la trompe d'un éléphant lorsqu'elle forma un « *loo* » (cabinets) muet, endroit où Mrs King la conduisit immédiatement dans un froufrou vert maniéré. Je restai seul à la table ronde, puis me levai avec difficulté, lampai le reste du Daiquiri de Louise, et la rejoignis dans le vestibule.

Elle n'avait jamais fondu ni frissonné dans mes bras si agréablement que ce soir.

« Combien de critiques à quatre pattes, me demanda-t-elle après un tendre interlude dans le jardin obscur, t'accuseraient de te payer leur tête si tu publiais la description de ces drôles de sensations ? Trois, dix, un troupeau ?

— Ce ne sont pas du tout des “sensations ”, et elles ne sont pas “drôles” du tout. Je voulais simplement que tu saches que, si je deviens fou, ce sera le résultat de mes jeux avec le concept d'espace. “Me retourner dans mon lit” serait tricher et en outre ne servirait à rien.

— Je t'emmènerai chez un psychanalyste absolument divin.

— C'est tout ce que tu as à me suggérer ?

— Mais, oui.

— Pense, Louise, pense !

— Oh ! je vais aussi devenir ta femme. Oui, bien sûr, grand dadais. »

Elle avait filé avant que je pusse refermer mes bras sur son corps svelte. Le ciel empoussiéré d'étoiles, habituellement source d'épouvante, m'égayait vaguement : comme la fadeur automnale des fleurs quasi invisibles, il appartenait au même numéro du *Monde de la femme* que Louise. Je fis eau dans un grésillement d'asters et cherchai du regard la chambre de Bel, case c2. Aussi brillamment éclairée que e1, la Chambre Opale. J'y retournai et découvris avec soulagement que des mains complaisantes avaient débarrassé et rangé la table, la table ronde à l'arête opalescente, à laquelle je m'étais assis pour faire une première et très efficace conférence. J'entendis la voix de Bel qui m'appelait du premier étage, et, prenant une poignée d'amandes salées, je gravis l'escalier.

CHAPITRE V

Le lendemain était un dimanche. Assez tôt dans la matinée, les épaules drapées dans une serviette éponge, je surveillais quatre œufs qui roulaient et sautaient dans leur fournaise liquide quand quelqu'un entra dans le salon par une porte latérale que je ne fermais jamais à clef.

Louise ! Louise, habillée pour l'église de mauve colibri. Louise dans un rayon oblique de ce mielleux soleil d'octobre. Louise, appuyée contre le piano à queue comme si elle allait chanter, regardant autour d'elle avec un sourire lyrique.

C'est moi qui brisai notre étreinte.

Vadim : Non, chérie, non. Ma fille peut descendre d'une minute à l'autre. Assieds-toi !

Louise *(examinant un fauteuil avant de s'y installer)* : Dommage. Tu sais, je suis déjà venue ici souvent ! J'ai même subi les derniers outrages sur ce piano à dix-huit ans. Aldy Landover était laid, mal lavé, brutal... et absolument irrésistible.

Vadim : Écoute, Louise. J'ai toujours trouvé ton style décontracté et frivole très séduisant. Mais tu vas t'installer ici très prochainement, et un peu plus de dignité ne gâcherait rien, tu ne crois pas ?

LOUISE : Il faudra changer ce tapis bleu : le Stein a l'air d'un iceberg. Et il devrait y avoir une débauche de fleurs. Tant de grands vases et pas un seul strelitzia ! De mon temps, il y avait là-bas un vrai buisson de lilas.

VADIM : On est en octobre, imagine-toi. Écoute, je suis navré d'être aussi direct, mais est-ce que ta cousine n'attend pas dans la voiture ? Ce serait très incorrect...

LOUISE : Incorrect, mon œil. Elle ne sera pas levée avant le déjeuner. Ah ! scène deux !

(Bel, portant pour seuls vêtements une paire de pantoufles et une babiole de verre iridescent autour du cou — souvenir de la Riviera —, fait son entrée à l'autre bout du salon, derrière le piano. Elle a déjà pris la direction de la cuisine, révélant sa nuque de beau page et ses fines omoplates, lorsqu'elle s'aperçoit de notre présence et revient sur ses pas.)

BEL *(s'adressant à moi et lorgnant avec désinvolture une Louise stupéfaite) : Ia bezoumno golodnaïa* (je meurs de faim).

VADIM : Ma chère Louise, voici ma fille Bel. Elle est somnambule, d'où... euh... sa tenue légère.

LOUISE : Bonjour, Annabel. La tenue légère est très seyante.

BEL *(reprenant Louise)* : Isa.

VADIM : Isabel, voici Louise Adamson, une vieille amie, qui revient de Rome. J'espère que nous la verrons beaucoup.

BEL : Bonjour.

VADIM : Allez, file, Bel ! Va te mettre quelque chose ! Le petit déjeuner est prêt. *(A Louise)* : Veux-tu déjeuner avec nous ? Des œufs durs ? Un Coca avec une paille ? *(Violon couleur chair dans l'escalier.)*

LOUISE : Non, merci. Je suis baba.

VADIM : Oui, la discipline s'est un peu relâchée, mais tu verras, c'est une enfant unique, il n'y en a pas deux comme elle. Tout ce qui nous manque, c'est ta présence. C'est de moi qu'elle tient cette habitude de circuler en l'état de pure nature. Un gène édénique. Curieux.

LOUISE : Est-ce un camp de nudistes pour deux… ou Mrs O'Leary en fait-elle aussi partie ?

VADIM *(riant)* : Non, non. Elle ne vient pas le dimanche. Tout va bien, je t'assure. Bel est un ange de docilité. Elle…

LOUISE *(se levant pour partir)* : La voici qui vient se sustenter. *(Bel, dans un peignoir rose étriqué, descend l'escalier.)* Passe à l'heure du thé. Jane King emmène Fay à un match de crosse canadienne à Rosedale. *(Exit.)*

BEL : Qui est-ce ? Une ancienne élève ? Art dramatique ? Élocution ?

VADIM *(presque en courant)* : *Bojé moï* ! (mon Dieu !) Les œufs ! Ils doivent être durs comme du jade. Viens ! Je vais te mettre au courant de la situation, comme dit ton institutrice.

CHAPITRE VI

Le piano à queue partit le premier — emporté par une équipe de déménageurs d'icebergs titubants. J'en avais fait don à l'école de Bel, que j'avais des raisons de dorloter : je ne suis pas une mauviette, mais, quand j'ai peur, j'ai peur, et, au cours de la seconde entrevue que j'eus avec la petite directrice, mon imitation d'un Charles Dodgson indigné ne dut de ne pas être un échec qu'à la nouvelle sensationnelle de mon prochain mariage avec une femme du monde irréprochable, veuve de notre philosophe le plus pieux. Louise, en revanche, considé rait le fait de se débarrasser d'un tel symbole de luxe comme un affront personnel et un crime : un piano de concert de cette facture coûtait, dit-elle, au moins autant que sa vieille Hécate décapotable, et elle n'était pas aussi riche que je me l'imaginais sûrement — double affirmation symbolisant ce point de la logique que deux mensonges ne font pas une vérité. Je la calmai en encombrant progressivement le salon de musique (en admettant que l'on transforme brusquement une accumulation dans le temps en réalité spatiale) de ces gadgets en vogue qu'elle affectionnait, mobilier chantant, postes de télévision miniature, chaînes stéréo, orchestres portatifs, appareils vidéo de plus en plus perfectionnés, instruments de commande à distance pour les mettre en marche et les arrêter, et un « composeur » de numéros de téléphone automatique. Elle donna à Bel pour son anniversaire un imitateur de pluie qui accélérait la venue du sommeil, et, pour célébrer *mon* anniversaire, elle bousilla mes nuits de névrosé en m'achetant une pendulette de chevet à pantomime (mille dollars) dont la figure noire comportait douze traits jaunes au lieu de chiffres — ce qui me faisait penser qu'elle était aveugle, ou feignait la cécité, comme quelque affreux mendiant d'une horrible ville tropicale ; en compensation, cet objet redoutable possédait un rayon secret qui projetait des chiffres arabes (2:00, 2:05, 2:10, 2:15, et caetera) sur le plafond de mes nouveaux quartiers de nuit, et sapait ainsi l'oblitération parfaite, sacrée, obtenue au prix d'efforts torturants, de leur fenêtre ovale. Je jurai d'acheter un fusil et de le lui décharger en pleine gueule, si Louise ne le renvoyait pas au monstre qui le lui avait vendu. Elle le remplaça par « quelque chose spécialement conçu pour ceux qui ne craignent pas l'originalité », à savoir un porte-parapluie argenté en forme de cuissarde géante — elle avait « une attirance curieuse pour la pluie », comme son « psychanalyste » me l'annonçait dans une des lettres les plus stupides qu'un homme ait jamais écrites à un autre. Elle aimait aussi beaucoup les petits animaux très chers, mais là je fus inflexible et elle n'obtint jamais le chihuahua à poil long qu'elle convoitait froidement.

Je n'attendais pas grand-chose de Louise l'intellectuelle. La seule fois que je la vis verser de grosses larmes, accompagnées de brefs et curieux hurlements de chagrin (un chagrin véritable), ce fut ce premier dimanche de notre vie conjugale où tous les journaux publièrent des photographies des deux écrivains albanais (un vieil auteur épique au crâne chauve et une femme à cheveux longs compilatrice de livres pour enfants) lauréats du Prix Prestigieux dont elle avait dit à tout le monde qu'il me serait décerné cette année-là. D'autre part, elle n'avait fait qu'effleurer mes romans (elle devait, toutefois, lire plus attentivement mon *Royaume au bord de la mer*, que je commençai à tirer lentement de moi-même en 1957, comme un long ver de cerveau dont je redoutais à chaque instant qu'il ne se rompe), tout en dévorant tous les best-sellers « sérieux » goûtés par les autres dévoreuses du Groupe littéraire au sein duquel elle aimait à affirmer sa qualité de femme d'écrivain.

Je découvris aussi qu'elle prétendait s'y connaître en art moderne. Elle fulmina contre moi quand je lui dis que je doutais fort que l'effet d'une bande verte sur un fond bleu eût le moindre rapport avec la faculté que lui attribuait un catalogue sur papier lustré de « créer une atmosphère virtuellement orientale d'espace intemporel et de temps libéré de l'espace ». Elle m'accusa de vouloir démolir toute sa vision du monde en soutenant — sur le mode facétieux, espérait-elle — que seul un philistin abusé par les imbéciles pompeux que l'on payait pour faire la critique des expositions pouvait supporter les chiffons, les couennes et les papiers souillés que l'on extirpait des poubelles et que l'on qualifiait ensuite de « chaudes taches de couleur » et d'« ironie bienveillante ». Mais le plus émouvant et le plus terrible, peut-être, c'est qu'elle croyait honnêtement que les peintres peignaient « ce qu'ils ressentaient » ; qu'un élève des Beaux-Arts pouvait, avec orgueil et reconnaissance, interpréter l'esquisse grossière et chiffonnée d'un paysage dessiné à la six-quatre-deux en Provence, si un psychiatre lui expliquait que le nuage menaçant représentait le conflit entre l'artiste et son père, et le champ de blé ondoyant la mort prématurée de sa mère dans un naufrage.

Je ne pus l'empêcher d'acquérir des spécimens de l'art pictural en vogue, mais dirigeai judicieusement quelques-uns des objets les plus repoussants (dont une série de croûtes exécutées par des bagnards dits « naïfs ») vers la salle à manger ronde, où ils ondulaient confusément à la lueur des bougies quand nous avions des amis à dîner. Habituellement, nous prenions nos repas dans la niche qui servait de snack-bar entre la cuisine et les quartiers de la bonne. C'est là que Louise rangea son filtre à *cappuccino espresso,* tandis qu'on installait, pour mon usage personnel, un lit à chevet capitonné, digne d'un hédoniste, à l'autre bout de la maison dans la Chambre Opale. La salle de bains attenante avait une baignoire moins confortable que celle à laquelle j'étais habitué, et mes excursions, deux ou trois nuits par semaine, jusqu'à la chambre conjugale — *via* le salon, les marches qui craquaient, le palier et le couloir du premier étage, et le rayon indéchiffrable qui passait sous la porte de Bel — n'allaient pas sans embûches ; mais je chérissais la solitude de ma chambre plus que je ne m'irritais de ses inconvénients. J'avais le « toupet turc », comme disait Louise, de lui interdire de communiquer avec moi en martelant le plancher de sa chambre. Par la suite, je fis installer chez moi un téléphone intérieur, qui ne devait servir que dans certains cas d'urgence : je pensais à des états de nervosité tels que cette sensation de l'effondrement imminent que je ressentais parfois dans mes joutes avec diverses obsessions eschatologiques ; et il y avait toujours la boîte de somnifères à moitié vide qu'elle était seule à avoir pu chiper.

Je pris la ferme décision de laisser Bel dans ses appartements, avec Louise pour seule voisine, plutôt que de remeubler une spirale d'espace en attribuant ces deux pièces de l'extrémité est à Louise — « peut-être que j'ai aussi besoin d'un bureau, moi ? » — et de transférer Bel avec livres et lit à la Chambre Opale du rez-de-chaussée, en gardant pour moi mon ancienne chambre à coucher du premier ; et ce, malgré les contre-propositions plutôt rosses de Louise, qui envisageait de déménager mes instruments de travail de la bibliothèque du sous-sol et d'exiler Bel et toutes ses affaires dans cette tanière calme, chaude, sèche et agréable. Je savais que je ne céderais jamais, mais le seul fait d'imaginer ce remue-ménage de meubles et d'objets me rendit littéralement malade. Pardessus le marché, j'avais l'impression — peut-être fausse — que Louise ne détestait pas l'effroyable banalité de la situation « belle-mère contre belle-fille ». Je ne regrettais pas vraiment de l'avoir épousée, je reconnaissais son charme et son utilité, mais l'adoration que je vouais à Bel était l'unique joyau, l'unique montagne éblouissante de la morne plaine de ma vie sentimentale. L'être extraordinairement stupide à beaucoup d'égards que j'étais avait tout simplement compté sans les tensions et les nœuds de ce qui eût dû passer pour un ménage modèle. Dès la minute où je me réveillais — ou, du moins, dès le moment où je me rendais compte que le seul moyen de tromper l'insomnie matutinale était de me lever — je commençais à me demander ce que Louise allait encore inventer pour tourmenter ma fille. Quand, deux ans plus tard, après avoir régalé Bel d'un tour de Suisse fastidieux, le vieux butor grisonnant et sa volage épouse la laissèrent à Larive, entre Hex et Trex, dans une école où allait « s'achever » son éducation (et son enfance, et l'innocence de sa jeune imagination), ce sont les trois années (1955-1957) de notre vie à trois dans la maison de Quirn, et non les erreurs que j'avais pu commettre avant, que je me remémorai en jurant et en sanglotant.

Bel et sa belle-mère avaient complètement cessé de se parler ; lorsque c'était nécessaire, elles communiquaient par signes : Louise, par exemple, désignait d'un geste théâtral l'horloge impitoyable, et Bel répondait par la négative en tapotant le verre de sa fidèle petite montre-bracelet. Elle perdit toute affection pour moi, se détournant doucement dès que je risquais une caresse superficielle. Elle retrouva cette expression triste et lointaine qui avait assombri son visage à son arrivée de Rosedale. Camus remplaça Keats. Ses notes baissèrent. Elle n'écrivait plus de poésie. Un jour, alors que nous nous apprêtions, Louise et moi, pour notre voyage suivant en Europe (Londres, Paris, Pise, Stresa, et — en petits caractères — Larive), je retirai de vieilles cartes du Colorado et de l'Oregon de la joue en soie d'une valise et, à l'instant où mon souffleur secret me glissa ce *chtchéka*, je tombai sur un poème qu'elle avait écrit bien avant l'intrusion de Louise dans sa jeune vie confiante. Je pensai que Louise pourrait tirer profit de cette lecture et je lui tendis la page de cahier (toute déchiquetée du côté où elle avait été arrachée à sa souche, mais néanmoins mienne) sur laquelle étaient tracés au crayon les vers suivants :

Si, à soixante ans, je jette
un regard en arrière,
jungles et collines me cacheront
la gorge et la source et le sable
et les traces d'un oiseau sur le sable.
Mes yeux de vieille
ne verront rien du tout,
mais je saurai qu'elle était là, la source.

Pourquoi, alors, quand je jette
ce regard à douze ans
— un cinquième du parcours ! —
avec des yeux sans doute meilleurs

et sans tout ce fatras,
je ne puis même imaginer
ce coin de sable mouillé
et l'oiseau qui marche
et le reflet de ma source ?

« Presque poundien dans sa pureté », laissa tomber Louise — ce qui m'agaça, car je considérais Pound comme un charlatan.

CHAPITRE VII

Le Château Vignedor, le charmant pensionnat suisse de Bel, perché sur une charmante colline et dominant de trois cents mètres la charmante Larive sur le Rhône, avait été recommandé à Louise, au cours de l'automne 1957, par une dame suisse de la section française de Quirn. Il existait deux autres écoles du même genre qui auraient tout aussi bien pu faire l'affaire, mais Louise jeta son dévolu sur Vignedor à cause d'une phrase lancée par hasard non par son amie suisse, mais par une fille à qui elle s'adressa par hasard dans une agence de voyages où elle était entrée par hasard, et qui résuma les qualités de l'établissement en quatre mots : « Beaucoup de princesses tunisiennes. »

Vignedor offrait cinq matières principales (le français, la psychologie, le savoir-vivre, la couture, la cuisine), divers sports (sous la responsabilité de Christine Dupraz, qui avait été une skieuse célèbre), et une douzaine de matières secondaires sur demande (susceptibles de retenir la fille la plus laide jusqu'à son mariage), bridge et ballet compris. Un autre « supplément » — particulièrement commode pour les orphelines et les enfants indésirables — était le trimestre d'été, qui remplissait le dernier segment de l'année d'excursions et d'études de la nature et que quelques veinardes passaient dans la demeure de la directrice, Mme de Turm, chalet alpin situé quelque douze cents mètres plus haut : « Du Château, disait le prospectus en quatre langues, on aperçoit, par nuits claires, sa lumière solitaire qui scintille dans un repli noir des montagnes. » Il y avait également une sorte de camp pour les enfants handicapés du cru, d'infirmités et d'âges divers, dirigé par « notre maîtresse de sports qui s'intéresse à la médecine ».

1957, 1958, 1959. Quelquefois, rarement, à l'insu de Louise, qui me reprochait les cinquante dollars que coûtaient les vingt monosyllabes espacés de Bel, je l'appelais de Quirn, mais, après quelques-unes de ces conversations, je reçus un mot cassant de Mme de Turm m'enjoignant de ne plus troubler la quiétude de ma fille par mes coups de fil, et je rentrai dans ma noire coquille. Noire coquille, noires années de mon cœur ! Elles coïncidèrent bizarrement avec l'élaboration de mon roman le plus vigoureux, le plus gai et le plus commercial, *Un royaume au bord de la mer*. Ses exigences, sa drôlerie et sa fantaisie intrinsèques compensèrent à leur manière l'absence de ma chère Bel. Il devait aussi, quoique je ne m'en rendisse pas bien compte, réduire le nombre des lettres que je lui adressais (des épîtres pleines de bonnes intentions, bavardes, effroyablement artificielles, auxquelles elle se donnait rarement la peine de répondre). Plus effrayant encore, bien sûr, plus incompréhensible aussi, m'apparaît aujourd'hui dans un gémissement rétrospectif l'effet qu'eurent mes distractions solitaires sur le nombre et la durée de nos visites entre 1957 et 1960 (date à laquelle elle s'enfuit avec un jeune progressiste américain à barbe blonde). Tu as appris avec consternation l'autre jour, quand nous nous sommes entretenus de ces notes, que je n'avais vu « Bel chérie » que quatre fois en trois ans et que deux de nos visites seulement durèrent plus d'une quinzaine. Je dois ajouter toutefois qu'elle refusa carrément de passer ses vacances à la maison. Je n'aurais, bien sûr, jamais dû l'expédier en Europe. J'aurais dû choisir de combattre le mal dans mon infernal ménage, entre une femme puérile et une ténébreuse enfant.

Mon travail empiéta également sur mes mœurs conjugales : je devins un mari moins ardent et plus indulgent, je laissai Louise faire des voyages aussi fréquents que suspects pour aller consulter des ophtalmologues de l'extérieur non conventionnés, et la négligeai entre-temps au profit de Rose Brown, notre jolie bonne, qui prenait trois douches par jour et pensait que les culottes de dentelle noire « faisaient quelque chose aux hommes ».

Mais le principal dommage causé par mon travail fut sa répercussion sur mes conférences. Comme Caïn, je lui sacrifiai les fleurs de mes étés, et, comme Abel, les moutons du campus. A cause de lui, mon délabrement académique parvint à son stade le plus avancé. Les derniers liens humains furent coupés, car je ne me bornai pas à disparaître physiquement de la salle de conférences : je fis enregistrer la totalité de mon cours, afin qu'il pût être déversé par le circuit fermé du collège dans les chambres munies de récepteurs de mes élèves. Le bruit courut que j'allais donner ma démission ; en fait, un auteur de calembours anonymes écrivit dans la *Revue trimestrielle de Quirn*, numéro de printemps, 1959 : « On prétend que Son Honneur aurait demandé une augmentation avant de devenir professeur honoraire. »

L'été de la même année, ma troisième femme et moi vîmes Bel pour la dernière fois. Allan Garden (qui aurait dû donner son nom au Jasmin du Cap, si grande et si triomphante était la fleur qu'il portait à la boutonnière) venait d'être uni par les liens du mariage à sa jeune Virginia, après plusieurs années de concubinage sans nuage. Ils devaient vivre jusqu'à l'âge inégalement partagé de 170 ans dans la félicité la plus absolue, mais il me restait un chapitre sinistre et décisif à mettre en forme. Je peinai sur ses premières pages au mauvais bureau, dans le mauvais hôtel, dominant le mauvais lac, avec une vue de la mauvaise *isoletta* à mon coude gauche. La seule chose juste était la bouteille de Gattinara ventrue que j'avais devant moi. Louise me rejoignit au milieu d'une phrase estropiée, venant de Pise, où je conclus — avec une indifférence amusée — qu'elle s'était réaccouplée avec un ancien amant. Jouant sur les cordes de sa gêne soumise, je l'emmenai en Suisse, pays qu'elle abhorrait. Un dîner avancé avec Bel était prévu au Grand Hôtel de Larive. Ils arrivèrent tous les deux, elle et ce garçon à tête de Christ, en pantalons violets. Le maître d'hôtel susurra quelque chose par-dessus le menu à l'oreille de ma femme, qui monta dans notre chambre et en rapporta ma plus vieille cravate, pour que le jeune rustre en ceigne sa pomme d'Adam et son cou décharné. Il s'avéra que sa grand-mère était devenue parente par alliance d'un cousin éloigné du grand-père de Louise, le banquier de Boston pas tout à fait irréprochable. Cette nouvelle fit un sort au plat de résistance. Nous prîmes le café avec du kirsch dans le hall, et Charlie Everett nous montra des photographies du camp d'été pour jeunes aveugles (qui, heureusement, ne pouvaient pas voir ses tristes caroubiers et les tas de cendres circulaires au milieu des bardanes de la rive) que Bella (Bella !) et lui dirigeaient. Il avait vingt-cinq ans, avait étudié le russe pendant cinq ans et le parlait aussi couramment, dit-il, qu'un phoque dressé. Un échantillon justifia cette comparaison. C'était un « révolutionnaire » acharné, un irrécupérable nicodème qui ne connaissait rien, fou de jazz, d'existentialisme, de léninisme, de pacifisme et d'art nègre. Il trouvait que les brochures et les tracts mordants « en disaient tellement plus » que les vieux bouquins. Le pauvre type dégageait une odeur de renfermé malsaine et douceâtre. Pendant tout le calvaire du dîner et du café, pas une seule fois — pas une seule fois, lecteur ! — je ne portai les yeux sur ma Bel, mais, au moment où nous allions nous quitter (pour toujours), je la regardai bien, et elle avait deux nouvelles lignes jumelles entre les narines et les commissures des lèvres, et elle portait des lunettes cerclées de métal et la raie au milieu, et elle avait perdu tout le charme de l'adolescence, dont j'avais encore découvert des vestiges lors de ma dernière visite à Larive, avant le printemps, avant l'hiver. Ils devaient être de retour à huit heures trente, hélas ! — non, pas vraiment « hélas ! ».

« Viens nous voir à Quirn, dès que tu le pourras, Dolly », dis-je, quand nous nous retrouvâmes tous sur le trottoir, avec les silhouettes d'un noir opaque des montagnes qui se découpaient sur un ciel d'aigue-marine, et les choucas aux croassements discordants volant en bandes pour aller se poser ailleurs, loin, loin.

Je ne peux expliquer ce lapsus ; ce qui est sûr, c'est que Bel entra dans une colère plus violente que toutes celles que je lui avais connues dans le passé.

« Qu'est-ce qu'il veut dire ? cria-t-elle en regardant d'abord Louise, puis son galant, puis encore Louise. Qu'est-ce que cela signifie ? Pourquoi est-ce qu'il m'appelle “Dolly” ? Qui est-elle, grand Dieu? Mais pourquoi, pourquoi [se tournant vers moi], pourquoi as-tu dit cela ?

— *Obmolvka, prosti* [lapsus, désolé] », murmurai-je à l'agonie, essayant de me persuader que j'avais rêvé cette atroce dernière scène.

Ils se dirigèrent vivement vers leur petite Klop, lui, la

précédant d'un demi-pas, jouant déjà avec ses clefs de voiture qu'il agitait dans le vide, à gauche de Bel, à droite de Bel. Le ciel d'aigue-marine était maintenant muet, presque noir, et désert, à l'exception d'une étoile en forme d'étoile à laquelle j'avais consacré une élégie en russe des siècles plus tôt, dans un autre monde.

« Quel garçon charmant, sexy, sympathique et bien élevé ! dit Louise quand nous entrâmes dans l'ascenseur. Est-ce que tu es... d'humeur, ce soir ? Tout de suite, Vad ? »

CINQUIÈME PARTIE

CHAPITRE PREMIER

Cette antépénultième partie de *Regarde, regarde les arlequins !*, cet épisode mouvementé d'une existence par ailleurs plutôt passive, est affreusement difficile à rédiger et me fait souvenir des pensums que la plus cruelle de mes institutrices françaises m'infligeait — une vieille scie à copier *cent fois* (sifflet plus crachat) — pour me punir d'avoir ajouté mes propres illustrations marginales à celles de son petit Larousse, ou exploré en classe, sous la table, les jambes de Lalage L., ma petite cousine, qui bénéficiait des mêmes leçons en cet été inoubliable. Combien de fois n'ai-je pas, en esprit, fait le récit de mon aller et retour à Leningrad, à la fin des années 60, à des salles bondées de mes doubles rêvant et écrivant ! Et pourtant, je doute encore de la nécessité et de la réussite de cette fastidieuse entreprise. Mais nous avons discuté la question, tu es tendrement inflexible, oui, et ton verdict est que je dois conter mon aventure pour donner une ombre de sens au destin futile de ma fille.

Au cours de l'été 1960, Christine Dupraz, qui dirigeait le camp pour enfants handicapés coincé entre le roc et la grand-route, à l'est en sortant de Larive, m'apprit qu'un de ses auxiliaires, Charlie Everett, s'était enfui avec ma Bel après avoir, lors d'une cérémonie grotesque qu'elle se représentait plus clairement que moi, brûlé son passeport et un petit drapeau américain (acheté dans une boutique de souvenirs spécialement pour cet usage) « au beau milieu du jardin du consul de l'U.R.S.S. » ; sur quoi le tout neuf « Karl Ivanovitch Vétrov » et la jeune Isabella (dix-huit ans), fille d'un ci-devant, avaient conclu Dieu sait quelle sorte de mariage bidon à Berne et s'étaient embarqués incontinent pour la Russie.

Le même courrier m'apportait une invitation à aller discuter à New York, avec un célèbre « compère », mon accession soudaine à la première place sur la liste des best-sellers, des demandes d'éditeurs japonais, grecs et turcs, et une carte postale de Parme avec ces six mots griffonnés : « Bravo pour Royaume. Louise et Victor. » Soit dit en passant, je ne sus jamais qui était Victor.

Faisant fi de toutes mes obligations, je m'abandonnai à nouveau — après plusieurs années d'abstinence ! — au plaisir de l'investigation secrète. L'espionnage avait été mon « clystère de Tchekhov » même avant mon mariage avec Iris Black ; par la suite, j'avais dû attiser la passion avec laquelle elle se lança dans un interminable roman policier en laissant tomber — plume lustrée de l'oiseau qui passe — telle ou telle allusion à mes exploits dans les prairies vastes et brumeuses du service du renseignement. A mon humble façon, j'ai apporté quelque aide à des esprits supérieurs. L'arbre — un frêne à fleurs bleues — dont la blessure corticale servait de boîte à lettres aux deux « diplomates », Tornikovski et Kalikakov, que je surpris, se dresse toujours, à peine cicatrisé, sur sa colline au-dessus de San Bernardino. Mais, pour ne pas surcharger la composition, je n'ai pas abordé ce sujet passionnant dans mon histoire de prose et d'amour. Grâce à lui, toutefois, j'allais échapper — pour un temps, du moins — à l'angoisse folle et torturante de l'éternel regret.

Ce fut un jeu d'enfant de retrouver les membres américains de la famille de Karl, en l'occurrence deux tantes décharnées qui détestaient leur neveu plus encore qu'elles ne se détestaient l'une l'autre. La tante numéro un m'assura qu'il n'avait jamais quitté la Suisse : elle recevait toujours son courrier petite vitesse à Boston. La tante numéro deux, l'Épouvantail de Philadelphie, me dit qu'il aimait la musique et végétait à Vienne.

J'avais surestimé mes forces. Une rechute sérieuse me tint à l'hôpital pendant presque toute une année. Le soutien que je dus apporter à mon éditeur dans une longue procédure (des censeurs aux préjugés vieillots avaient porté plainte contre les « obscénités » de mon roman) sabota le repos complet que m'avaient ordonné tous mes médecins. Je fus à nouveau très malade. Je sens encore la tension provoquée par les hallucinations qui m'assiégeaient quand la controverse soulevée par mon roman et ma quête de Bel se mélangeaient confusément et que je voyais, aussi distinctement que l'on peut voir une montagne ou un bateau, un énorme édifice s'avancer sur moi, toutes fenêtres éclairées, et chercher dans tel ou tel mur de ma chambre d'hôpital le point faible qui lui permettrait d'éventrer la brique pour venir éperonner mon lit.

A la fin des années 60, j'appris que Bel était définitivement mariée avec Vétrov, mais qu'il avait été envoyé dans quelque coin perdu pour y exercer je ne sais quel métier. C'est alors que je reçus une lettre.

Elle m'était envoyée par un vieux businessman respectable (je l'appellerai A.B.), qui précisait dans une note qu'il était « dans les textiles » quoique ayant reçu une formation d'« ingénieur », qu'il représentait « une firme soviétique aux U.S.A. et vice-versa », que la lettre qu'il m'adressait émanait d'une dame qui travaillait dans son bureau de Leningrad (je l'appellerai Dora) et concernait ma fille, « qu'il n'avait pas l'honneur de connaître mais qui, croyait-il, avait besoin de mon aide ». Il ajoutait qu'il reprenait l'avion pour Leningrad un mois plus tard et qu'il souhaitait que je « le contacte ». La lettre de Dora était écrite en russe.

> *Très respecté Vadim Vadimovitch !*
>
> *Vous recevez probablement beaucoup de lettres de personnes de notre pays qui parviennent à se procurer vos livres — une entreprise malaisée ! Celle que vous avez entre les mains ne vient cependant pas d'une admiratrice, mais d'une amie d'Isabella Vadimovna Vétrov, avec qui elle partage une chambre depuis plus d'un an déjà.*
>
> *Elle est malade, elle n'a aucune nouvelle de son mari, et elle n'a plus un kopek.*
>
> *De grâce, mettez-vous en rapport avec le porteur de cette note. C'est mon employeur et un parent éloigné, et il est prêt à nous rapporter quelques lignes de vous, Vadim Vadimovitch, et un peu d'argent, si c'est possible ; mais le plus important, le plus important (*glavnoïé, glavnoïé*), c'est que vous veniez en personne* (litchno)*. Faites-lui savoir si vous pensez pouvoir venir, et, si oui, quand et où nous pourrions nous rencontrer pour parler de la situation. Tout est urgent* (spechno, *« qui ne souffre aucun délai ») dans la vie, mais certaines choses le sont terriblement, et celle-ci en est une.*
>
> *Pour vous convaincre qu'elle est ici avec moi, qu'elle m'a demandé de vous écrire parce qu'elle en est incapable, je joins à ma lettre un petit signe, ou gage, que vous êtes, elle et vous, seuls à pouvoir décoder : «... et l'intelligence du sentier* (i oumnitsa tropka). »

Pendant un instant je restai assis devant mon petit

déjeuner — sous le regard apitoyé de Brown Rose — dans l'attitude d'un troglodyte qui presse sa tête entre ses mains en entendant le rocher se fendre au-dessus de lui (les femmes font le même geste quand quelque chose tombe dans la pièce voisine). Naturellement, je me décidai sur-le-champ. Je caressai machinalement les jeunes fesses de Rose à travers le tissu léger de sa jupe et marchai sur le téléphone.

Quelques heures plus tard, je dînais avec A.B. à New York (je devais, au cours du mois suivant, l'appeler fréquemment de Londres). C'était un petit homme superbe, de forme parfaitement ovale, nanti d'un crâne chauve et de pieds minuscules luxueusement chaussés (le reste de son enveloppe avait moins de classe). Il parlait un anglais friable avec un doux accent russe, et le russe, qui était sa langue maternelle, avec des points d'interrogation typiquement juifs. Il pensait que je devais commencer par voir Dora et détermina l'endroit exact où nous pourrions nous rencontrer, elle et moi. Il me prévint que le voyageur qui s'apprêtait à visiter l'étrange Pays des merveilles de l'Union soviétique devait avant toutes choses accomplir une démarche très philistine, à savoir se faire attribuer un *nomer* (chambre d'hôtel), condition *sine qua non* pour pouvoir entreprendre les démarches visant à l'obtention d'un « visa ». Par-dessus la montagne fauve des *bliny* aux mouchetures marron, gorgés de beurre et accompagnés de caviar, du « Bogdan's » (qu'il m'interdit de payer, bien que je fusse pourri d'argent — celui de mon *Royaume*), A.B. parla très poétiquement, et assez longuement, de son récent voyage à Tel-Aviv.

Ma seconde démarche — un séjour à Londres — eût été pleine d'agrément si je n'avais pas été constamment submergé d'anxiété par l'impatience et par de douloureux pressentiments. Par l'intermédiaire de plusieurs gentlemen entreprenants — un ancien amant d'Allan Andoverton et deux des mystérieux compères de feu mon protecteur — j'avais conservé des attaches innocentes avec le BINT (résultat d'un acronyme dû aux agents soviétiques sur le nom du célèbre, trop célèbre, British Intelligence Service). Je n'eus donc aucune difficulté à obtenir un passeport faux, ou plus ou moins faux. Comme il se peut que j'aie encore à m'en servir, je ne puis révéler ici le nom d'emprunt sous lequel il fut établi. On se contentera de savoir qu'une amusante parenté avec mon véritable nom de famille pouvait, si j'étais pris, le faire passer pour une erreur de plume commise par un consul distrait, à laquelle s'ajoutait l'indifférence du titulaire gâteux pour les documents officiels. Supposons que mon vrai nom soit « Oblonski » (trouvaille tolstoïenne) ; le faux serait alors, par exemple, le mimétique « O.B. Long ». Je pourrais l'allonger en... Oberon Bernard Long, de Dublin ou Dumberton, et vivre sous ce nom pendant des années sur cinq ou six continents.

Je m'étais échappé de Russie alors que je n'avais pas tout à fait dix-neuf ans, laissant derrière moi, dans une forêt pleine d'embûches, le cadavre d'un soldat rouge. J'avais ensuite consacré un demi-siècle de ma vie à vitupérer, tourner en dérision, déformer comiquement, tordre comme une serviette gorgée de sang, couvrir des plus puantes obscénités et tourmenter d'autre façon le régime soviétique chaque fois que mes écrits m'en donnaient l'occasion. En fait, pendant tout ce temps, il n'exista pas critique plus opiniâtre de la brutalité et de la stupidité fondamentales des bolchevistes au niveau littéraire auquel appartenait ma production. Je ne pouvais donc ignorer deux faits essentiels : premièrement, que sous mon vrai nom on ne me donnerait jamais une chambre à l'*Evropeïskaïa*, ou à l'*Astoriia*, ou dans n'importe quel autre hôtel de Leningrad, à moins que je ne répare mes torts de quelque extraordinaire manière et ne me rétracte avec la plus abjecte volubilité ; deuxièmement, que, si j'obtenais cette chambre à force de palabres sous le nom de M. Long ou Blong et si, au cours de cette entreprise, j'étais démasqué, je risquais de très graves ennuis. Je décidai, par conséquent, de veiller à ne pas être démasqué.

« Dois-je me laisser pousser la barbe pour traverser la frontière ? » se demande le général Gourko — qui a le mal du pays — au chapitre six d'*Esmeralda et son parandrus*...

« Cela vaudrait mieux, me répondit Harley Q., l'un de mes conseillers les plus pimpants. Mais, ajouta-t-il, faites-le avant que nous ayons collé et estampillé la photo d'O. B., et gardez-vous de maigrir ensuite ! » Je me laissai donc pousser le poil — pendant tout le temps que je passai à attendre (supplice atroce de l'attente) une chambre que je ne pouvais construire et un visa que je ne pouvais fabriquer. Le résultat fut une ample barbe victorienne, au toucher rugueux, d'un beau roux entrelacé de fils d'argent. Elle montait jusqu'à mes pommettes vermillon et me descendait jusqu'à la taille, se mêlant sur son parcours à mes boucles latérales d'un gris jaunâtre. Je chaussai des verres de contact spéciaux qui non seulement donnaient à mes yeux une expression ahurie, un regard tout autre, mais transformaient jusqu'à leur forme, qui, de léonine et presque carrée, devenait d'une rondeur jupitérienne. Ce n'est qu'à mon retour que je m'aperçus que mes vieux pantalons faits sur mesure — celui que j'avais sur moi comme ceux qui étaient pliés dans mon sac de voyage — portaient tous mon vrai nom à l'intérieur de la ceinture.

Mon bon vieux passeport britannique, sur lequel tant de fonctionnaires courtois qui n'avaient jamais ouvert mes livres (seuls véritables papiers d'identité de son détenteur accidentel) avaient jeté un regard superficiel, resta, après un traitement que tout à la fois la bienséance et mon incompétence m'interdisent de décrire, physiquement inchangé à bien des égards ; mais certains détails de son contenu, renseignements et autres particularités, furent, dirons-nous, « modifiés » par une méthode nouvelle, un procédé alchimystérieux, une technique géniale « non encore maîtrisée ailleurs », selon la formule délicate des gars du laboratoire pour traduire l'ignorance complète dans laquelle on tenait le quidam d'une découverte qui aurait pu sauver d'innombrables fugitifs et agents secrets. En d'autres termes, personne, aucun chimiste légal non averti, ne pouvait soupçonner, et encore moins prouver, que mon passeport était un faux. Je ne sais pas pourquoi je m'attarde sur ce sujet avec une ténacité si fastidieuse. Sans doute parce que je renâcle *(otlynivaïou)* à décrire mon séjour à Leningrad ; mais je ne peux différer plus longtemps.

CHAPITRE II

Après m'être rongé les sangs pendant presque trois mois, j'étais enfin prêt à partir. Je me sentais laqué des pieds à la tête, comme cet éphèbe nu, clou d'une procession païenne, qui mourut asphyxié sous une couche de vernis doré. Quelques jours avant mon départ se produisit un événement qui, sur le moment, me parut inoffensif. Je devais m'envoler de Paris un jeudi. Le lundi, une voix mélodieuse m'apprit, à mon hôtel au charme nostalgique de la rue de Rivoli, que quelque chose — peut-être un accident d'avion étouffé dans un voile de brume soviétique — avait bousculé l'horaire général et que je pouvais embarquer à bord d'un turbopropulseur de l'Aeroflot à destination de Moscou le mercredi de la même semaine ou le suivant. Je choisis le premier, bien sûr, puisqu'il n'affectait pas la date de mon rendez-vous.

J'eus pour compagnons de voyage quelques touristes anglais et français et tout un groupe de fonctionnaires lugubres, membres d'une délégation commerciale soviétique. Une fois dans l'avion je baignai dans une certaine illusion d'irréalité minable qui ne me quitta pas de tout le voyage. C'était une brûlante journée de juin et la fraîcheur dispensée par un système de climatisation dérisoire ne parvint pas à l'emporter sur les bouffées de transpiration et les nuages de *Krasnaïa Moskva*, un parfum insidieux qui imprégna jusqu'au bonbon dur (appelé *lédéniets vzliotnyï*, « caramel de décollage », sur l'emballage) que l'on nous distribua généreusement avant le départ de l'appareil. Autre touche féerique : les motifs colorés — arabesques jaunes et ocelles violets — décorant les stores. Un sac imperméable aux mêmes couleurs, qu'on avait glissé dans la poche du siège placé devant moi, portait l'inscription menaçante « à jeter » — à jeter aussi mon identité dans ce pays enchanté.

Mon humeur et mon état psychique exigeaient un alcool fort plutôt qu'une seconde tournée de *vzliotnyï* ou quelque chose d'agréable à lire ; j'acceptai pourtant le magazine publicitaire que me tendait une solide hôtesse en bleu ciel, aux bras nus et à la mine renfrognée, dans lequel j'appris avec intérêt que (quel contraste avec les triomphes actuels !) la Russie ne s'était pas distinguée aux championnats de football de 1912 : « l'équipe tsariste » (composée vraisemblablement de dix boïars et d'un ours) avait perdu 12 à 0 dans le match qui l'opposait à une équipe allemande.

J'avais pris un tranquillisant et j'espérais dormir au moins pendant une partie du voyage ; mais ma première et unique tentative d'assoupissement fut résolument contrariée par une hôtesse encore plus grasse, entourée d'une aura de sueur d'oignon encore plus forte, qui me demanda méchamment de retirer la jambe que j'avais étendue dans le couloir, où elle circulait avec des piles toujours plus lourdes de matériel publicitaire. J'enviais sombrement mon voisin côté fenêtre, un Français — dans tous les cas, sûrement pas un de mes compatriotes — d'un certain âge, avec une barbe gris-noir désordonnée et une horrible cravate, qui dormit pendant les cinq heures que dura le vol, dédaignant les sardines et la vodka (à laquelle je ne pus résister quoique j'eusse quelque chose de mieux dans ma poche de côté). Peut-être les historiens de la photographie pourront-ils m'aider un jour à déterminer comment, et à partir de quels indices exactement, je me trouve à même de certifier que le souvenir d'un visage anonyme, insituable, remonte, par exemple, à 1930-1935, et non à 1945-1950. Mon voisin était pratiquement le sosie d'un homme que j'avais connu à Paris. Mais qui ? Un confrère ? Un concierge ? Un cordonnier ? La difficulté de l'identification m'agaçait moins que l'énigme de ses limites, dont je pouvais me faire une idée rien qu'à la « sensation » de l'image et au degré de perception des « nuances ».

J'eus de lui une vision plus nette — et plus irritante encore — vers la fin de notre voyage : mon imperméable tomba du filet et atterrit sur sa tête. Il me dédia un aimable sourire lorsqu'il émergea de l'objet qui l'avait brusquement réveillé. J'entrevis une troisième fois son profil charnu agrémenté d'un sourcil épais pendant que l'on contrôlait le contenu de mon unique valise et que je me débattais contre l'envie folle de réfuter la formulation anglaise de la déclaration de douane soviétique : « ... microfilms, volaille morte, animaux et oiseaux vivants. »

Je l'aperçus encore, mais plus confusément, tandis que le bus nous transportait d'un aéroport à l'autre à travers la banlieue sordide de Moscou — ville que je n'avais jamais vue de ma vie et qui m'intéressait à peu près autant que Birmingham. Je l'eus une nouvelle fois pour voisin dans l'avion de Leningrad — côté couloir. Le mélange hôtesse grincheuse plus Moscou Rouge — le premier ingrédient dominant de plus en plus à mesure que nos anges aux bras nus multipliaient les derniers soins avant l'atterrissage — nous accompagna de 21 h 18 à 22 h 33. Afin de faire parler mon voisin avant que lui et son énigme ne disparaissent, je lui demandai, en français, s'il savait quelque chose d'un groupe pittoresque qui était monté à Moscou. Il me répondit, avec un grasseyement parisien, qu'il devait s'agir d'un cirque iranien en tournée en Europe. Les hommes avaient l'air d'arlequins en civil, les femmes d'oiseaux de paradis, les enfants de médaillons dorés, et il y avait une beauté pâle à la chevelure sombre, en charovars jaunes et boléro noir, qui me rappela Iris ou un prototype d'Iris.

« J'espére, dis-je, que nous les verrons jouer à Leningrad.

— Pouf ! fit-il, ils ne peuvent rivaliser avec notre cirque soviétique. »

Je pris note de cet automatique « notre ».

Nous étions tous les deux logés à l'*Astoriia*, édifice d'une monstrueuse laideur datant des alentours de la Première Guerre mondiale, je crois. La chambre « de luxe » truffée de micros (Guy Gayley m'avait appris comment les repérer en un allègre clin d'œil), ce qui lui donnait l'air penaud, et meublée de rideaux orange et d'un lit à couverture orange trônant dans une alcôve de l'ancien monde, possédait vraiment une salle de bains privée, comme il était stipulé dans la réservation, mais il me fallut quelque temps pour maîtriser le torrent convulsif de l'eau boueuse dispensée par les robinets. « Moscou Rouge » s'étalait une dernière fois sur un morceau de savon rose pâle. Une notice affirmait que « les repas sont servis dans les chambres sur demande ». Par bravade, j'essayai de commander un souper léger — sans succès. Force me fut de demeurer toute une heure sur ma faim dans le restaurant manifestement récalcitrant de l'hôtel. Le rideau de fer n'est en fait qu'un abat-jour — en l'occurrence, un fouillis de pétales incrustés de verroteries. La *kotléta po-kievski* que je commandai mit quarante-quatre minutes à venir de Kiev... et il ne me fallut pas plus de deux secondes pour la renvoyer comme fausse côtelette, avec un bref juron (proféré en russe à voix basse) qui fit sursauter la serveuse — laquelle considéra d'un air hébété ma personne et mon *Daily Worker.* Le vin du Caucase était imbuvable.

Une charmante petite scène se déroula au moment où je me précipitais sur l'ascenseur, en essayant de me rappeler où j'avais bien pu mettre mes chers comprimés Burpics. Une *liftiorcha* athlétique et rouge de colère, au cou orné de plusieurs rangs de perles, était en train de passer les pouvoirs à une femme beaucoup plus âgée, du genre retraitée, qu'elle insulta en sortant d'un pas claquant de l'ascenseur : « *Ia tébié éto popomniou, sterva !* (je te revaudrai ça, salope) » — sur quoi elle me bouscula avec une telle force que j'en demeurai pratiquement assommé (quoique grand, je suis un poids plume). « *Chtoï-ty souïochsia pod nogui ?* [pourquoi est-ce que tu te fourres sous mes pieds ?] » hurla-t-elle du même ton de voix insolent — et la préposée de nuit secoua doucement sa vieille tête grise jusqu'à mon étage.

Entre deux nuits, deux chapitres d'un rêve à épisodes, au cours desquelles j'essayai en vain de trouver la rue de Bel (dont, par une superstition répandue depuis des siècles chez les conspirateurs, j'avais préféré ignorer le nom), tout en sachant parfaitement qu'elle saignait, qu'elle riait, dans une alcôve placée à l'autre bout de la diagonale partant de mon lit, séparée de moi par quelques pas de petits pieds nus, j'errai à travers la ville, cherchant inutilement à tirer quelque avantage sentimental du fait que j'y étais né, presque trois quarts de siècle plus tôt. Soit qu'elle ne se fût jamais accommodée de la présence du marais sur lequel un monstre très acclamé l'avait édifiée, soit qu'il y eût autre chose (personne ne sait, à ce que prétend Gogol), la ville de Saint-Pétersbourg n'était pas un endroit pour les enfants. J'avais dû y séjourner à deux ou trois reprises — quelques jours en décembre plus un ou deux mois d'avril ; mais je passai au moins une douzaine de mes dix-neuf hivers précambridgiens sur les côtes de la Méditerranée ou de la mer Noire. Quant aux étés, les doux étés de ma jeunesse, ils avaient tous fleuri pour moi dans les vastes domaines de campagne de ma famille. Je m'aperçus donc, avec un étonnement stupide, que, sauf sur des cartes postales (des vues de jardins publics avec des tilleuls qui ressemblaient à des chênes et un palais vert pistache au lieu de l'édifice rosâtre dont j'avais gardé le souvenir, et des coupoles d'églises impitoyablement dorées — le tout sous un ciel à l'italienne), je n'avais jamais vu ma ville natale en juin ou en juillet. Son aspect, par conséquent, ne pouvait susciter en moi l'émotion des retrouvailles ; c'était une ville inconnue, sinon une ville étrangère, attardée dans quelque autre époque : une époque indéfinissable, pas vraiment lointaine, mais certainement antérieure à l'invention des désodorisants corporels.

La chaleur s'était installée, et partout, dans les agences de voyages, les foyers des théâtres, les salles d'attente, les grands magasins, les trolleybus, les ascenseurs, les escaliers roulants, dans chaque foutu corridor, partout, et surtout là où des femmes travaillaient ou avaient travaillé, une soupe à l'oignon invisible cuisait sur un poêle invisible. Je ne devais rester que deux, trois jours à Leningrad, et n'eus par conséquent pas le temps de m'habituer à ces infiniment tristes effluves.

Je savais, par des gens qui avaient fait le voyage de Leningrad, que notre demeure ancestrale n'existait plus, que même l'avenue dans laquelle elle se dressait jadis, entre deux rues du quartier de la Fontanka, avait disparu, comme quelque tissu conjonctif au cours du processus de dégénérescence organique. Qu'est-ce qui avait pu percer l'écorce de ma mémoire ? Ce coucher de soleil, avec la splendeur de ses nuages de bronze et de ses coulées couleur de flamant rose, à travers l'arche lointaine du Canal d'hiver, j'avais pu le contempler d'abord à Venise. Quoi d'autre ? L'ombre des balustrades sur le granit ? Honnêtement, seuls les chiens, les pigeons, les chevaux, et les très vieilles, très humbles gardiennes de vestiaires me semblaient familiers. Eux, elles, et peut-être la façade d'une maison de la rue Gertsen. J'avais pu y être invité pour quelque fête d'enfants, des siècles plus tôt. Le motif de fleurs qui courait au-dessus de la rangée de ses fenêtres supérieures fit passer un étrange frisson à la naissance des ailes qui nous poussent à tous dans ces moments où le souvenir rejoint le rêve.

Je devais rencontrer Dora le vendredi matin sur la place des Arts, devant le musée Russe, près de la statue de Pouchkine, érigée quelque dix ans plus tôt par une commission de météorologues. Un dépliant de l'Intourist m'avait familiarisé avec l'endroit, reproduit en couleur. Les connotations météorologiques du monument l'emportaient sur ses implications culturelles. Pouchkine, dans une redingote dont le pan droit est agité en permanence par la brise qui s'élève de la Néva plutôt que par la violence du souffle lyrique, est représenté debout, la tête levée et tournée vers la gauche, la main droite tendue dans la direction opposée, en biais, pour sentir la pluie (attitude très naturelle à cette saison où les lilas fleurissent dans les parcs de Leningrad). Quand j'arrivai, la pluie avait décru jusqu'à n'être plus qu'une bruine tiède, un murmure dans les tilleuls ombrageant les longs bancs de jardin. Il était convenu que Dora serait assise à la gauche de Pouchkine, c'est-à-dire à ma droite. Le banc était vide et paraissait humide. Trois ou quatre gosses, moroses, ternes, avec ce côté si curieusement démodé des petits Soviétiques, jouaient à l'autre bout du socle de la statue. C'était tout. J'étais seul, debout, tenant dans une main *l'Humanité*, au lieu du *Worker* avec lequel j'étais censé faire des signes discrets mais que je n'avais pu trouver ce jour-là. J'avais commencé à déployer le journal sur le banc lorsqu'une dame, qui boitait comme on me l'avait signalé, déboucha d'une des allées du jardin et s'approcha de moi. Elle portait le manteau convenu, d'un rose pastel, était affligée d'un pied bot et s'aidait pour marcher d'une robuste canne. Elle portait aussi un petit parapluie diaphane, qui ne figurait pas sur la liste de ses attributs. Je fondis immédiatement en larmes (quoique farci de cachets). Ses beaux yeux doux étaient également humides.

Avais-je reçu le télégramme d'A.B. ? Expédié deux jours plus tôt à mon adresse parisienne ? L'Hôtel Moritz ?

« Le nom est massacré, dis-je, en outre, je suis parti plus tôt. Aucune importance. Va-t-elle beaucoup plus mal ?

— Non, non, au contraire. Je savais que vous viendriez de toute façon, mais il s'est passé quelque chose. Karl a surgi à l'improviste mardi, pendant que j'étais au bureau, et il l'a emmenée. Il a aussi emporté ma valise neuve. Il n'a aucun sens de la propriété. Il sera fusillé un jour, comme un vulgaire voleur. La première fois qu'il a eu des ennuis, c'est quand il s'est mis à répéter à tout un chacun que Lincoln et Lénine étaient frères. La dernière fois... »

Charmante et volubile Dora. De quelle maladie exactement Bel souffrait-elle ?

« Anémie de la rate. La dernière fois, il a déclaré à son meilleur élève, à l'école des langues, que la seule chose que les gens devraient faire était de s'aimer les uns les autres et de pardonner à leurs ennemis.

— Esprit original. Où pensez-vous que...

— Oui, mais ce meilleur élève était un indic et Karloucha a passé une année dans une maison de repos *toundrovyï*. J'ignore où il l'a emmenée maintenant. Je ne sais même pas à qui demander.

— Mais il doit y avoir un moyen. Il faut la ramener, la sortir de ce trou, de cet enfer.

— C'est impossible. Elle aime, elle adore Karloucha. "C'est la vie", comme disent les Allemands. Quel dommage qu'A.B. soit à Riga jusqu'à la fin du mois ! Vous l'avez très peu vu. Dommage, oui, c'est un numéro et un amour *[tchoudak i douchka]*, avec quatre neveux en Israël, ce qui fait penser, dit-il, aux "*dramatis personae* d'une pièce pseudo-classique". L'un d'eux était mon mari. La vie devient parfois si compliquée. On pourrait penser que plus elle est compliquée, plus elle doit être heureuse, mais en réalité "compliquée" signifie toujours, pour Dieu sait quelle raison, *groust' i toska* [chagrin et tristesse].

— Mais, écoutez-moi ! N'y a-t-il rien que je puisse faire, *moi* ? Traîner par ici pour essayer de me renseigner ? Demander conseil à l'ambassade, peut-être ? Et...

— Elle n'est plus anglaise et n'a jamais été américaine. Il n'y a aucun espoir, je vous le dis. Nous étions intimes, elle et moi, dans ma vie si compliquée, mais Karl, imaginez-vous, ne lui a pas permis de laisser même un tout petit mot pour moi... ni pour vous, naturellement. Elle avait eu le tort de lui dire que vous veniez, et Karl ne pouvait supporter cette idée, malgré toute la sympathie qu'il sait témoigner aux êtres les plus antipathiques. Savez-vous que j'ai vu votre visage l'année dernière... ou peut-être il y a deux ans, oui, plutôt deux ans, dans une revue danoise ou hollandaise, et que je vous aurais reconnu n'importe où sans hésiter ?

— Avec cette barbe ?

— Oh, elle ne vous change pas d'un iota ! C'est comme les perruques ou les lunettes vertes dans les anciennes comédies. Quand j'étais petite, je rêvais de devenir une femme clown, "Madame Byron", ou "Trek Trek". Mais dites-moi, Vladim Vadimovitch... je veux dire, *gospodine* Long, ils ne vous ont pas démasqué ? Ne croyez-vous pas qu'ils vont vous faire fête ? Après tout, vous êtes l'orgueil secret de la Russie. Est-ce que vous devez vraiment partir maintenant ? »

Je me décollai du banc — et des morceaux de *l'Humanité* qui essayaient de me suivre — et répondis que, oui, j'avais intérêt à m'en aller avant que l'orgueil ne dépasse la prudence. Je lui baisai la main, sur quoi elle affirma qu'elle ne l'avait vu faire qu'une fois, dans un film appelé *Guerre et Paix*, Je la priai aussi, sous les lilas détrempés, d'accepter une liasse de billets de banque dont elle userait à sa guise : elle pourrait même acheter une nouvelle valise pour son voyage à Sotchi. « Et il m'a aussi pris toutes mes épingles de sûreté », murmura-t-elle avec ce sourire qui embellissait tout.

CHAPITRE III

ÉTAIT-CE ou n'était-ce pas encore mon compagnon de voyage, l'homme au chapeau noir, que je vis s'éloigner hâtivement quand je pris congé de Dora et de notre poète national, laissant le second méditer à jamais sur toute cette eau perdue (comparer avec la statue de Tsarskoïé Sélo, dans un de ses poèmes : une jeune fille, qui, de son rocher, se lamente sur sa cruche cassée mais toujours pleine) ; ce dont je suis sûr, c'est que je revis M. Pouf au moins deux fois au restaurant de l'*Astoriia*, puis dans le couloir du wagon-lit — car je pris le train de nuit pour Moscou dans l'espoir d'attraper le premier avion à destination de Paris. Nous ne voyageâmes pas côte à côte dans l'avion : la place fut prise par une vieille Américaine rousse, aux rides roses et violettes, avec qui je fis bon ménage, bavardant, somnolant et buvant des Bloody Marshas — une de ses plaisanteries que n'apprécia guère notre hôtesse bleu ciel. Je pris plaisir à voir l'étonnement qui se peignit sur les traits de la vieille Miss Havemeyer (un nom assez invraisemblable) quand je lui dis que j'avais dédaigné la visite de Leningrad proposée par l'Intourist, que je n'avais pas guigné dans la chambre de Lénine au Smolny, ni visité une seule cathédrale, ni goûté d'un plat appelé « poulet tabaka », et que j'avais quitté cette merveilleuse, *merveilleuse* ville sans avoir vu un seul ballet ni un seul spectacle de variété. « C'est que, lui expliquai-je, je suis un agent triple, et vous savez comment c'est... » « Oh ! » s'écria-t-elle en rejetant le torse en arrière comme pour me considérer sous un angle plus noble. « Oh ! mais c'est *vurry glamorous* [parfaitement fascinant] ! »

Le jet qui devait me ramener à New York ne partait pas immédiatement, et j'étais un peu gris et assez satisfait d'avoir été si courageux (Bel, après tout, n'était pas trop gravement malade, ni trop désastreusement mariée ; Rosabel devait être en train de feuilleter une revue dans le salon et de vérifier, selon le standard hollywoodien, les mesures de ses jambes : chevilles, 21 cm ; mollets, 31 ; cuisses crémeuses, 49 ; et Louise était à Florence ou en Floride). Avec un demi-sourire je remarquai et ramassai un bouquin de poche que quelqu'un avait oublié sur la banquette à côté de moi dans la salle des correspondances à l'aéroport d'Orly. J'étais la souris du destin, en ce bel après-midi de juin, entre une boutique de parfum et une boutique de vins.

Je tenais dans mes mains une édition de poche éditée à Formose et copiée sur l'édition américaine de mon *Royaume au bord de la mer.* Je n'en avais pas vu d'autre exemplaire auparavant — et je préférai ne pas découvrir la petite vérole de coquilles qui défigurait vraisemblablement l'édition pirate. Sur la couverture, une photographie publicitaire de la petite fille qui incarnait ma Virginia dans le film récent qu'on avait tiré de mon roman mettait plus en valeur la jolie Lola Sloan et son sucre d'orge que l'importance de mon livre. Quoique rédigé n'importe comment et dans un style immonde par un barbouilleur qui ne soupçonnait même pas la valeur littéraire du roman, le texte au dos du petit volume flasque rendait assez fidèlement l'intrigue — au niveau des faits — de mon *Royaume.*

> *Bertram, jeune désaxé condamné à mourir prochainement dans un asile de fous criminels, vend pour dix dollars sa sœur Ginny, dix ans, à un célibataire d'âge mûr, Al Garden, poète fortuné qui emmène la belle enfant de station en station tant en Amérique que dans d'autres pays. Une situation, qui de prime abord — et quel abord ! — apparaît comme un cas de perversion ingénue (décrite avec un luxe de détails tout à fait nouveau), se mue par les grés* [erreur typographique] *en un authentique dialogue d'amour et de tendresse. Les sentiments de Garden sont partagés par Ginny, la « victime » initiale, qui, à dix-huit ans, devenue une nymphe normale, l'épouse au cours d'une cérémonie religieuse décrite avec chaleur. Tout semble se terminer* honky-donky [sic !] *dans un bonheur éternel, d'un genre bien fait pour satisfaire les exigences sexuelles des humanitaristes les plus rigides ou les plus frigides, mais, dans un fourneau* [fourreau ?] *de vies parallèles sur lequel notre heureux couple ne peut rien, poursuit son cours chaotique la désirée* [destinée ?] *des inconsolables parents de Virginia Garden, Oliver et* [?], *que, par tous les moyens qui sont en son pouvoir, le subtil auteur empêche de retrouver leur fille Dawn* [sic ! !]. *Une sélection du Livre de la Décade.*

Je l'empochai en remarquant que mon compagnon de voyage disparu depuis si longtemps revenait du bar ou des lavabos — bouc et chapeau noir, comme à notre première rencontre. Allait-il me suivre à New York ou était-ce la dernière fois que je le voyais ? La dernière, la dernière. Il s'était trahi : à l'instant où il s'approchait, à l'instant où sa bouche s'ouvrit avec ce raidissement de la lèvre inférieure accompagné d'un hochement de tête désabusé pour proférer l'exclamation « *Ekh !* », je sus non seulement qu'il était aussi russe que moi, mais que cette ancienne connaissance à laquelle il ressemblait de manière si frappante était le père d'un jeune poète, Oleg Orlov, que j'avais rencontré à Paris dans les années 20. Oleg écrivait des « poèmes en prose » (bien après Tourguéniev), sans aucune valeur, que son père, veuf et quasi cinglé, essayait de « placer », assiégeant des produits nuls de son fils les quelque douze périodiques de l'émigration. On le voyait s'aplatir dans les salles d'attente devant une secrétaire excédée et tout juste polie, ou essayer d'accrocher au passage, entre le bureau et les toilettes, un assistant de rédaction, ou écrire, stoïque et misérable, sur le coin d'une table surchargée de paperasses une lettre pressante pour plaider la cause de quelque affreux petit poème qu'on avait déjà refusé. Il mourut dans le home pour personnes âgées où la mère d'Annette avait passé ses dernières années. Oleg, entre-temps, avait rejoint le petit nombre de ces littérateurs qui décidèrent de vendre la dure liberté de l'expatriation pour le délicieux plat de lentilles soviétique. Il avait tenu la promesse de ses débuts. Tout ce à quoi il était arrivé au cours des quarante ou cinquante dernières années était une macédoine de textes publicitaires, de traductions commerciales, de rageuses dénonciations, et — dans le domaine des arts — une prodigieuse ressemblance dans l'aspect physique, la voix, les manières et l'impudence obséquieuse, avec son père.

« *Ekh !* proféra-t-il, *Ekh !* Vadim Vadimovitch *dorogoï* [cher], n'avez-vous pas honte de tromper notre grande et généreuse patrie, notre crédule et bienveillant gouvernement, le personnel surmené de notre Intourist, d'une si vilaine et puérile façon ! Un écrivain russe ! Fouiner, incognito ! A propos, je suis Oleg Igorévitch Orlov, nous nous sommes rencontrés à Paris quand nous étions jeunes.

— Qu'est-ce que tu veux, *merzavets* [canaille] ? » demandai-je froidement tandis qu'il s'affalait dans le fauteuil placé à ma gauche.

Il leva les deux mains, dans ce geste qui veut dire « vous voyez, je n'ai pas d'armes ».

« Rien, rien. Sinon secouer *[potormochit']* votre conscience. Il y avait deux solutions. Nous avons dû choisir. Fiodor Mikhaïlovitch [?] lui-même a dû choisir. Soit vous accueillir *po-amérikanski* [à l'américaine], avec des reporters, des interviews, des photographes, des filles, des guirlandes, et, naturellement, Fiodor Mikhaïlovitch en personne [président de l'Union des écrivains ? patron de la “Grande Maison” ?] ; soit vous ignorer... et c'est ce que nous avons fait. A propos : les faux passeports, c'est peut-être drôle dans les romans policiers, mais il se trouve que les passeports n'intéressent tout simplement pas nos gens. Pas de regrets, maintenant ? »

Je fis mine de changer de place, il fit mine de me suivre. Je restai donc où j'étais et saisis fébrilement quelque chose à lire — ce livre dans la poche de mon pardessus.

« Et ce n'est pas tout, poursuivit-il en français. Au lieu d'écrire pour nous, vos compatriotes, vous, un écrivain russe de génie, vous les trahissez en concoctant pour vos commanditaires *ce* [désignant d'un index qui tremblait d'une façon théâtrale *Un royaume au bord de la mer*], cet obscène roman de troisième ordre sur la petite Lotte ou Lola, qu'un juif autrichien ou un pédéraste repenti viole après avoir tué sa mère... non, pardon, il *épouse* la maman avant de la tuer... on aime légaliser toutes choses, à l'Ouest, n'est-ce pas, Vadim Vadimovitch ? »

Encore maître de moi quoique conscient du nuage de colère noire et irrépressible qui grandissait dans mon cerveau, je dis : « Vous vous trompez. Vous êtes un sombre imbécile. Le roman que j'ai écrit, le roman que je tiens dans les mains est *Un royaume au bord de la mer.* Vous parlez d'un livre entièrement différent.

— Vraiment ? Et peut-être n'êtes-vous venu à Leningrad que pour bavarder avec une dame en rose sous les lilas ? Parce que, voyez-vous, vos amis et vous êtes phénoménalement naïfs. La raison pour laquelle Mister [rimant avec "mystère" dans sa sale bouche de serpent] Vétrov a été autorisé à quitter certain camp de travail à Vadim — curieuse coïncidence — pour aller chercher sa femme est qu'il est à présent guéri de sa folie mystique... guéri grâce à une panoplie de casse-noix et de laveurs de cerveaux qu'ignore absolument la philosophie de vos *charlatany* occidentaux. Eh ! oui, précieux *[dragotsennyï]* Vadim Vadimovitch... »

Le swing que j'assenai à ce cher Oleg du revers de mon poing gauche était des plus honorables, surtout si l'on se souvient — et je m'en souvins quand je frappai — que nos deux âges additionnés donnaient le chiffre de 140.

Il y eut une accalmie, pendant que je me relevais péniblement (l'élan — inhabituel pour moi — m'avait fait choir de mon siège).

« *Nou, dali v mordou, Nou, tak tchtoj ?* » marmonna-t-il (Ma foi, vous m'avez abîmé le museau. Bah ! qu'est-ce que ça fait ?). Le mouchoir qu'il pressa contre son gros nez de moujik se teinta de rouge.

« *Nou, dali* », répéta-t-il avant de disparaître.

J'examinai mes jointures. Elles étaient rouges, mais intactes. Je portai ma montre-bracelet à mon oreille. Elle tictaquait à tout rompre.

SIXIÈME PARTIE

CHAPITRE PREMIER

PARLANT de philosophie, quand j'entrepris de me réadapter, très provisoirement, aux recoins et renfoncements de Quirn, je me rappelai que j'avais rangé quelque part dans mon bureau un paquet de notes (sur la Substance de l'Espace) rédigées jadis en vue d'un récit sur mes années et cauchemars de jeunesse (ouvrage connu aujourd'hui sous le titre *Ardis*). Il me fallait aussi trier et déménager de mon bureau, ou détruire impitoyablement, une masse de miscellanées qui s'y étaient accumulées depuis mes débuts dans l'enseignement.

Cet après-midi là — un après-midi chaud et venteux de septembre — j'avais décidé, avec la soudaineté inexplicable de la véritable inspiration, que 1969-1970 serait ma dernière année à l'université de Quirn. J'avais, en fait, interrompu ma sieste pour demander une entrevue immédiate avec le doyen. Sa secrétaire me parut un peu grincheuse au téléphone ; il est vrai que j'avais refusé de lui expliquer quoi que ce soit, sinon — en confidence et sur un ton aussi anodin que railleur — que le chiffre « 7 » me faisait toujours penser au drapeau qu'un explorateur enfonce dans le crâne du pôle Nord.

Après avoir atteint le septième peuplier (j'avais résolu

de marcher), je pensai tout à coup que j'aurais vraisemblablement tout un tas de papiers à ramener de mon bureau ; je retournai donc chercher ma voiture et eus beaucoup de peine à trouver une place de stationnement proche de la bibliothèque, où j'avais l'intention d'aller rendre une pile de livres que j'aurais dû rapporter des mois, voire des années, plus tôt. Le résultat fut que j'arrivai un peu en retard à mon rendez-vous avec le doyen, un nouveau venu qui n'était pas mon meilleur lecteur. Il consulta plutôt ostensiblement la pendule et marmonna qu'il avait une « conférence » (probablement inventée) ailleurs, qui commençait dans quelques instants.

Je fus amusé plutôt que surpris par sa joie vulgaire, qu'il ne se donna pas la peine de dissimuler, quand je lui remis ma démission. C'est à peine s'il écouta les motifs — que la simple politesse me poussa à lui donner — de ma résolution (maux de tête fréquents, ennui, efficacité des systèmes d'enregistrement modernes, aisance que je devais à mon dernier roman, etc.). Son attitude changea du tout au tout (pour employer un cliché qu'il mérite). Il rayonnait. Il se mit à faire les cent pas et me prit la main dans un brusque accès de jubilation. Certains animaux à sang bleu sont si délicats qu'ils préfèrent abandonner un de leurs membres au prédateur plutôt que supporter son ignoble contact. J'abandonnai au doyen un bras de marbre qu'il continua à serrer tout en rôdant comme un trophée monté, ne sachant où le poser.

Je me dirigeai donc vivement vers mon bureau, heureux manchot, plus que jamais impatient de vider rayonnages et tiroirs. Je commençai toutefois par bâcler une note pour le recteur de l'université, nouveau venu lui aussi, dans laquelle je l'informais, avec un soupçon de malice française plutôt que de *malice* anglaise, que la totalité de mes cent conférences sur les chefs-d'œuvre européens allait être achetée par un éditeur généreux qui m'offrait une avance d'un demi-million de dollars (saine exagération) et qu'elles ne pourraient plus désormais être diffusées aux élèves, considération distinguée, désolé de ne pas vous avoir rencontré porsonnellement.

Au nom de l'hygiène morale, je m'étais débarrassé depuis longtemps de mon bureau-Bechstein. Celui qui l'avait remplacé, considérablement plus petit, contenait du papier ministre, du papier de brouillon, des enveloppes à usage interne, des photostats de mes conférences, un exemplaire du *Dr Olga Repnine* (relié) destiné à un collègue et gâché par ma faute (j'avais mal orthographié son nom), et une paire de gants chauds qui appartenaient à mon assistant (et successeur) Exkul. Et aussi trois boîtes pleines de trombones et une bouteille de whisky à moitié vide. Des rayons je fis choir dans la corbeille à papier, ou sur le plancher dans son voisinage immédiat, des monceaux de circulaires, de *separata*, l'exposé d'un écologiste égaré sur les ravages commis par une espèce d'oiseau, l'*ozimaïa sovka* (« petit hibou du blé d'hiver ? ») et les épreuves soigneusement reliées (les miennes se présentent toujours sous la forme de longs serpents horriblement glissants et récalcitrants) de mauvais romans picaresques, pleins de criques et bateaux plats, que des éditeurs fiers d'eux-mêmes prenaient la liberté (abusive) de m'envoyer, dans l'espoir d'obtenir une opinion extasiée du bonhomme chanceux. Je fourrai mon opuscule sur l'Espace et un fouillis de lettres d'affaires dans une vieille et volumineuse chemise. Adieu, antre du savoir !

La coïncidence est une maquerelle et une tricheuse dans la littérature romanesque ordinaire, mais une merveilleuse artiste lorsqu'elle intervient dans le canevas des faits rapportés par un mémorialiste pas ordinaire. Seuls les ânes et les oies pensent que le rapporteur saute tel ou tel morceau de son passé parce qu'il est ennuyeux ou futile (l'épisode de mon entrevue avec le doyen, par exemple ; mais avec quelle minutie je l'ai relaté !). Je marchais en direction du parc de stationnement quand l'encombrante chemise que je portais sous le bras — qui remplaçait mon bras, pour ainsi dire — rompit ses liens et répandit son contenu sur le gravier et l'herbe de la pelouse. Tu avais emprunté la même allée en sortant de la bibliothèque et nous nous accroupîmes côte à côte pour ramasser mes affaires. Tu fus attristée, tu me l'avouas plus tard *(jalostno bylo)*, de sentir que mon haleine empestait le whisky. L'haleine de ce grand écrivain.

Je dis « tu » rétro-consciemment, quoique dans la logique de la vie tu ne fusses encore rien pour moi, car nous n'avions pas vraiment fait connaissance et tu n'allais devenir vraiment « toi » qu'au moment où tu dis, en rattrapant un bout de papier jaune qui profitait d'une rafale pour s'éclipser avec une insouciance feinte :

« Oh ! non, tu ne vas pas t'enfuir. »

Souriante, accroupie, tu m'aidas à remettre le tout dans la chemise, puis tu me demandas des nouvelles de ma fille — vous aviez été camarades d'école, elle et toi, quelque quinze ans plus tôt, et ma femme t'avait souvent prise dans sa voiture. Je me rappelai alors ton nom et dans un éclair photoptique céleste vous vis, Bel et toi, deux jumelles, animées l'une pour l'autre d'une haine muette, toutes deux portant manteau bleu et chapeau blanc, attendant Louise qui devait vous conduire quelque part. Bel et toi alliez toutes les deux avoir vingt-huit ans le 1er janvier 1970.

Un papillon jaune se posa deux secondes sur une fleur de trèfle puis repartit en tournoyant dans le vent.

« *Métamorphoza* », dis-tu dans ton russe élégant et charmant.

Est-ce que je voulais quelques photographies (d'autres photographies) de Bel ? Bel donnant à manger à un tamia ? Bel au bal de l'école ? (Oh ! je me rappelle ce bal : elle avait choisi comme cavalier un jeune Hongrois, aussi gros que triste, dont le père était directeur adjoint de l'hôtel *Quilton*... j'entends encore Louise fulminer).

Nous nous retrouvâmes le lendemain à la bibliothèque du collège, dans mon cubicule, et ensuite je continuai à te voir tous les jours. Je n'irai pas jusqu'à suggérer — et ce n'est pas là le propos de *Regarde, regarde les arlequins !* — que les pétales et le panache de mes anciennes amours sortent ternis ou épaissis de la confrontation directe avec la pureté de *ton* être, la magie, la fierté, la réalité de ton éclat. Pourtant, « réalité » *est* ici le mot clef ; et la perception progressive de cette réalité me fut presque fatale.

Je ne ferais que corrompre la réalité si je me mettais à raconter maintenant ce que tu sais, ce que je sais, ce que personne d'autre ne sait, ce que ne parviendra jamais, jamais, à découvrir un faiseur de biograffiti indifférent, fauteur d'ordure, ordure lui-même. Et comment votre liaison a-t-elle commencé, M. Blong ? Ferme-la, Ham Godman ! Et quand avez-vous décidé de partir ensemble pour l'Europe ? Va au diable, Ham !

Voir sous : réel, mon premier roman en anglais, il y a trente-cinq ans !

Il y a toutefois un petit détail, d'importance anecdotique, que je peux dévoiler dans cette interview avec la postérité. C'est une bagatelle stupide, gênante pour moi, et que je ne t'ai jamais avouée. La voici... Nous étions à la veille de notre départ, vers le 15 mars 1970, dans notre hôtel de New York. Tu étais sortie faire des courses. (« Je crois » — m'as-tu dit il y a un instant, quand j'essayais de vérifier ce détail sans te dire pourquoi — « je crois que j'ai acheté une superbe valise bleue avec une fermeture Éclair » — mimant le mot d'un petit geste de ta chère et délicate main — « qui s'est révélée absolument inutile. ») Je me plantai devant l'armoire à glace de ma chambre à coucher, à l'extrémité nord de notre jolie « suite », résolu à prendre une décision sans appel. D'accord, je ne pouvais pas vivre sans toi ; mais étais-je digne de toi — je veux dire, de corps et d'esprit ? J'avais quarante-trois ans de plus que toi. Le Froncement de l'Age, deux lignes profondes formant un lambda majuscule, grimpait entre mes sourcils. Mon front, avec ses trois rides horizontales qui ne s'étaient pas outrageusement affirmées au cours des trente dernières années, était resté rond, vaste et lisse, dans l'attente du bronzage de l'été qui estomperait, je le savais, les tavelures de mes tempes. A tout prendre, un front à être caressé, étreint. Les mèches léonines n'avaient pas survécu à une sévère coupe de cheveux ; ce qu'il en restait était d'un gris-brun parfaitement neutre. Mes belles lunettes aux verres larges grossissaient le semis sénile de petites excroissances du genre verrue qui soulignait chacune de mes paupières inférieures. Les yeux, jadis d'un vert noisette irrésistible, étaient maintenant glauques. Le nez, hérité de lignées de boïars russes, barons allemands, et peut-être (si le comte Starov, si fier d'avoir un peu de sang anglais, était mon vrai père) d'au moins un Pair du Royaume, avait gardé sa protubérance osseuse et une extrémité fine, mais il s'ornait maintenant sur le devant, et jusque dans la mémoire de son propriétaire, d'un poil follet, gris, exaspérant, qui repoussait toujours plus vite entre deux éradications. Mes dentiers ne faisaient pas justice à mon ancienne dentition plaisamment irrégulière et (comme je l'expliquai à un dentiste aussi cher qu'obtus qui ne comprit pas ce que je voulais dire par là)

« semblaient ignorer mon sourire ». Un sillon dévalait de chaque aile du nez, et la poche des bajoues, des deux côtés de mon menton, dessinait, vue de trois quarts, la courbe banale commune aux vieillards de toutes les races, classes et professions. Avais-je bien fait de raser ma superbe barbe et la moustache sans bavure que j'avais gardées à l'essai pendant une dizaine de jours après mon retour de Leningrad ? Je n'en étais pas persuadé. Pourtant, je donnai à mon visage une note passable — un petit dix.

Comme je n'avais jamais prétendu être un athlète, la détérioration de mon corps n'était ni très manifeste, ni très intéressante. Je lui donnai un douze, principalement pour avoir mis en déroute charretée après charretée de graisse abdominale dans la guerre, coupée de trêves au cours desquelles je battais en retraite ou me reposais, que je livrais depuis le milieu des années 50 à l'obésité. Mis à part un début d'aliénation mentale (problème dont je préfère traiter séparément), j'avais été en bonne santé durant tout mon âge mûr.

Que dire de l'état de mon art ? Qu'avais-je à t'offrir dans ce domaine ? Tu avais étudié, comme tu dois t'en souvenir, Tourgueniev à Oxford et Bergson à Genève, mais, grâce à des liens de famille avec ce bon vieux Quirn et la New York russe (où un dernier périodique émigré déplorait encore, par des insinuations ineptes, mon « apostasie »), tu avais suivi de près, comme je le découvris, la procession de mes arlequins russes et anglais, accompagnés d'un ou deux tigres à la langue écarlate et d'une jeune fille-libellule perchée sur un éléphant. Tu avais aussi étudié ces photocopies surannées, ce qui prouvait qu'après tout ma méthode avait du bon — *pace* aux accusations monstrueuses portées contre elle par une meute de professeurs dans des collèges dévorés de jalousie.

En scrutant, nu comme ver et transpercé de rayons opalins, un autre miroir beaucoup plus profond, je vis l'entière perspective de mes livres russes, et je fus satisfait et même rempli de joie par ce que je vis : *Tamara*, mon premier roman (1925) : une fille à l'aube dans la brume d'un verger. Un grand maître trahi dans *Le Pion prend la Reine. Pleine Lune*, une pleine lunée de poésie. *Camera Lucida*, le regard moqueur de l'espion parmi une assemblée d'humbles aveugles. Le *Haut-de-forme rouge* de la décollation dans un pays d'injustice totale. Et le meilleur de la série : un jeune poète utilise la prose comme un *Dard*.

Le lot entier de mes livres russes était fini, signé, rejeté dans l'esprit qui l'avait produit. Tous avaient été graduellement traduits en anglais, soit par moi, soit sous ma direction, avec mes corrections. Ces versions anglaises définitives, de même que les réimpressions des originaux, te seraient dorénavant dédiées. Voilà qui était bien. Voilà qui était réglé. Image suivante :

Mes livres écrits en anglais, le farouche *Voir sous : réel* (1940) en tête, menaient, en passant par la lumière changeante d'*Esmeralda et son parandrus*, à l'amusant *Dr Olga Repnine* et au rêve d'*Un royaume au bord de la mer*. Il y avait aussi le recueil de nouvelles, *Exilé de Maïda*, île lointaine ; et *Ardis*, le livre que j'avais repris à l'époque où nous nous rencontrâmes — époque aussi d'un déluge de cartes postales (de cartes postales !) envoyées par Louise, qui suggérait enfin une démarche dont je voulais qu'elle fasse le premier pas.

Si j'estimais le second lot d'une valeur moindre que le premier, c'était d'une part à cause d'un manque d'assurance que d'aucuns jugeront faussement modeste, d'autres digne d'éloges, et moi-même tragique, et d'autre part parce que les contours de ma production américaine me semblaient flous ; et ils me semblaient flous parce que je savais que je continuerais toujours à espérer que mon *prochain* livre — pas celui qui était en train, comme *Ardis*, mais quelque chose que je n'avais jamais tenté encore, quelque chose de miraculeux et d'unique — satisferait enfin pleinement le désir obsédant, la soif douloureuse que quelques paragraphes disjoints d'*Esmeralda* et du *Royaume* n'arrivaient pas à étancher. Je croyais fermement que je pouvais compter sur ta patience.

CHAPITRE II

Je n'avais pas la moindre envie de dédommager Louise sous prétexte qu'elle s'était vue contrainte de me laisser tomber ; et j'hésitais à l'embarrasser en fournissant à mon avocat la liste de ses trahisons. Elles étaient stupides et sordides et remontaient à une époque où je lui étais encore raisonnablement fidèle. Le « dialogue du divorce », selon l'expression horrible d'Horace Peppermill Junior, traîna pendant tout le printemps : ce printemps, nous en passâmes, toi et moi, une partie à Londres et le reste à Taormine, et je remettais sans cesse à plus tard les discussions sur *notre* mariage (procrastination que tu considérais avec une royale indifférence). Ce qui me tracassait réellement, c'était d'avoir à repousser continuellement aussi la déclaration fastidieuse (quatrième répétition de mon existence) qui devait préluder à ces discussions. J'enrageais. Je ne pouvais supporter de te laisser ignorer plus longtemps mon déséquilibre.

La coïncidence, cet ange aux ailes ocellées que j'ai mentionné plus haut, m'épargna le rabâchage humiliant que j'avais jugé nécessaire de m'imposer avant de demander la main de chacune de mes ex-femmes. Le 15 juin, à Gandora, dans le Tessin, je reçus une lettre du jeune

Horace qui m'annonçait d'excellentes nouvelles : Louise avait découvert (peu importe *comment*) qu'à divers moments de notre mariage je l'avais fait suivre, dans toutes sortes de villes anciennes fascinantes, par un détective privé (Dick Cockburn, un ami solide) et que les enregistrements de ses téléphones amoureux et d'autres documents se trouvaient entre les mains de mon homme d'affaires ; elle était prête à faire toutes les concessions possibles pour hâter les choses, étant pressée de se remarier — cette fois-ci avec le fils d'un comte anglais. En cette même journée fatidique, à cinq heures et quart de l'après-midi, j'achevai la transcription (exécutée au moyen d'une plume au bec fin de ma plus petite écriture de « copie au net »), sur 733 fiches de bristol format moyen contenant chacune une centaine de mots, d'*Ardis*, mémoire stylisé traitant de l'enfance sous les arbres et de la jeunesse ardente d'un grand penseur, qui, vers la fin du livre, s'attaque au plus épineux de tous les mystères nouménaux. Un des premiers chapitres comportait le récit (rédigé sur un ton intolérablement torturé et ouvertement personnel) de mes propres démêlés avec le Spectre de l'Espace et le mythe des Points Cardinaux.

A cinq heures et demie, j'avais consommé, dans un accès de jubilation solitaire, la plus grande partie du caviar et tout le champagne que contenait le sympathique réfrigérateur de notre bungalow sis sur les verts espaces du *Gandora Palace Hotel*. Je te trouvai sous la véranda et te demandai de bien vouloir passer l'heure suivante à lire attentivement...

« Je lis tout attentivement. »

« ... ce paquet de trente fiches d'*Ardis*. » Tu pourrais ensuite venir à ma rencontre, car je rentrerais de ma promenade de fin d'après-midi : toujours la même — de l'hôtel à la fontaine du *spartitraffico* (dix minutes), et de là à l'orée d'une pinède (dix autre minutes). Je te laissai, étendue dans une chaise longue ; le soleil reproduisait les losanges améthyste des fenêtres de la véranda sur le sol et barrait tes tibias nus et la cambrure de tes pieds croisés (orteil droit se crispant par moments dans quelque obscur rapport avec le tempo de l'assimilation ou une déviation du texte). Dans un laps de temps qui se comptait en minutes, tu aurais appris (comme seule Iris l'avait appris avant toi — les autres n'étaient pas des aigles) ce que je voulais que tu saches quand tu consentirais à devenir ma femme.

« Sois prudent, s'il te plaît, quand tu traverses ! » dis-tu sans lever les yeux, puis tu me regardas et m'envoyas des lèvres un tendre baiser avant de te replonger dans *Ardis*.

Ah ! Voilà que je titubais un peu ! Était-ce vraiment moi, prince Vadim Blonski, qui en 1815 aurais pu saouler Kavérine, le mentor de Pouchkine, avant que d'être saoul moi-même ? Dans la lumière dorée d'un simple quart de champagne, tous les arbres du parc de l'hôtel ressemblaient à des araucarias. Je me félicitai de la finesse de mon stratagème, sans très bien savoir s'il s'agissait de l'enregistrement des ébats de ma troisième femme ou de l'aveu de mon infirmité par le biais d'un personnage de roman. Peu à peu, l'air doux et parfumé me fit du bien : mes semelles adhérèrent plus fermement au sable et au gravier, à la terre et à la pierre. Je m'aperçus que j'étais sorti en pantoufles de maroquin, et que je portais un ensemble jean délavé, avec, paradoxalement, mon passeport dans une des poches de poitrine et une liasse de billets de banque suisses dans l'autre. Les gens de Gandino ou Gandora, de la petite ville quel que fût son nom, connaissaient le visage de l'auteur de *Un regno sul mare*, ou *Ein Königreich an der See*, ou *Un royaume au bord de la mer* ; il aurait donc été vraiment idiot de ma part de donner au lecteur à la fois le mot et le pot pour le cas où je devais vraiment être renversé par une voiture.

Je me sentis bientôt si heureux et si sémillant que, quand je passai devant la terrasse du café qui fait l'angle avec le square, je pensai que ce serait une bonne idée de stabiliser le pétillement du champagne au moyen d'un petit verre de quelque chose — et pourtant je tins bon et continuai ma route, l'œil froid, sachant avec quelle douceur et quelle fermeté tu réprouvais la plus innocente trace d'ivresse.

L'une des rues qui, passé le refuge, continuaient en direction de l'ouest traversait le Corso Orsini et, tout de suite après, comme si elle avait accompli un effort épuisant, dégénérait en une vieille route molle et poussiéreuse, bordée des deux côtés par quelques touffes de graminées, mais sans aucune trace de trottoir.

Je pourrais dire ce que je ne me souviens pas d'avoir été tenté de dire depuis des années : mon bonheur était complet. Tout en marchant, je lisais ces fiches avec toi, à ton rythme, ton index diaphane contre ma tempe rugueuse et pelée, mon doigt ridé contre la veine turquoise de ta tempe. Je caressais les facettes d'un crayon Blackwing que tu faisais tournoyer doucement, je sentais contre mes genoux l'échiquier pliant que Nikifor Starov m'avait donné cinquante ans plus tôt (la plupart des nobles étaient sévèrement écornés dans leur boîte en acajou capitonnée !), calé sur ta jupe imprimée d'iris. Mes yeux suivaient le texte avec les tiens, mon crayon marquait de ta petite croix discrète dans l'étroite marge un solécisme que je ne distinguais pas à travers les larmes de l'espace. Heureuses larmes, radieuses larmes, larmes triomphalement heureuses !

Un imbécile monté sur motocyclette et portant d'épaisses lunettes de protection, qui, croyais je, m'avait vu et allait ralentir pour me laisser traverser en paix le Corso Orsini, fit une telle embardée pour éviter de me tuer qu'il dérapa et finit sa course un peu plus loin après un tête-à-queue et de piteux zigzags. J'ignorai son rugissement de rage et continuai ma promenade, avançant d'un bon pas en direction de l'ouest dans le décor métamorphosé que j'ai déjà mentionné. La vieille route — presque un chemin vicinal — rampait entre de modestes villas, blotties chacune dans son nid de hautes fleurs et d'arbres ombreux. Un rectangle de carton punaisé sur l'une des petites portes à claire-voie du côté ouest annonçait « Chambres » en allemand ; de l'autre côté, un vieux pin arborait l'écriteau « A vendre » en italien. Plus loin, à gauche de nouveau, un propriétaire qui croyait en savoir davantage offrait des « *Lunchings* ». L'étendue verte de la *pineta* était encore assez éloignée.

Mes pensées retournèrent à *Ardis*, Je savais que la bizarre infirmité mentale dont tu étais en train de lire la description te chagrinerait ; je savais aussi que le besoin de l'exhiber était pure formalité de ma part, qui ne pouvait obstruer le cours naturel de notre destinée commune. Un geste élégant. En fait, ce geste compensait ce que tu ne savais pas encore, ce que j'allais devoir te dire aussi, ce que tu appellerais sans doute un petit moyen pas très ragoûtant *(gnousnovaten'kiï spossob)* de me « venger » de Louise. Passons... mais *Ardis* ? Mis à part mon esprit gauchi, l'aimerais-tu ou l'aurais-tu en horreur ?

Du fait que je compose des livres entiers dans mon esprit avant de libérer le mot intérieur et de le coucher, au crayon ou à la plume, sur le papier, le texte définitif reste imprimé quelque temps dans ma mémoire, aussi net, aussi distinct que l'empreinte flottante qu'une ampoule électrique laisse sur la rétine. Je pouvais donc repasser dans ma tête les images des fiches que tu lisais ; les projeter sur l'écran de mon imagination en même temps que l'éclat de la topaze que tu portais au doigt et le battement de tes cils, et je pouvais calculer où tu en étais de ta lecture, non pas simplement en consultant ma montre mais en suivant réellement chaque ligne l'une après l'autre jusqu'au bord droit de chaque fiche. La clarté de l'image était en corrélation avec la qualité de l'écriture. Tu connaissais trop bien mon œuvre pour être chiffonnée par un détail érotique trop corsé ou une allusion littéraire trop obscure. C'était le summum de la félicité que de lire ainsi *Ardis* avec toi, que de triompher ainsi de l'étendue d'espace coloré qui séparait mon chemin de ta chaise longue. Étais-je un excellent écrivain ? J'étais un excellent écrivain. Cette allée de statues et de lilas, sur le sable pommelé de laquelle Ada et moi tracions nos premiers cercles, était imaginée et recréée par un artiste d'une valeur durable. L'idée odieuse que peut-être même mon *Ardis*, mon livre le plus intime, baignait dans la réalité, saturé de taches de soleil, et pouvait n'être qu'une imitation inconsciente de l'art divin d'un autre, cette idée là pourrait me venir plus tard ; pour l'instant — 6 h 18 du soir, le 15 juin 1970, dans le Tessin — rien ne pouvait rayer le lustre riche et humide de mon bonheur.

J'arrivais maintenant au bout de mon habituelle promenade apéritive. Le ra-ta-ta, ta-ta, tac final d'une dactylo qui terminait une dernière page s'échappa d'une fenêtre et traversa le feuillage immobile, me rappelant plaisamment que j'avais depuis longtemps renoncé à faire taper mes manuscrits immaculés quand ils pouvaient être reproduits photographiquement au prix d'un seul ronronnement. C'était désormais à mon éditeur qu'incombait la tâche de transformer directement mon écriture en caractères d'imprimerie, et je sais qu'il n'aimait pas cette marche à suivre, à l'instar d'un entomologiste distingué qui trouverait choquant le fait qu'un insecte irrégulier saute tel ou tel stade généralement admis de sa métamorphose.

Plus que quelques pas — douze, onze — et je reprendrais le chemin de l'hôtel : je sentis que tu pensais à cette volte-face dans un renversement de perception à distance, tout comme je sentis une sorte de détente mentale qui m'apprit que tu avais fini de lire ces trente fiches, que tu les replaçais selon leur ordre numérique, égalisais la pile en frappant légèrement sa base contre la table, trouvais l'élastique, qui avait adopté la forme d'un cœur, en entourais le paquet de fiches, le mettais en sûreté sur mon bureau et t'apprêtais à venir à ma rencontre, sur le chemin qui me ramènerait au *Gandora Palace*.

Un mur bas de pierre grise, de l'épaisseur d'une panse, qui m'arrivait à la taille et se présentait grosso modo comme un parapet transversal, mettait fin au peu de vie que la route avait gardé jusque-là en tant que voie urbaine. Un passage étroit pour les piétons et les cyclistes s'ouvrait au milieu du parapet, et la largeur de cette ouverture définissait celle du sentier qui la continuait et qui, après une ou deux pichenettes, descendait dans une jeune et dense pinède. Nous nous y étions souvent aventurés, toi et moi, le matin, par temps gris, quand le lac ou la piscine perdait tout pouvoir d'attraction ; mais ce soir, comme d'habitude, je m'arrêtai au parapet et me tins là, debout, dans une paix parfaite, face au soleil bas, goûtant de mes mains éployées le satiné du rebord supérieur du parapet, des deux côtés du passage. Une sensation tactile, ou le récent ra-ta-tac, représenta à mon esprit et compléta l'image de mes 733 cartes de bristol (douze centimètres sur dix et demi) que tu lirais chapitre après chapitre, sur quoi un grand plaisir, un parapet de plaisir, viendrait couronner mon travail : dans mon esprit se dressa, dotée de la nette compacité d'un majestueux solide — un autel ! une mesa ! —, l'image luisante de la machine à photocopier qui se trouvait dans l'un des bureaux de notre hôtel. Mes mains confiantes s'appuyaient toujours sur le parapet, mais mes semelles ne percevaient plus la douceur du sol. Je voulais retourner vers toi, vers la vie, vers les losanges améthyste et le crayon qui gisait sur la table de la véranda — mais je ne le pouvais pas. Ce qui m'était arrivé si souvent en pensée m'arrivait maintenant pour de bon : je ne pouvais pas faire demi-tour. Pour exécuter ce mouvement, je devais faire pivoter le monde autour de son axe, et cela était aussi impossible que de retourner de l'instant présent à celui qui l'avait précédé. Peut-être, au lieu de m'affoler, aurais-je dû attendre que la pierre de mes membres retrouve le picotement de la chair. Hélas ! j'exécutai, ou crus exécuter, un violent mouvement de torsion — et le globe ne broncha pas. Je restai sans doute encore un petit moment comme suspendu, bras et jambes écartés, avant de m'affaler sur le dos et de heurter le sol intangible.

SEPTIÈME PARTIE

CHAPITRE PREMIER

Il existe une vieille règle — si vieille et si rebattue que je rougis de la citer. J'en ferai un couplet — qui en stylise la banalité :

Que le narrateur
Point ne meure
Dans le livre.

Je parle des romans sérieux, naturellement. Dans la *Planchette Fiction*, le narrateur, imperturbable, peut continuer ainsi, après avoir décrit sa propre dissolution : « J'étais debout sur un escalier d'onyx devant une grande porte d'or, entouré d'une foule d'autres anges chauves... »

Engeance de dessin animé, foutaises folkloriques, respect atavique hilarant pour les minéraux précieux !

Et pourtant...

Et pourtant j'estime qu'au cours de ces trois semaines de parésie générale (s'il s'agissait bien de cela) j'ai acquis quelque expérience, et que, quand ma nuit viendra vraiment, je ne serai pas tout à fait pris au dépourvu. Mes problèmes d'identité, s'ils n'ont pas été résolus, ont du moins été posés. Certaines formes d'intuition artistique m'ont été accordées. J'ai pu emmener ma palette aux confins d'une existence atténuée presque jusqu'à n'être plus.

La vitesse ! Si j'avais pu communiquer ma définition de la mort au pêcheur ahuri, au faucheur qui cessa d'essuyer sa faux avec une poignée d'herbe humide, au cycliste qui, d'effroi, embrassa un jeune saule sur la rive verte et se retrouva en fin de compte au sommet d'un arbre plus grand, sur l'autre rive, avec sa bécane et sa petite amie, aux chevaux noirs qui suivirent ébahis, comme des gens aux dents truquées, mon étrange vol plané, je n'aurais crié qu'un mot : Vitesse ! Non que ces témoins ruraux aient jamais existé. Mon impression de vitesse prodigieuse, inexplicable, et pour tout dire plutôt stupide et avilissante (la mort est stupide, la mort est avilissante), aurait abouti à un vide parfait, sans un seul pêcheur pressé, sans un seul brin d'herbe ensanglanté par son butin, sans aucun point de repère. Qu'on m'imagine, moi, un vieux monsieur, un auteur distingué, glissant rapidement sur le dos, dans le sillage de mes pieds morts étendus, d'abord par cette ouverture dans le granit, puis par-dessus une pinède, puis le long de brumeux pâturages d'eau, puis simplement entre des marges de brume, à l'infini ! Qu'on imagine ce spectacle !

La folie n'avait cessé de me guetter, tapie derrière tel ou tel aulne, tel ou tel roc, depuis ma petite enfance. Je m'habituai progressivement à sentir le regard sépia de ces yeux vigilants suivre silencieusement mon passage. Pourtant, je n'ai pas connu la folie que sous la forme d'une ombre funeste. Je l'ai vue aussi comme un éclair de volupté si intense et si écrasant que la seule absence d'un objet de fixation direct constituait pour moi une échappatoire.

Pour des raisons pratiques — maintenir, par exemple, l'esprit-corps et le corps-esprit dans un état d'équilibre ordinaire, pour éviter de mettre sa vie en danger ou de devenir un fardeau pour les amis ou les gouvernements — je choisis la forme latente, l'horreur de cette chose toujours à l'affût, c'est-à-dire au mieux le poignard de la névralgie, le calvaire de l'insomnie, la lutte contre des objets inanimés qui n'ont jamais caché la haine qu'ils me vouaient (le bouton fuyard qui *condescend* à être retrouvé, le trombone, esclave chapardeur, qui ne se contente pas de veiller sur quelques lettres banales mais parvient à s'emparer d'une précieuse page volée à un autre paquet), et au pire un spasme soudain de l'espace, comme lorsqu'une visite à votre dentiste se transforme en une réception burlesque. Je préférai le capharnaüm de telles attaques aux couleurs bigarrées de la folie, qui, après avoir fait semblant d'embellir mon existence par le biais de formes d'inspiration particulières, de l'extase mentale, et caetera, cesserait de danser et de voltiger autour de moi pour foncer sur moi, m'estropier et à coup sûr me détruire.

CHAPITRE II

DANS les heures qui suivirent ma grosse attaque, je dus être réduit, des pieds à la tête, à une impuissance physique totale, tandis que mon esprit, les images qui le traversaient, l'acuité de la pensée, le génie de l'insomnie, demeuraient aussi forts et actifs qu'ils l'avaient été jusque-là (sauf dans les intervalles d'opacité). Quand je fus installé à l'hôpital Lecouchant (Côte d'Azur), où, sur la recommandation expresse du Dr Genfer, parent suisse du directeur, on m'avait transporté par avion, je m'aperçus de certains détails curieux : à partir du cou et jusqu'au bout des pieds, j'étais paralysé par bandes symétriques séparées par une géographie de faible perception tactile. Lorsque, au cours de cette première semaine, mes doigts se « réveillèrent » (événement qui stupéfia et même irrita les sages de Lecouchant, experts en *dementia paralytica*, au point qu'ils te conseillèrent de me transporter au plus vite dans quelque institution plus exotique et plus large d'esprit — ce que tu fis), je pris plaisir à dresser la carte de mes endroits sensibles, qui étaient toujours exactement opposés — par exemple, des deux côtés du front, sur les mâchoires, les régions orbitaires, les seins, les testicules, les genoux, les flancs. A un stade d'observation moyen, la taille moyenne de chacune de ces « taches de vie » ne dépassa jamais celle de l'Australie (je me sentais parfois gigantesque), ni, dans l'autre sens (quand je dépérissais moi-même), le diamètre d'une médaille de mérite moyen — à cette extrémité, je percevais ma peau dans sa totalité comme celle d'un léopard peint par quelque fou méticuleux issu d'un foyer désuni.

Je voudrais citer, non sans rapport avec ces « symétries tactiles » (au sujet desquelles j'essaie toujours de correspondre avec un journal médical grouillant de freudiens peu pressés de répondre), les premières compositions picturales, images primitives sans relief, qui s'inscrivirent en double, côté droit et côté gauche de mon corps transbahuté, sur les volets opposés de mes hallucinations. Si, par exemple, Annette montait dans un bus avec son panier vide sur ma gauche, elle ressortait de ce même bus sur ma droite avec un sac plein de légumes, un chou-fleur royal trônant sur les concombres. A mesure que les jours passèrent, les symétries firent place à des interréactions plus subtiles, ou réapparurent en miniature à l'intérieur d'une image donnée. Des épisodes pittoresques accompagnaient désormais mon mystérieux voyage. Je vis Bel, sa journée de travail finie, fouiller frénétiquement dans un tas de bébés nus à la crèche commune, cherchant son premier-né, maintenant âgé de dix mois, reconnaissable aux plaques symétriques d'eczéma qui rougissaient ses flancs et ses petites jambes. D'une main, une nageuse aux reins luisants écartait de son visage des mèches de cheveux mouillées, et de l'autre (de l'*autre* côté de mon esprit) poussait le radeau sur lequel j'étais allongé, vieillard nu dont le mât de misaine s'ornait d'un haillon et qui glissait sur le dos vers une pleine lune dont les reflets ophidiens ondulaient parmi les nénuphars. Un long tunnel m'engloutit, m'offrit la demi-promesse d'un anneau de lumière à l'autre bout, et ne tint qu'à demi sa promesse en découvrant un coucher de soleil publicitaire que je n'atteignis jamais : le tunnel s'évanouit et fut remplacé par une brume familière. Comme cela « se faisait » cette saison, des groupes d'oisifs élégants se pressèrent autour de mon lit, qui avait ralenti dans une salle d'exposition où Ivor Black, jouant le rôle d'un jeune médecin chic, m'exposa à trois actrices jouant les beautés mondaines : leurs jupes bouffèrent lorsqu'elles s'installèrent sur des chaises blanches, et l'une de ces dames, désignant mon sexe, m'aurait touché de son éventail froid si le savant Maure ne lui avait assené un coup de sa baguette d'ivoire — sur quoi mon radeau reprit sa glissade solitaire.

Celui qui dressait la carte de ma destinée faisait parfois preuve de banalité. Par moments, ma course rapide devenait céleste en s'élevant jusqu'à une altitude allégorique lourde de désagréables connotations religieuses — à moins qu'elle n'exprimât tout simplement le transport de cadavres par avion. Une certaine notion du jour et de la nuit, plus ou moins régulièrement alternés, se fixa peu à peu dans mon esprit quand ma grotesque aventure entra dans sa phase finale. Diurnes et nocturnes étaient au début rendus de manière indirecte, par l'apparition d'infirmières et autres machinistes qui manipulaient avec un soin extrême divers accessoires mobiles, produisant par exemple une fausse lumière stellaire au moyen de surfaces réfléchissantes, ou peignant des aubes ici et là, à intervalles plus ou moins corrects. Il ne m'était jamais venu à l'esprit auparavant que l'art, ou du moins l'artisanat, avait historiquement précédé, et non suivi, la nature ; c'est pourtant exactement ce qui se passait dans mon cas. Ainsi, dans le vague muet qui m'enveloppait, je reconnus tout d'abord les sons optiquement, dans la marge claire de la pellicule, durant le tournage de la scène qu'ils accompagnaient (par exemple, la cérémonie de l'alimentation scientifique) ; par la suite, quelque chose dans le ruban mobile incita l'oreille à remplacer l'œil ; et, finalement, l'ouïe revint — avec quelle force ! Le premier crissant froufrou d'infirmière fut un roulement de tonnerre, mon premier gargouillement intestinal un fracas de cymbales.

Je dois aux nécrologues frustrés ainsi qu'à tous les amateurs de savoir médical quelques explications cliniques. Mes poumons et mon cœur fonctionnaient ou étaient incités à fonctionner normalement, comme d'ailleurs mon intestin, ce bouffon de miracles joués en privé. Ma carcasse gisait à plat, comme dans la Leçon d'anatomie d'un vieux maître. La prévention des escarres n'était, surtout à l'hôpital Lecouchant, rien de moins qu'une manie, qu'expliquait peut-être un besoin furieux de substituer des oreillers et divers expédients mécaniques au traitement rationnel d'un mal mystérieux. Mon corps « dormait », comme pourrait « dormir » le pied d'un géant ; pour être plus précis, mon état était une horrible forme d'insomnie prolongée (vingt nuits !), au cours de laquelle mon esprit était aussi continuellement alerte que celui du Slave Insomniaque de quelque spectacle de cirque dont j'avais lu la description dans *The Graphic*. Je n'étais même pas une momie, mais — au début, du moins — la section longitudinale d'une momie, ou plutôt la représentation abstraite d'une tranche de momie, la plus fine qui se puisse concevoir. Et la tête ? (Je crois entendre les clameurs impatientes des lecteurs qui ne sont que tête.) Mon front, dirais-je, était comme du verre dépoli (avant que deux premières régions latérales n'aient retrouvé, je ne sais trop comment, leur lucidité) ; ma bouche resta muette et engourdie jusqu'au jour où je m'aperçus que je pouvais sentir ma langue — comme une espèce de vessie natatoire fantôme qui aurait pu résoudre les problèmes de respiration d'un poisson mais ne m'était d'aucune utilité. J'avais une vague notion de la durée et de l'orientation — deux choses qui, à ce qu'affirma dans un monde ultérieur une créature bien-aimée désireuse d'aider un pauvre fou par le plus pieux des mensonges, étaient deux phases tout à fait distinctes d'un seul phénomène. Mon aqueduc cérébral (ce passage est un peu technique) semblait s'enfoncer à la manière d'un coin et se déverser presque entièrement, après quelque inondation ou déraillement, dans la cavité qui abrite son allié le plus sûr, qui, assez curieusement, est aussi le plus humble de nos sens, celui dont nous pouvons le plus facilement nous passer, parfois pour notre plus grande satisfaction — ah ! comme je l'ai maudit pour n'avoir pas su m'épargner l'éther ou les excréments, ah ! (un ban pour ce vieil « ah ! ») comme je l'ai béni de m'avoir fait crier « Café ! » ou « Plage ! » (parce qu'une drogue anonyme sentait comme la crème dont Iris m'enduisait le dos il y a un demi-siècle à Cannice !) .

Problème plus épineux : je ne sais si mes yeux demeurèrent toujours grands ouverts, « dans un regard vitreux d'arrogante stupeur », comme l'imagina un journaliste qui n'alla pas plus loin que le bureau du couloir. Mais je suis à peu près certain que je ne pouvais pas ciller — et sans l'huile du cillement, le moteur de la vue aurait difficilement pu fonctionner. Pourtant, Dieu sait comment, tandis que je descendais ces canaux et chenaux de nuées illusoires pour traverser ensuite en volant un autre continent, j'aperçus par intermittence, au-delà de mirages sous-palpébraux, l'ombre d'une main ou l'éclair d'un instrument. Quant à mon univers sonore, il demeura pure fantaisie. J'entendais les voix bourdonnantes d'étrangers parler de tous les livres que j'avais écrits ou croyais avoir écrits, car tout ce qu'elles mentionnaient, titres, personnages, chacune des phrases qu'elles hurlaient, était grotesquement déformé par une érudition démoniaque en délire. Louise amusait la galerie avec une de ses bonnes histoires — de celles que j'appelais « cintres à noms », parce qu'elles *semblaient* seulement raconter tel ou tel incident (quelque quiproquo au cours d'une réception, par exemple), mais avaient pour but réel d'introduire le nom d'un de ses « vieux amis » de haute naissance, ou d'un homme politique fascinant, ou d'un cousin de cet homme politique. Des exposés savants étaient lus au cours de fantastiques symposiums. En l'an de grâce 1798, Gavrila Pétrovitch Kaménev ricana doucement en composant son pastiche ossianique *Slovo o polkou Igoreve.* Quelque part en Abyssinie, un Rimbaud complètement saoul récitait à un voyageur russe surpris *le Tramway ivre* (« ... En blouse rouge, à face en pis de vache, le bourreau me trancha la tête aussi... »). Ou alors j'entendais la montre à répétition bruire dans une poche de mon cerveau et sonner l'heure, la rime, le rythme que personne ne pouvait espérer que je réentendrais un jour.

Je devrais préciser aussi que ma chair était en assez bon état : pas de ligaments déchirés, pas de muscles coincés ; mon épine dorsale avait peut-être récolté de légères ecchymoses au cours de la chute qui m'avait précipité dans cette incroyable traversée, mais elle était toujours là, elle bordait, abritait mon être, comme l'ossature primitive de quelque créature aquatique translucide. Pourtant, le traitement médical que je subis (surtout à Lecouchant) impliquait — dans la mesure où j'ai pu le reconstituer — la certitude que mes lésions étaient toutes uniquement physiques et ne pouvaient être soignées que par des moyens physiques. Je ne parle pas de l'alchimie moderne, des philtres magiques que l'on m'injecta — et qui agirent, peut-être non seulement sur mon corps mais aussi sur la divinité installée en moi, comme peuvent le faire les suggestions de chamans ambitieux ou de conseillers tremblant de peur sur un empereur fou ; ce que je ne peux oublier, ce sont les images, gravées en moi, des maudites bretelles et ceintures qui me maintenaient étendu sur le dos (m'empêchant de partir avec mon radeau de caoutchouc sous le bras, ce que je sentais que j'aurais pu faire), ou, pire encore, des sangsues électriques que des bourreaux masqués attachèrent à ma tête et à mes membres — jusqu'au jour où ils furent chassés par ce saint de Catapult en Californie, le professeur H. P. Sloan, qui n'était pas loin de croire, juste au moment où je commençai à aller mieux, que l'hypnose et un brin d'humour chez celui qui la pratiquait pourraient me tirer d'affaire — auraient pu me tirer d'affaire ! — en un tournemain.

CHAPITRE III

Autant qu'il m'en souvînt mon prénom était Vadim, comme celui de mon père. Le passeport américain que l'on m'avait récemment délivré — élégant livret dont la couverture verte à motif doré, perforée, portait le numéro 00678638 — ne mentionnait pas mon titre ancestral, qui avait figuré en revanche sur les diverses éditions de mon passeport britannique : Jeunesse, Age mûr, Vieillesse, jusqu'au jour où de sympathiques faussaires, de vrais farceurs, mutilèrent la dernière version au point de la rendre tout à fait méconnaissable. Tout cela, je le redécouvris un soir, quand certaines cellules de mon cerveau qui étaient gelées se mirent à refleurir. D'autres, hélas ! grimaçaient encore comme des bourgeons attardés et, quoique je pusse remuer librement mes orteils sous les draps (pour la première fois depuis que j'étais tombé malade), je n'arrivais tout simplement pas à distinguer dans ce coin sombre de mon esprit le nom qui suivait mon patronyme russe. J'avais l'impression qu'il commençait par un « N », comme le terme qui désigne l'agencement merveilleusement spontané des mots, pareils, sous l'effet de l'inspiration, aux rouleaux de globules rouges du sang frais examiné au microscope. Un mot que j'avais utilisé jadis dans *Voir sous : réel* mais dont je ne me souvenais pas non plus, et qui avait quelque chose à voir avec un rouleau de pièces de monnaie.. métaphore capitaliste, hein, Marxy ? Oui, j'étais persuadé que mon nom commençait par un « N » et offrait une odieuse ressemblance avec le nom de famille ou le pseudonyme d'un écrivain bulgare, ou babylonien, ou peut-être bételgeusien, apparemment notoire (Notorov ? non), avec lequel des émigrés sans cervelle de quelque autre galaxie me confondaient constamment ; mais j'étais incapable de dire si c'était quelque chose comme Nébesnyï, ou Nabédrine, ou Nablidzé (Nablidzé ? drôle). Je préférai ne pas abuser de ma volonté (va-t'en, Naborcroft !) et cessai de me casser la tête — peut-être commençait-il par un B auquel le « n » se cramponnait comme quelque parasite tenace ? (Bonidzé ? Blonski ? Non, celui-là appartenait à l'histoire du BINT.) Est-ce que j'avais du sang de prince caucasien ? Pourquoi des allusions à un certain Mr. Nabarro, homme politique britannique, surgissaient-elles de temps en temps dans les coupures de journaux que je recevais d'Angleterre concernant l'édition londonienne de *Un royaume au bord de la mer* (joli titre mélodieux) ? Pourquoi Ivor m'avait-il appelé « McNab » ?

Sans nom, je restai irréel quand j'eus repris conscience. Le pauvre Vivian, le pauvre Vadim Vadimovitch, n'était qu'un produit de l'imagination de quelqu'un — qui n'était même pas moi. Détail affreux : dans le russe parlé — et parlé rapidement — l'association prénom plus patronyme, quand elle est un peu longue, est fréquemment mal articulée : ainsi « Pavel Pavlovitch », Paul fils de Paul, devient phonétiquement, dans une interpellation familière, « Pahlpahlytch », et ce ver solitaire de « Vladimir Vladimirovitch », quasi imprononçable, se confond avec « Vadim Vadimytch ».

Et j'abandonnai. Et quand j'abandonnai pour de bon, mon nom de famille sonore arriva par-derrière, furtivement, comme un enfant espiègle dont le hurlement soudain fait sursauter une vieille nurse dodelinante.

Il y avait encore d'autres problèmes. Où étais-je ? Pourquoi pas un peu de lumière ? Comment distinguer au toucher simplement et dans le noir le bouton d'une lampe du bouton d'une sonnette ? Quelle était, ma propre identité mise à part, cette autre personne qui m'était promise, qui m'appartenait ? J'avais repéré les stores bleuâtres de deux fenêtres jumelles. Pourquoi ne pas les relever ?

Tak, vdol' naklōnnovo loutchā
Ia vȳchel iz paralitchā.

En sortant d'un rayon oblique
je n'étais plus paralytique.

... si « paralysie » n'est pas un terme trop fort pour l'état qui l'imitait (avec l'aide obscure du malade) ; un désordre psychologique assez bizarre mais point trop sérieux — ou du moins qui m'apparaissait tel dans l'allégresse rétrospective.

Certains symptômes m'avaient préparé à accueillir vertiges et nausées, mais je ne m'attendais pas à ce que mes jambes me trahissent comme elles le firent quand — seul et détaché — je sortis joyeusement de mon lit en cette première soirée de convalescence. L'infecte gravité m'humilia sur-le-champ : mes jambes se télescopèrent sous moi. Le fracas alerta la garde de nuit, qui m'aida à me recoucher. Après quoi, je m'endormis. Jamais, ni auparavant, ni depuis, je ne dormis aussi délicieusement.

L'une des fenêtres était grande ouverte quand je me

réveillai. Mon esprit et ma vue avaient reconquis suffisamment de clarté pour me permettre de distinguer les remèdes qui attendaient sur ma table de chevet. J'aperçus, échoués au milieu des malheureux objets qui composaient son décor, quelques voyageurs d'un autre monde : une enveloppe transparente contenant un mouchoir — qui n'était pas un mouchoir d'homme — trouvé et lavé par le personnel ; un minuscule crayon doré échappé de l'œillet d'un agenda pour pochette du soir ; une paire de lunettes de soleil bigarrées, dont on imaginait, pour Dieu sait quelle raison, qu'elles servaient plus à masquer des paupières gonflées par les larmes qu'à protéger les yeux de leur propriétaire contre une lumière trop violente. Le mélange de ces ingrédients aboutit à un éblouissant feu d'artifice sensoriel, et, dans la seconde qui suivit (la coïncidence était toujours mon alliée), la porte de ma chambre bougea : un petit mouvement silencieux qui se figea presque aussitôt dans une immobilité tout aussi silencieuse et se poursuivit sous la force d'une succession infiniment lente de points de suspension en corps quatre. J'émis un mugissement de joie, et la Réalité entra.

CHAPITRE IV

Je me propose de terminer cette autobiographie sur l'aimable scène qui suit. On m'avait véhiculé sous la véranda couverte de roses réservée aux Convalescents Spéciaux dans le second et dernier de mes hôpitaux. Tu étais étendue à côté de moi, dans une chaise longue, presque exactement comme je t'avais quittée le 15 juin, à Gandora. Tu te plaignais gaiement de ce que la femme qui occupait la chambre voisine de la tienne au rez-de-chaussée de l'annexe passait sur son électrophone des enregistrements de chants d'oiseaux, stratagème grâce auquel elle espérait inciter les oiseaux moqueurs du parc de l'hôpital à imiter les rossignols et les grives de sa maison du Devon ou du Dorset. Tu savais très bien que je désirais savoir quelque chose. Nous cherchions tous les deux des faux-fuyants. J'attirai ton attention sur la beauté des roses grimpantes. Tu dis : « Tout est beau sur un fond de ciel *[na foné niéba]* » et t'excusas de cet « aphorisme ». Enfin, du ton le plus indifférent, je te demandai si tu avais aimé le passage d'*Ardis* que je t'avais donné à lire juste avant de faire cette petite promenade dont je n'étais revenu qu'aujourd'hui, trois semaines plus tard, à Catapult en Californie.

Tu regardas ailleurs, vers les montagnes mauves. Tu te raclas la gorge et répondis courageusement que tu ne l'avais pas aimé du tout.

Voulait-elle dire par là qu'elle n'épouserait pas un fou ?

Elle voulait dire par là qu'elle épouserait un homme sain d'esprit, qui savait faire la distinction entre temps et espace.

Explications.

Elle était très impatiente de lire le reste du manuscrit, mais ce passage-là, il fallait le supprimer. Il était aussi joliment tourné que tout ce que j'écrivais, mais comportait une aberration philosophique qui lui était fatale.

La jeune, gracieuse, follement charmante et irrémédiablement laide Mary Middle vint m'annoncer qu'il fallait que je sois rentré quand la cloche du thé sonnerait. Dans cinq minutes. Une autre garde-malade lui fit signe de l'autre bout de la terrasse zébrée de soleil, et elle s'enfuit en papillonnant.

L'endroit, me dis-tu, était plein de banquiers américains moribonds et d'Anglais en parfaite santé. J'avais décrit un individu en train d'imaginer la promenade vespérale qu'il vient de faire. Une balade du point H (Hall, Hôtel) au point P (Parapet, Pinède). Il imagine sans difficulté la succession d'événements qui ont jalonné sa route — enfant se balançant dans jardin de villa, jet d'eau rotatif tournant sur pelouse, chien poursuivant balle mouillée. Le narrateur atteint dans sa tête le point P, s'arrête... et s'étonne et s'affole (sans aucune raison, comme nous le verrons) de ne pouvoir exécuter mentalement la volte-face qui transformerait la direction HP en direction PH.

« Son erreur, continua-t-elle, son erreur pathologique est simple. Il a confondu direction et durée. Il parle d'espace quand il pense temps. Ses impressions au long de l'itinéraire HP (chien qui rattrape la balle, voiture s'arrêtant devant la villa suivante) se rapportent à une succession d'événements temporels, et non à des cubes d'espace peint qu'un enfant peut réarranger de mille manières connues. Il lui a fallu du temps — quelques instants seulement, peut-être — pour parcourir la distance HP en pensée. Lorsqu'il arrive au point P, il a accumulé une certaine durée, il est investi d'une certaine durée ! Qu'y a-t-il de si extraordinaire, dès lors, au fait qu'il ne puisse s'imaginer en train de faire demi-tour ? Personne ne peut se représenter physiquement l'acte qui consiste à inverser l'ordre du temps. Le temps n'est pas réversible. La marche arrière n'est utilisée dans les films que pour produire un effet comique, la résurrection d'une bouteille de bière brisée...

— ... ou de rhum », glissai-je, et la cloche sonna.

« Voilà qui est parfait », dis-je, en cherchant à tâtons le levier de freins de mon fauteuil roulant que tu m'aidas à manœuvrer pour réintégrer ma chambre. « Et je te remercie, je suis ému, je suis guéri ! Ton explication, néanmoins, n'est qu'une exquise argutie, et tu le sais ; mais qu'importe ! L'idée d'essayer de faire pivoter le temps est une trouvaille ; elle ressemble [embrassant la main posée sur ma manche] à la belle formule qu'un physicien trouve pour tranquilliser et combler les gens [bâillant, grimpant avec peine dans mon lit] jusqu'au jour où un autre type saisit la craie. On m'avait promis du rhum avec mon thé... Ceylan et la Jamaïque, les îles sœurs [murmures d'aise, assoupissement, fin des murmures] ... »

DU MÊME AUTEUR

CHAMBRE OBSCURE *(Laughter in the Dark)*, *roman*, Grasset, 1934, 1959.

LA COURSE DU FOU *(The Defense)*, *roman*, Fayard, 1934, repris sous le titre LA DÉFENSE LOUJINE, nouvelle traduction, Gallimard, 1964 et traduction revue en 1991.

L'AGUET *(The Eye)*, *roman*, Fayard, 1935, repris sous le titre LE GUETTEUR, nouvelle traduction, Gallimard, 1968.

LA MÉPRISE *(Despair)*, *roman*, Gallimard, 1939, 1959.

LA VRAIE VIE DE SEBASTIAN KNIGHT *(The Real Life of Sebastian Knight)*, *roman*, Albin Michel, 1951, Gallimard, 1962.

NICOLAS GOGOL *(Nikolaï Gogol)*, *essai*, La Table Ronde, 1953, nouvelle traduction, Rivages, 1988.

LOLITA *(Lolita)*, *roman*, Gallimard, 1959.

INVITATION AU SUPPLICE *(Invitation to a Beheading)*, *roman*, Gallimard, 1960.

AUTRES RIVAGES *(Speak, Memory)*, *souvenirs*, Gallimard, 1961, édition revue et augmentée, 1989.

PNINE *(Pnin)*, *roman*, Gallimard, 1962.

FEU PÂLE *(Pale Fire)*, *roman*, Gallimard, 1965.

LE DON *(The Gift)*, *roman*, Gallimard, 1967.

ROI, DAME, VALET *(King, Queen, Knave)*, *roman*, Gallimard, 1971.

ADA OU L'ARDEUR *(Ada or Ardor : a Family Chronicle)*, *roman*, Fayard, 1975.

L'EXTERMINATION DES TYRANS *(Tyrants Destroyed and Other Stories)*, *nouvelles*, Julliard, 1977.

REGARDE, REGARDE LES ARLEQUINS! *(Look at the Harlequins!)*, *roman*, Fayard, 1978.

BRISURE À SENESTRE *(Bend Sinister)*, *roman*, Julliard, 1978.

LA TRANSPARENCE DES CHOSES *(Transparent Things), roman,* Fayard, 1979.

UNE BEAUTÉ RUSSE *(A Russian Beauty), nouvelles,* Julliard, 1980.

L'EXPLOIT *(Glory), roman,* Julliard, 1981.

MACHENKA *(Mary), roman,* Fayard, 1981.

MADEMOISELLE O *(Nabokov's Dozen), nouvelles,* Julliard, 1983.

LITTÉRATURES I *(Lectures on Literature), essais,* Fayard, 1983.

LITTÉRATURES II *(Lectures on Russian Literature), essais,* Fayard, 1985.

DÉTAILS D'UN COUCHER DE SOLEIL *(Details of a Sunset), nouvelles,* Julliard, 1985.

INTRANSIGEANCES *(Strong Opinions), interviews,* Julliard, 1985.

LITTÉRATURES III *(Lectures on Don Quixote), essais,* Fayard, 1986.

L'ENCHANTEUR *(The Enchanter), roman,* Rivages, 1986.

L'HOMME DE L'U.R.S.S. ET AUTRES PIÈCES *(The Man From the U.S.S.R.), théâtre,* Fayard, 1987.

CORRESPONDANCE NABOKOV-WILSON, 1940-1971 *(The Nabokov-Wilson Letters, 1940-1971),* Rivages, 1988.

LA VÉNITIENNE, *nouvelles,* Gallimard, 1991.

Impression Brodard et Taupin,
à La Flèche (Sarthe),
le 30 octobre 1992.
Dépôt légal : octobre 1992.
Numéro d'imprimeur : 1466G-5.

ISBN 2-07-038560-4 / Imprimé en France.

57581